Le rêve de Lucie

*

Passion au laboratoire

BECKY WICKS

Le rêve de Lucie

Traduction française de
MICHELLE LECOEUR

BLANCHE

HARLEQUIN

Collection : Blanche

Titre original :
FINDING FOREVER WITH THE SINGLE DAD

HARPERCOLLINS FRANCE
83-85, boulevard Vincent-Auriol, 75646 PARIS CEDEX 13
Service Clients — www.harlequin.fr
ISBN 978-2-2804-9929-3 — ISSN 0223-5056

Édité par HarperCollins France.
Composition et mise en pages Nord Compo.
Imprimé en février 2024 par CPI Black Print (Barcelone)
en utilisant 100% d'électricité renouvelable.
Dépôt légal : mars 2024.

FSC
www.fsc.org
MIXTE
Papier issu de
sources responsables
FSC® C159065

Pour limiter l'empreinte environnementale de ses livres, HarperCollins France s'engage à n'utiliser que du papier fabriqué à partir de bois provenant de forêts gérées durablement et de manière responsable.

1

— Lucie Henderson ? C'est vraiment toi ?

Lucie se dirigea vers la porte d'entrée de la boutique de chocolats où Cynthia, une bonne amie de sa grand-mère, la serra chaleureusement dans ses bras.

— Oh ! mon chou ! Cela fait si longtemps... Je croyais que tu étais encore partie sauver le monde ! Qu'est-ce qui te ramène dans le Yorkshire ?

Elle haussa les épaules.

— Oh ! tu sais...

Si elle répondait à Cynthia qu'elle était ici non seulement pour occuper un poste de remplaçante au cabinet de médecine générale de Brookborough, mais aussi pour se remettre d'une tragédie qui ne cessait de hanter ses rêves, autant prendre un porte-voix et l'annoncer à toute la ville. Brookborough était l'endroit par excellence où mouraient tous les secrets. De ce côté des landes, dans le nord du comté, tout le monde savait tout sur tout le monde.

La dernière chose dont elle avait besoin, c'était que les gens lui lancent des regards apitoyés.

— Raconte-moi un peu ce que j'ai raté, Cynthia. Quand nous sommes-nous vues la dernière fois ? Je crois que je devais avoir dix-huit ans...

À l'intérieur, la bonne odeur de chocolat de la boutique lui chatouilla les narines. Pendant que Cynthia tenait la gazette des principaux événements locaux, Lucie ne put se retenir de goûter quelques bonbons au chocolat blanc et d'autres à la cannelle, avant d'affronter un feu roulant de questions.

« C'était comment, ton travail au Népal ? »

« Comment ça se passe, depuis la tragédie ? »

« Et comment vas-tu, toi ? »

Ses réponses furent brèves et polies, mais elle ne tarda pas à se sentir plus mal qu'elle ne l'avait jamais été depuis le séisme. Ici elle était si loin...

Elle vit à l'expression de Cynthia qu'elle aussi commençait à ne plus être très à l'aise, craignant peut-être des réponses qui les embarrasseraient toutes les deux. Gramma May avait sans doute touché quelques mots à sa vieille amie de sa spécialisation en santé mentale, et de ses déplacements au niveau international avec les Medicine Relief Operatives – MRO –, des agents médicaux envoyés pour apporter leur aide dans les zones lointaines touchées par des catastrophes.

Mais qui était au courant de ce qui était arrivé ce jour-là à son collègue Jorge, dans cette école népalaise située au bord d'une route de montagne ?

— Mmm... c'est bon, s'entendit-elle marmonner.

Elle décida de se concentrer sur la dégustation du chocolat, qui avait pour elle un goût d'enfance. Austin Johnstone aussi. Avec son meilleur ami, c'était leur activité favorite du samedi matin. Elle se rappela le jour où ils s'étaient tenus sur les marches de l'église lors du festival de l'Épouvantail. Austin – que tout le monde appelait alors AJ – lui avait acheté du chocolat et l'avait mise au défi de le faire durer toute la journée. Elle n'avait pas pu – elle ne pouvait jamais –, le chocolat était trop bon.

— Ils sont faits de ce matin, dit Cynthia en remplissant un petit sachet en papier de diverses friandises. Donnes-en quelques-uns à May, je sais qu'elle les adore. Bert lui en offrait de temps en temps.

Lucie quitta la boutique avec une pensée pour son grand-père décédé.

S'arrêtant en bas de la colline, elle leva les yeux vers l'église de Tous-les-Saints qui semblait l'observer de là-haut, comme un vieux hibou plein de sagesse. Son regard parcourut les pierres tombales émergeant du monticule où AJ avait un jour tenu une séance de spiritisme. Il avait voulu contacter l'esprit du Chevalier noir du Nord, censé reposer à cet endroit.

Ils faisaient toutes sortes de choses stupides à cette époque, avec leurs amis… Jusqu'à ce que AJ fiche tout par terre avec Claire Bainbridge.

À mesure qu'elle avançait, Lucie se renfrogna. Heureusement, leurs chemins ne se croiseraient pas tant qu'elle serait ici.

Gramma May lui avait dit qu'il s'était installé à Londres. Elle n'avait rien ajouté, sinon qu'il était devenu un psychiatre très respecté. Lucie avait commis l'erreur de demander de ses nouvelles des années auparavant, et avait ainsi découvert qu'il s'était marié et avait deux enfants. Des jumeaux. Ensuite, chaque fois qu'elle avait eu envie de se renseigner sur lui sur le web elle s'était dégonflée, sachant qu'elle verrait des photos de lui avec Claire et leurs superbes bébés.

Non, merci.

Ainsi, le blond aux yeux bleus autrefois si populaire au collège puis au lycée était devenu psychiatre. Ce n'était pas très étonnant. Il avait toujours été du genre à se soucier des autres – et d'elle en particulier. Du moins, jusqu'à ce qu'il s'amourache de Claire…

Lucie n'avait jamais oublié la profonde douleur et l'humiliation ressenties le soir où elle était arrivée à la porte de sa chambre et les avait entendus rire à propos d'elle ! Claire s'était moquée de la façon dont la « pauvre petite Lucie » le suivait partout comme un bébé chien perdu, et il n'avait rien répondu. Pas un mot pour la défendre, alors qu'il était censé être son meilleur ami.

Beaucoup de temps s'était écoulé, et malgré les catastrophes dont elle avait été témoin depuis, elle pouvait revivre cet instant en un éclair. Elle avait alors dix-huit ans, était secrètement amoureuse du garçon le plus populaire de Brookborough, et elle entendait encore Claire lui dire : « Franchement, cette fille t'empêche de respirer, AJ. Si tu me laissais te montrer certaines choses que la pauvre petite Lucie serait incapable de faire ? »

Elle avait été totalement dévastée. Comment avait-il pu trahir ainsi leur amitié ? Elle s'était sérieusement attachée à lui. Depuis le jour où il l'avait trouvée en larmes alors qu'elle venait d'arriver en ville à l'âge de neuf ans, il l'avait toujours soutenue, et elle s'était toujours appuyée sur lui. Alors que tout le monde murmurait dans son dos à l'école, l'appelant « l'orpheline américaine », il l'avait protégée comme un véritable héros.

Avec difficulté, elle avait réussi à lui parler de l'incendie qui avait ravagé le terrain de camping où se trouvaient ses parents et qui les avait tués, alors qu'elle était à Denver en train de regarder des films d'horreur avec sa baby-sitter. Et aussi de sa tante Lina, une obsédée des voyages, qui l'avait prise chez elle quelque temps mais n'avait pas voulu se retrouver coincée avec une enfant éperdue de chagrin. Elle l'avait donc mise dans un avion en partance pour le Royaume-Uni, où elle avait été élevée par ses grands-parents paternels.

AJ avait toujours été là pour elle – en tant qu'ami, rien de plus. À la mort de son grand-père, Bert, il ne l'avait pas quittée d'une semelle pendant un mois. Elle avait alors quatorze ans. Il n'avait pas été d'accord quand elle lui avait dit que c'était sa faute, mais c'était pourtant le cas. Après son arrivée, grampa, au lieu de profiter de sa retraite comme il l'avait projeté, avait été obligé de retourner travailler afin de pouvoir s'occuper d'elle correctement. Il avait bossé si dur qu'il avait eu une crise cardiaque et était mort beaucoup trop jeune.

— Lucie ? Lucie Henderson ?

Flora McNally se précipita hors de la boutique de cadeaux, tout sourire sous ses cheveux blancs.

— Hello, Flora, tu as l'air en forme.

— Quelle belle surprise ! Combien de temps allons-nous t'avoir parmi nous ?

— Quelques mois, répondit-elle en lissant sa frange.

— May est si fière de toi...

Puis ses yeux eurent la même expression que ceux de Cynthia à la boutique de chocolats.

— Tu as dû vivre des moments difficiles... Les médias en ont beaucoup parlé. Il paraît que tu as sorti plusieurs enfants des décombres au Népal. Félicitations ! Tu as de la chance d'être en vie.

Lucie la remercia en baissant la tête et poursuivit son chemin. Il en fallait peu pour que des images reviennent la hanter. Les murs de l'école s'effondrant sur Jorge, dans un amoncellement de débris de béton et d'acier. Le réservoir d'eau de quatre mille cinq cents litres, basculant de son support.

Elle avait réussi à sortir les autres – les trois enfants passant en premier – dès que le grondement avait commencé. Les membres de son équipe avaient suivi, couverts d'entailles et ensanglantés, mais sains et saufs. Miraculeusement, elle en était également sortie indemne.

Mais elle n'avait pas pu sauver Jorge.

On lui avait décerné une médaille, et elle avait eu l'impression d'être un imposteur en l'acceptant. Combien de personnes trompait-elle en étant ici ? Elle faisait parfois des cauchemars, mais après tout ce n'était pas si grave. Il y avait encore des gens là-bas qu'elle aurait pu aider grâce aux MRO. En même temps cette interruption serait bonne pour elle, en lui permettant de remplacer un médecin local à un poste beaucoup plus cool pour quelque temps. Et cela lui donnerait l'occasion de revoir gramma May.

Mais plus tôt elle pourrait retourner là-bas, où était sa place, mieux ce serait.

Tournant à gauche en direction du pub, elle prit le chemin qui longeait le fleuve pour rejoindre sa grand-mère. Le doux murmure de l'eau qui ruisselait était préférable à n'importe quelle musique.

C'était le coin de la ville qu'elle avait toujours préféré. À l'âge de dix ans, AJ l'avait embrassée là, sur le petit pont qui était reproduit sur une célèbre boîte de chocolats. Quelques semaines plus tard, après le bal qui avait eu lieu dans le gymnase de l'école, il lui avait acheté une barre de chocolat, et elle avait cru que ce cadeau signifiait quelque chose pour lui. De toute évidence, ce n'était pas le cas.

Ensuite elle avait assisté à un défilé de filles dans ses bras, alors qu'elle était restée sur le plan amical avec lui.

Cependant, avec Claire, elle ne s'était pas attendue à ce coup-là. Après les avoir entendus dans la chambre d'AJ, elle avait redescendu l'escalier à toute allure et s'était sauvée de chez lui avant d'assister à plus pénible encore.

Et dire qu'elle était venue le voir pour se confier à lui, après avoir surpris une discussion entre gramma May et Cynthia. Sa grand-mère racontait qu'elle et grampa Bert avaient souhaité voyager après leur retraite. Certes elle savait que ses grands-parents l'aimaient, mais à cause d'elle ils n'avaient pas pu réaliser leur rêve. Et grampa était mort. Cynthia avait alors suggéré que May voyage seule une fois que Lucie serait rentrée à l'université, mais May avait répondu qu'elle attendrait, car sa petite-fille reviendrait fréquemment en vacances à la maison.

Lucie en avait conclu qu'elle continuait à empêcher gramma de vivre la vie qu'elle avait rêvée avant qu'elle et grampa aient été forcés de la recueillir.

Elle avait voulu raconter à AJ que sa tante Lina lui avait envoyé un mail, lui proposant de payer sa formation médicale si elle était d'accord pour retourner vivre aux États-Unis, afin de mieux la connaître. Sans doute Lina se sentait-elle coupable de ne pas l'avoir gardée avec elle après la mort de sa sœur, parce qu'elle était trop jeune alors et trop occupée.

Elle avait espéré qu'AJ lui répondrait qu'elle n'avait pas à partir, et qu'après neuf ans passés en Angleterre c'était là que se trouvait sa maison. Mais après avoir entendu sa grand-mère, puis AJ et Claire à leur insu, elle s'était précipitée chez elle, avait ouvert son ordinateur portable et avait saisi l'offre de sa tante pour poursuivre son but de devenir médecin.

Elle n'avait même pas fait ses adieux à AJ. Il n'avait probablement pas regretté de ne plus l'avoir toujours dans les jambes comme un petit chien, à le gêner dans ses mouvements.

Lucie longeait le fleuve, respirant l'odeur des arbres en ce début de printemps. Elle ne parvenait toujours pas à chasser AJ de sa tête.

Soudain quelque chose d'énorme, de sombre et de poilu se rua vers elle, semblant surgir de nulle part. Elle poussa un hurlement en même temps que lui parvenait le cri d'avertissement d'un homme qui courait vers elle.

Bon sang !

Avant qu'elle ait pu se ressaisir, elle glissa dans l'herbe humide et sentit ses jambes lâcher tandis que l'homme continuait à crier.

Trop tard.

Perdant l'équilibre, Lucie bascula en avant et tomba dans l'eau glacée.

2

Plus mortifiée que gelée, elle battit des bras, ses pieds cherchant un appui sur le sol moussu dans l'eau peu profonde. Elle avait réussi à retrouver un semblant d'équilibre, des mèches de cheveux humides collées sur le visage, quand un homme large d'épaules approcha dans sa direction en pataugeant.

— Prenez ma main !

Un labrador noir allait et venait sur la rive en aboyant. Voilà donc le responsable de sa chute !

— Je vous tiens !

L'homme était derrière elle à présent. Il glissa les bras sous ses épaules et la tira hors de l'eau avant de l'aider à se remettre debout. Elle s'affaissa sur lui, reprenant son souffle. Ses bottes à talons rouges étaient coincées entre des cailloux et des branches tombées – il allait leur falloir des semaines pour sécher.

— Ce ne sont pas les bonnes chaussures pour pêcher à la mouche, déclara-t-il. Ne bougez pas.

Cette voix...

Son cœur fit un bond. Il la souleva dans ses bras à un mètre cinquante de hauteur, de l'eau coulant de ses bottes, et des yeux en amande familiers s'agrandirent tellement quand il la fixa qu'elle crut qu'il allait la lâcher.

C'était bien lui – Austin Johnstone, alias AJ, avec ses épais cheveux blond foncé et des yeux gris-bleu qui pouvaient vous faire perdre vos moyens. C'était lui qui la tenait dans ses bras après l'avoir tirée hors de l'eau.

— Lucie ?

Horrifiée, elle chercha à se dégager, sentant une nuée de papillons dans son estomac. Mais il la maintint encore plus solidement contre son torse musclé.

— Laisse-moi descendre !

Parmi tous les hommes que comptait cette ville, il avait fallu qu'elle tombe sur lui.

Elle se débattit de plus belle, et il resserra encore son étreinte, comme si elle ne pesait pas davantage qu'un ballon de baudruche.

— Je t'ai dit de me poser par terre, AJ !

— OK, OK...

Son visage se referma d'un coup, et il la déposa sur l'herbe avec précaution.

— Content de te voir moi aussi, dit-il sèchement. À propos, tu as une feuille dans les cheveux.

Avec un grognement, elle retira sa veste trempée et la tordit pour l'essorer avant de se passer la main dans les cheveux pour retirer la feuille.

AJ se tenait à côté d'elle, la toisant du haut de son mètre quatre-vingts. Elle ne put s'empêcher de laisser son regard errer sur son torse et ses larges épaules, qui avaient tant de fois soutenu sa tête pendant les trajets en train ou en bus. Plus haut, elle remarqua une ombre de barbe qu'il n'avait jamais eue auparavant, et qui lui allait très bien. Il était plus séduisant qu'il ne l'avait jamais été.

Ses bottes étaient fichues...

— Qu'est-ce que tu fais ici ? lâcha-t-elle.

— Je pourrais te poser la même question.

Elle se sentit rougir et détourna les yeux pour qu'il ne devine pas le feu qui brûlait dans son ventre.

AJ avait enlevé ses chaussures. Son pull marron était mouillé seulement aux endroits où il l'avait tenue contre lui, mais il le retira quand même, révélant un T-shirt blanc qui mettait en valeur ses muscles en tablettes de chocolat.

Il lui tendit son pull, mais il n'était pas question qu'elle l'accepte.

— Ça va, dit-elle, un peu raide, résistant à l'envie de le lui arracher pour le sentir.

Il avait toujours senti si bon. Elle lui empruntait souvent ses T-shirts.

— Je vais chez gramma, ajouta-t-elle enfin.

Les aboiements du labrador avaient fini par cesser, cédant la place à un silence embarrassant.

— Tu devrais mieux maîtriser ton chien, dit-elle. Est-ce qu'il balance souvent des gens innocents dans l'eau ?

AJ ne lui avait pas dit ce qu'il faisait ici. Rendait-il visite à sa famille et à des amis avec Claire et leurs enfants ?

En fait, elle n'avait pas envie de le savoir.

— Habituellement Jetson n'agit pas comme ça, répondit AJ d'un ton d'excuse.

— Depuis quand aimes-tu les chiens ?

— Je les ai toujours aimés. Mais je n'en ai pas eu jusqu'à ce que je travaille avec eux.

Qu'il travaille avec eux ? En tant que psychiatre ?

— C'est bizarre... Je t'assure qu'il ne fait jamais ça. Pas vrai, mon pote ?

Le chien posa le museau sur ses pattes et poussa un soupir.

Lucie lui jeta un coup d'œil méfiant. Peut-être le chien avait-il senti une connexion entre eux. Les chiens sont censés être intelligents. Étranges, mais intelligents.

Seulement elle n'était pas amusée, mais contrariée. Elle n'était pas plus disposée à sourire maintenant à AJ ou à son fou de chien que quand il n'avait pas jugé bon de la défendre autrefois devant Claire. Cela l'avait blessée au vif.

Bon sang ! c'était il y a des années. Il serait temps que tu tournes la page.

AJ souriait toujours. Son regard qu'elle connaissait si bien descendit le long de son corps, aux endroits où l'eau gouttait dans ses sous-vêtements. Pourquoi la regardait-il de cette façon ?

— Il faut que j'y aille, dit-elle faiblement, faisant un gros effort pour s'éloigner de lui.

— Lucie ?

Elle s'arrêta net au son de sa voix – cette voix qu'elle avait tant adorée depuis l'âge de neuf ans et qui semblait près de remuer des choses qu'elle avait pourtant enfouies en elle.

— Quoi ?

— Je voudrais me faire pardonner.

Elle se tourna vers lui. Même mouillé, il était absolument craquant. Pourquoi sa vue ne lui répugnait-elle pas ? Au lieu de cela, son cerveau était agité de milliers de souvenirs d'avant ce jour fatal où elle avait eu la preuve, à travers la porte de sa chambre, que son amour pour lui n'était pas partagé. Il n'en avait jamais rien su.

— On dîne ensemble ce soir ? Je passe te prendre.

Elle croisa son regard bleu-gris. Bon sang ! il était de plus en plus sexy à mesure que les secondes passaient. C'était un adulte à présent, plus un ado.

— Comment sais-tu où j'habite ?

— Tu viens de dire que tu allais chez May.

C'était étrange. Une partie d'elle avait toujours envie de savoir ce qu'il avait bien pu faire pendant tout ce temps, où elle avait refusé de l'avoir comme ami ou comme *follower* sur les réseaux sociaux.

— D'accord, répondit-elle. Tu m'es redevable, AJ.

De beaucoup de choses, ajouta-t-elle silencieusement.

— Au fait, plus personne ne m'appelle AJ, dit-il. C'est Austin Johnstone.

— Eh bien, maintenant, je suis de retour, répliqua-t-elle, sentant soudain poindre une bouffée de nostalgie. Et pour moi, tu seras toujours AJ.

Sans répondre, il la regarda avec des yeux brillants, mais il n'était pas question qu'elle lui laisse deviner à quel point elle était affectée par sa présence.

— Passe me prendre à 19 heures, ajouta-t-elle avant de pivoter sur ses talons trempés.

Difficile d'effectuer une sortie digne avec le bruit de succion qu'elle faisait en marchant. Elle sentit son regard brûlant dans son dos jusqu'à ce qu'elle atteigne le pont.

3

— Où tu vas, papa ?

Les jumeaux le fixaient de leur regard bleu depuis leurs chaises.

— Tu sens bon, observa Ruby.

— Je sors avec une vieille amie, répondit brièvement Austin tout en plaçant les bols de leur repas dans le lave-vaisselle.

— C'est ça… Une vieille amie, intervint Belle d'un ton moqueur.

Sa sœur le chassa d'un revers de main.

— Tu ferais bien d'y aller ou tu vas être en retard.

Jetson arriva en trottinant, comme s'il sentait que c'était à son tour de monter la garde.

Austin apprenait à Belle à mieux communiquer avec les chiens, et en tant que surveillante générale de la maison de santé locale, elle était aussi très fan de Thera Pups, depuis qu'il avait créé cette société où l'on utilisait des chiens en thérapie. Il avait pu le constater lors de ses visites régulières à Lavender Springs.

Belle adorait les résidents de cet établissement, qui aimaient tous les chiens qu'Austin y envoyait deux fois par semaine pour leur tenir compagnie. Il y avait beaucoup à dire à propos de cette médiation animale et de tous les bienfaits qu'il restait encore à découvrir à ce sujet. Austin ne pourrait jamais être assez reconnaissant à sa sœur du soutien sans faille qu'elle lui apportait dans chaque aspect de sa vie. Elle se chargeait même d'occuper les jumeaux les soirs où il avait ses séminaires en ligne.

Il avait inspiré à de nombreuses autres personnes l'envie

de créer des sociétés d'assistance canine semblables dans tout le pays. Surtout depuis qu'il avait commencé à parler de ses recherches sur le potentiel des chiens pour détecter des cancers chez les humains.

Jetson avait déjà amélioré sa capacité à détecter les migraines imminentes et les signes d'hypoglycémie, et à les signaler à Austin. Mais il continuait à développer le programme d'entraînement à la détection des maladies. Il y avait toujours plus de volontaires qui voulaient s'y impliquer. C'était la raison pour laquelle il était si occupé en ce moment.

Il poussa un soupir en pensant au départ prochain de sa sœur.

— Qu'est-ce que je vais devenir quand tu ne vivras plus avec nous, Belle ?

— Tout ira très bien, répondit-elle avec un grand sourire. Cela fait suffisamment longtemps, Austin. Tu te débrouilles bien maintenant. Ebby serait fière de toi.

Il sentit sa gorge se nouer. Parfois il imaginait Ebby en train de le regarder de là-haut ainsi que les enfants. Voilà plus de cinq ans qu'il était sans elle – pratiquement depuis la naissance de Josiah et Ruby.

Il souriait plus facilement à présent. L'époque où il avait du mal à sortir du lit le matin et à poser une boîte de corn-flakes sur la table était derrière lui.

Après avoir vendu la maison de Londres, il avait acheté la maison de famille de Brookborough à ses parents, partis vivre à l'étranger en raison de la santé de sa mère. Avec l'assurance-vie d'Ebby plus l'argent de la maison de Londres, il n'avait pas eu besoin de travailler pendant quelque temps, ce qui lui avait permis de se concentrer sur les jumeaux tout en vivant dans la ville où on le connaissait le mieux. Belle avait beaucoup contribué à son bien-être en emménageant avec lui, devenant ainsi une nounou à demeure.

Mais maintenant, la bague de fiançailles de Bryce scintillait à son doigt. Elle allait beaucoup leur manquer quand elle irait s'installer à Leeds. Pour le coup, il s'était demandé s'il ne vaudrait pas mieux revendre la maison et en acquérir une plus petite qu'il pourrait entretenir seul.

— Qu'est-ce que tu fais encore là ? Vas-y ! s'exclama Belle d'un ton faussement indigné, tout en tendant des crèmes glacées aux enfants. Et dis à Lucie que je lui envoie toute mon amitié et que, moi aussi, je voudrais avoir un rencard avec elle pour qu'on ait le temps de bavarder toutes les deux.

— Ce n'est pas un rencard, rectifia-t-il, la main sur la poignée de la porte. Elle est juste venue rendre visite à May, et je m'efforce de me montrer courtois.

Comme si Lucie pourrait vouloir avoir un rencard avec lui... Il n'oubliait pas qu'elle était partie en Amérique sans même lui dire au revoir, pour ensuite lui refuser tout contact avec elle. Comme si, après avoir été son amie pendant toutes ces années, elle avait soudain voulu l'effacer de son monde.

Il lui avait fallu des mois, voire des années pour s'en remettre, après avoir été attaché à elle depuis l'enfance. Il n'avait jamais compris ce qu'il avait fait pour qu'elle le rejette ainsi d'un seul coup.

Austin emprunta le chemin familier qui longeait le terrain communal. Autrefois, lui et Lucie avaient été tellement complices pendant si longtemps qu'il n'avait jamais pu rassembler assez de courage pour tout déballer et lui avouer ce qu'il éprouvait réellement pour elle. Ce n'avait sans doute pas été plus mal. À l'évidence elle n'avait jamais ressenti la même chose pour lui.

Depuis son départ, il n'avait pratiquement plus eu de nouvelles d'elle, excepté le fait qu'elle avait été distinguée pour sa bravoure après avoir sauvé des enfants dans une école au Népal après un séisme. Tout le monde à Brookborough en avait parlé pendant des mois. Pourquoi était-elle soudain de retour ?

Quand il l'avait reconnue dans le fleuve, il avait failli la laisser tomber, sous le choc. Même en colère, elle était ensorcelante.

Enfant, elle avait été une petite fille perdue avec un accent américain. Souvent il l'avait trouvée sur les marches de la maison de gramma May en train de pleurer. Puis elle avait grandi.

Il y avait en elle quelque chose d'indéfinissable qu'il n'avait jamais pu expliquer. Une sorte de feu intérieur… de défi qui lui donnait envie d'être près d'elle, de l'entendre parler de son dernier projet ou de ses envies…

Puis un beau jour, elle était partie étudier la médecine en Amérique sans lui en dire un seul mot. Il avait appris la nouvelle de la bouche de gramma May. Puis Lucie l'avait bloqué… Elle avait cessé d'avoir besoin de lui. Sur tous les plans.

Amour. Haine. Il avait éprouvé les deux pour elle, avec une égale force. C'était pour cela qu'il était présent ce soir-là. Peut-être finirait-il par obtenir quelques réponses.

Il aperçut une ombre familière derrière la porte vitrée, et gramma May lui fit un signe.

— Elle est en haut. Comment vas-tu, mon chou ?

— Tu sais…

Il affecta un air indifférent en haussant les épaules, mais il savait qu'elle n'était pas dupe.

Soudain il eut une brusque sensation de chaleur dans le cou, sous son écharpe. Lucie était apparue sur le palier, sortant de son ancienne chambre, et elle croisa son regard sous sa frange. Ses yeux marron étaient indéchiffrables. Elle n'avait plus rien à voir avec la pauvre infortunée toute trempée qu'il avait sortie du fleuve. C'était une Lucie adulte sur laquelle il fallait compter, et en même temps une magnifique tornade qui lui faisait toujours de l'effet.

Il se racla la gorge.

— Tu es superbe, dit-il en se frottant le cou.

— Tout à fait, renchérit gramma May. Où allez-vous pour votre rendez-vous ?

— Ce n'est pas un rendez-vous, répondirent-ils en chœur.

Lucie le regarda en levant les yeux au ciel, comme elle le

faisait avant. Il se retint de rire en pensant à leur ancien code secret : « Les adultes ne savent rien. »

— Amusez-vous bien, en tout cas, dit May avec un petit sourire.

Elle avait la même expression que Belle. Toutes deux savaient pourtant que lui et Lucie n'avaient été que des amis, mais elles l'avaient soupçonné d'avoir un faible pour elle. Elles savaient aussi qu'il n'avait fréquenté personne depuis la mort d'Ebby.

— Alors, où est-ce que tu m'emmènes ? demanda Lucie.

L'écran du téléviseur brillait derrière la porte vitrée du séjour. Ils avaient souvent regardé des dessins animés ensemble. Un jour il avait failli l'embrasser, mais s'était dégonflé. Encore une fois.

— Au Old Ram, répondit-il.

À vrai dire, elle était un peu trop bien habillée pour ce pub au coin de la rue. Ils avaient l'habitude de s'y retrouver tous les vendredis soir avec son équipe, mais il aurait peut-être dû faire un effort et réserver au restaurant thaï. Mais il était revenu tard de son dernier rendez-vous.

— Oooh ! Le Old Ram. Font-ils toujours leur steak à la bière, avec de délicieuses frites bien grasses ?

— Bien sûr, répondit-il en souriant.

Elle avait de nouveau l'air d'une enfant.

— Et est-ce qu'ils ont toujours leur vieux tapis rouge qui a l'air de sortir d'un casino des années 1980 ?

— Le seul et l'unique, confirma-t-il.

— Super ! ça m'a manqué. Allons-y.

Austin regarda Lucie tambouriner du bout des ongles contre la salière pendant qu'ils attendaient leur dîner. Le pub était aussi fréquenté que d'habitude. Mais malgré le bruit des couverts et les rires, un silence inconfortable était en train de monter entre eux.

— Alors..., commença-t-il, cherchant ses mots.

Lucie rejeta ses cheveux brillants par-dessus son épaule et joua avec le col de son blazer.

— Alors..., répéta-t-elle en écho, laissant son regard errer autour d'eux comme si elle cherchait une issue de secours.

— Sais-tu que tu as fait la une du journal local, avec ton sauvetage héroïque et ta médaille ? Tout le monde ne parlait que de ça. Je t'aurais volontiers félicitée moi-même si tu ne m'avais pas bloqué sur tous tes comptes. Impossible de te contacter.

Aussitôt Lucie se raidit, mais leurs plats arrivèrent enfin, et elle fixa le steak à la bière fumant et le bol de frites que l'on posait devant eux. La serveuse leur jeta un coup d'œil curieux tout en versant la sauce. En fait, tout le monde les regardait, et ceux qui ne connaissaient pas Lucie devaient croire aussi qu'il avait un rencard.

Il réprima un soupir.

— Nous n'allons pas parler de tout ça maintenant ? demanda-t-elle d'une voix tendue en piquant sa fourchette dans une frite.

— Pourquoi m'as-tu bloqué, Lucie ?

Elle le fusilla du regard.

— Je ne pensais pas que tu le remarquerais.

— Quoi ? Pourquoi dis-tu ça ? Tu m'as traité comme un moins que rien ! Qu'est-ce que j'ai bien pu faire de mal ?

Lucie s'esclaffa.

— Ça n'a plus d'importance, AJ. C'était il y a des années. Est-ce que tu m'as amenée ici pour remuer le passé ?

— On a passé tellement de temps ensemble, dit-il à voix basse. Et tu es juste... partie. Sans un mot, Lucie. Il y a quelque chose que je ne m'explique pas.

— Pourquoi ne demandes-tu pas à Claire Bainbridge ?

Austin fronça les sourcils. Qu'est-ce que l'amie de Belle venait faire là-dedans ?

— Je n'ai vraiment aucune idée de ce que...

— Encore une fois... ça n'a plus d'importance, dit-elle sèchement, une flamme de colère dans les yeux.

Qu'est-ce que c'était que cette histoire ?

— Parlons plutôt de toi, Austin Johnstone. J'ai appris que tu étais marié et que tu vivais à Londres. Je suppose que tu es venu rendre visite à tes parents. Comment vont-ils ?

Elle n'était donc pas au courant ? Gramma May ne lui avait rien dit ?

— Ma femme est morte, dit-il calmement. Il n'y a plus que moi et les jumeaux, maintenant. Je suis revenu vivre ici avec eux il y a quelques années en achetant la maison de mes parents, quand ils se sont installés sur la côte italienne à cause de l'asthme de maman.

Lucie était bouche bée. Puis, poussant son assiette de côté, elle lui saisit la main, les yeux remplis d'horreur et de chagrin.

— Oh ! AJ... Je suis terriblement désolée. Pauvre Claire...

Claire ?

Il retira sa main d'un geste brusque.

— Qu'est-ce qu'il y a donc entre toi et Claire ? Je n'étais pas marié avec elle ! Ma femme s'appelait Ebony – Ebby pour les intimes.

Lucie devint pâle comme un linge.

— Ebby ?

Il secoua la tête sans comprendre.

— May ne t'a donc rien dit ?

— Je lui ai demandé de ne pas le faire, répondit-elle d'une toute petite voix. Je ne voulais plus avoir de nouvelles du Yorkshire, de crainte d'avoir le mal du pays, pour pouvoir me concentrer sur mes études. Tout ce que je savais, c'était que tu pratiquais la psychiatrie et que tu avais une femme et des enfants... Je suis vraiment navrée de la perte que tu as subie, AJ.

Puis elle fronça les sourcils.

— Tu as dit que tu avais acheté la maison de tes parents ?

4

Lucie lutta contre les émotions qui menaçaient de l'envahir, parmi lesquelles l'envie, quand AJ lui décrivit les caractères de son fils et de sa fille. Josiah était bruyant et téméraire, il avait toujours quelque chose à dire. Ruby était calme et réfléchie. Du haut de ses cinq ans et des poussières, elle se souciait de tout et de tout le monde. Elle adorait son extraverti de frère.

De toute évidence AJ était un père dévoué. Ses enfants étaient sûrement très beaux, peut-être avaient-ils les yeux bleus et les cheveux blonds. Ou bien ils ressemblaient à leur mère. Ebby.

La situation était... irréelle. Et dire que pendant tout ce temps, elle avait été persuadée qu'il avait épousé Claire Bainbridge ! Ils n'étaient âgés que de dix-huit ans quand elle était partie mais, poussée par la jalousie, elle avait imaginé tout un scénario et l'avait bloqué de crainte que son pauvre cœur ne soit tenté de fondre de nouveau pour lui.

Et voilà. À présent il était veuf, et père célibataire.

Pauvre AJ !

— Cela ne t'ennuie pas de me dire comment elle est morte ? osa-t-elle demander tandis que la serveuse remportait leurs assiettes encore à moitié pleines.

Le décès avait dû être soudain. Elle avait laissé deux jeunes enfants derrière elle.

— Elle était sortie avec des amies, dit-il au bout de quelques secondes. C'était sa première soirée dehors depuis la naissance des bébés. Mais elle a voulu rentrer tôt pour eux, comme tu t'en doutes.

Elle hocha la tête, mais comment l'aurait-elle su ? La notion de maternité ou d'une famille qui avait besoin d'elle lui était étrangère. Elle vivait avec une valise depuis des années, et elle aimait ça.

La plupart du temps.

Il marqua une pause, faisant tourner son verre de bière entre ses mains.

— Les deux types qui l'ont heurtée avec leur Land Rover avaient bu. Elle est morte pendant le trajet vers l'hôpital.

Lucie se couvrit la bouche des mains. Que pouvait-elle dire après ça, sinon réitérer ses regrets les plus profonds ? Mais ils sonnèrent creux, même à ses propres oreilles. Elle n'avait jamais connu Ebby, qui avait dû être très spéciale pour qu'AJ l'épouse.

Il lui raconta ensuite comment il avait acheté la maison après le départ de ses parents pour l'Italie. D'après lui cette maison était le meilleur endroit où élever les jumeaux.

Mon Dieu, rien qu'à la pensée de perdre le partenaire de votre vie, quelqu'un avec qui vous aviez bâti un nouveau monde, fait des enfants... Comment tenait-il encore debout ?

Pour elle, perdre ses parents avait été une tragédie qui avait changé sa vie, mais elle n'était alors âgée que de neuf ans. C'étaient les conséquences qu'elle avait senties le plus, à mesure que les années s'étaient écoulées sans eux. Une sensation d'inachevé et d'inadaptation par rapport à ceux qui n'avaient pas été abandonnés ni envoyés au loin... Le besoin de faire des choses pour elle-même avant tout, parce que les gens finissaient toujours par s'en aller, ou bien ils mouraient, et rien ne durait toujours.

— Et tu es ici pour combien de temps ? demanda AJ.

À l'évidence il avait envie de changer de sujet, ce qui était très compréhensible.

— Je... euh... j'ai pris le poste vacant au cabinet médical de Brookborough, répondit-elle d'une voix hésitante. C'est un contrat de quelques mois. J'ai eu envie de faire une pause en arrêtant les MRO pendant quelque temps, histoire de me changer les idées.

Elle se tut. Il se pencha par-dessus la table, et ses yeux ne la lâchaient pas. Le garçon de neuf ans qui lui avait demandé si souvent pourquoi elle pleurait avait toujours essayé de la faire rire, de lui faire sentir qu'elle n'avait pas tout perdu.

— Je fais parfois ces rêves… Depuis le tremblement de terre, tu sais ? J'ai vu un ami mourir juste devant moi. On m'a peut-être donné une médaille pour avoir sauvé ces enfants, mais c'est moi qui ai fait entrer Jorge dans l'école…

— Comment ça ?

— Le tremblement de terre s'est produit juste après notre arrivée.

Elle but une gorgée de son vin tandis qu'il la regardait avec des yeux pleins de compassion.

Par rapport à la mort, ils n'avaient rien en commun. Il n'avait aucune idée des reproches qu'elle se faisait à propos de Jorge. D'abord il y avait eu son grand-père, puis lui…

— Les MRO m'ont proposé de prendre un congé avant le prochain projet. Comme tante Lina est partie habiter dans un immeuble à Miami – qui n'est pas un endroit particulièrement paisible –, j'ai pensé qu'il valait mieux que je vienne voir gramma May, qui serait peut-être contente d'avoir un peu de compagnie. Elle est venue me voir quelquefois aux États-Unis entre deux projets, mais il m'a semblé que c'était le bon moment pour revenir à Brookborough.

Elle croisa les jambes, mal à l'aise. Pourquoi avait-elle besoin de raconter tout ça sur elle à AJ ?

Parce que tu l'as aimé autrefois. Et que, quelque part, tu aurais aimé être Claire… ou plutôt, Ebby.

— Donc, tu es toujours en train de récupérer de ce traumatisme, dit-il d'un ton pensif.

Il y avait quelque chose en lui qu'elle n'avait jamais pu oublier. Sa franchise totale et son honnêteté… Il avait un cœur d'or. Quand AJ vous regardait, vous aviez l'impression d'être la seule personne existant dans son univers.

C'était justement pour cela que cette histoire avec Claire Bainbridge l'avait tant choquée. Ça lui ressemblait si peu de s'amouracher de quelqu'un comme elle. Claire n'était même pas son type.

— Tu sais ce qui m'a aidé à dormir après la mort d'Ebby ? demanda-t-il soudain.

Elle pencha la tête. Lui aussi avait fait de mauvais rêves ? En faisait-il toujours ? Elle ne voulait pas se montrer curieuse en lui demandant comment il s'en sortait, veuf avec des jumeaux.

— Quoi ?

— Les chiens, répondit-il. Tu te rappelles Jamesy Abbot ? Le gamin atteint de troubles déficitaires de l'attention qui avait sauté par la fenêtre en cours de français pendant que Mme De Ville ne regardait pas et était revenu par la porte ?

Elle se mit à rire.

— Notre pauvre prof… Elle était complètement perdue.

— Figure-toi que deux ans après la mort d'Ebby, il m'a demandé de m'occuper de son golden retriever, Star-Lord, pendant quelque temps. C'était son chien de thérapie. Il l'aidait à résoudre ses problèmes de concentration, et lui a permis de conserver un job pendant des années au lieu de se faire virer régulièrement…

— Alors ?

— Au début je ne voulais pas, j'avais suffisamment de choses à gérer. Mais il n'avait plus personne pour le surveiller. Pour résumer, ce chien m'a sorti du trou dans lequel j'étais. Soudain j'ai retrouvé le sommeil. En le sortant trois fois par jour, j'ai été obligé d'interagir avec d'autres gens – les chiens vous amènent à communiquer. J'ai été un peu moins envahi par le chagrin. Ruby et Josiah l'adoraient aussi. Si bien que quand Jamesy est revenu, je cherchais déjà à intégrer une assistance canine dans mon travail. Puis Jetson est arrivé. Il a tout de suite pris sa mission à cœur. Nous avons cherché le moyen de l'aider à communiquer ce qu'il découvrait : hypoglycémie, narcolepsie, angoisses et stress… Les chiens peuvent déceler d'infimes changements dans le corps humain, à partir de minuscules modifications hormonales dans les composés organiques volatiles émis par les cellules cancéreuses. On y travaille toujours. C'est très varié, tu sais…

Lucie se rendit compte qu'elle avait regardé sa bouche pendant tout le temps qu'il parlait, absorbant non seulement ses paroles, mais aussi son énergie. Cette même énergie qui l'avait tirée *elle* hors du trou, autrefois.

Elle était si occupée à l'admirer qu'elle avait raté ses dernières paroles.

— Pardon, tu disais ?

— Tu devrais peut-être envisager l'assistance canine pour toi. Cela pourrait t'aider.

— Je ne suis pas un de tes patients, AJ.

Elle n'aurait pas dû lui parler de ses cauchemars. Mauvaise idée. Ils n'étaient pas toujours si affreux, et d'autres gens avaient des problèmes bien plus importants… Des gens qu'elle devrait être en train d'aider, bien loin de Brookborough.

— J'ai commencé Thera Pups pour aider à détecter toutes sortes de problèmes, et pour aider les gens à les gérer.

— Je me gère très bien, rétorqua-t-elle avec raideur.

Il haussa un sourcil, et elle poussa un long soupir.

— Combien y a-t-il de personnes investies dans ce projet ? demanda-t-elle.

Ébahie, elle écouta AJ lui raconter avec humilité comment sa société connaissait déjà un immense succès et inspirait des vocations. Non seulement il animait des séminaires et organisait des conférences au profit de la thérapie canine, mais il avait également avec lui un nombre croissant de bénévoles qui emmenaient des chiens dans des maisons de santé, des écoles spécialisées, des hôpitaux… Partout où ils étaient demandés.

— J'ai assisté à de véritables guérisons grâce à eux, lui assura-t-il. Parfois, nous pouvons même installer des chiens à demeure.

— C'est fantastique, dit-elle, impressionnée.

Comment un veuf avec des jumeaux trouvait-il le temps de faire tout ça ? Était-il Superman ?

— Mais je n'ai pas besoin d'un chien – à demeure ou non.

AJ n'eut pas l'air convaincu.

— Je vais tout à fait bien, lui assura-t-elle en posant les mains à plat sur la table.

Elle se sentit rougir sous son regard inquisiteur.

— J'ai juste parfois un mauvais rêve qui revient.

— Si tu changes d'avis, tu sais où me trouver.

— Tout à fait, dit-elle en cherchant la serveuse du regard.

Lorsque l'addition arriva elle proposa de la payer, mais AJ sortit sa carte bancaire avant qu'elle ait eu le temps de protester.

Dehors, l'air nocturne soufflait doucement autour d'eux tandis qu'ils marchaient en silence dans la rue sombre qui menait au terrain communal. AJ se laissa tomber sur un banc de bois près des anciens entrepôts.

Elle rougit quand il tapota le siège près de lui pour qu'elle le rejoigne.

— Pourquoi croyais-tu que j'étais marié à Claire ? demanda-t-il en tournant le visage vers le ciel.

Elle lui jeta un coup d'œil de côté, fascinée par son beau visage anguleux. Il était si différent. Mais il y avait toujours la même familiarité entre eux que pendant toutes ces années, et il avait toujours le même effet sur son cœur.

— J'ai dû vous voir ensemble, prétendit-elle, gênée.

Quelle idiote elle avait été, de s'imaginer certaines choses.

— Et j'en ai tiré des conclusions.

— De mauvaises conclusions.

— Je le sais maintenant.

AJ étala le bras le long du banc.

— Claire est juste l'amie de Belle. Je crois qu'elle a eu un faible pour moi il y a longtemps, mais c'est tout.

Il joua du bout du pied avec une pierre.

— Tu sais, j'ai été sens dessus dessous quand tu es partie en Amérique et que tu m'as bloqué.

La gorge de Lucie se noua. Elle avait tout gâché en l'abandonnant sans même penser à ce qu'il pouvait ressentir. Elle lui avait manqué, elle, son amie, et elle avait mis fin à leur amitié sur un coup de tête. Elle avait été si égoïste...

— Cela t'a permis de rencontrer Ebby, d'avoir tes jumeaux et de démarrer ton affaire...

— Certes, dit-il en se relevant.

— Et moi, je suis allée passer mon diplôme de médecin dans le Colorado, et j'ai pris ce job chez les MRO.

Ils se tenaient à quelques centimètres l'un de l'autre sous la lumière d'un lampadaire. AJ la regarda, et elle se demanda s'il pensait la même chose qu'elle : « Et si elle n'était pas partie ? »

Elle se sentit anéantie et dut lutter contre l'envie de s'allonger par terre et de fermer les yeux pour oublier tout ça. Seule. Toutes sortes d'émotions menaçaient de la submerger.

— Eh bien cette soirée a été... Merci de m'avoir invitée. Je suppose qu'on se reverra.

— Je suppose que oui, marmonna-t-il. C'est bien d'avoir pu éclaircir un peu les choses.

— Oui. Très bien.

Elle s'éloigna d'un pas rapide avec l'envie de rentrer sous terre. C'était peut-être la nostalgie liée au vieux pub, ou le fait de revoir de près ces yeux et ces lèvres, mais si elle ne partait pas très vite, elle était capable de faire demi-tour et de l'embrasser.

5

Austin savait que Lucie avait été très prise par son travail, mais avec sa spécialisation en santé mentale il avait pensé tomber sur elle lors de ses tournées à Lavender Springs. Le cabinet du médecin généraliste n'était qu'à quelques pas de l'hôpital. Mais il ne l'avait pas vue.

Jusqu'à maintenant.

Elle se tenait devant l'étal du marchand d'œufs, tandis que les jumeaux prenaient des pommes à quelques mètres de là sur l'étal du maraîcher. Il y avait suffisamment de monde sur le marché pour qu'il puisse s'éclipser avec eux sans qu'elle le voie.

— Austin ! Comment ça va ? Et les enfants ? Quelle belle journée, hein ?

Trop tard !

Le vieux Nigel – le maraîcher – avait la voix la plus puissante qu'il ait jamais entendue. Naturellement Lucie tourna la tête dans leur direction.

— Oh ! bonjour, dit-elle.

L'adrénaline envahit son ventre tandis que Lucie marchait vers lui, les yeux fixés sur les jumeaux. Nigel était en train de les faire rire en jonglant avec des pommes. Jetson était couché sous l'étal, montant la garde comme toujours, prêt à obéir au prochain ordre.

— Bonjour, répondit-il. Ça fait longtemps qu'on ne s'est pas vus.

— Longtemps, répéta-t-elle d'un air absent, sans quitter les jumeaux des yeux.

Son panier était rempli de jonquilles et de tulipes.

— Papa, regarde Ruby !

Il se retourna. Sa fille était en train d'essayer de jongler comme Nigel. Lorsque deux pommes tombèrent par terre, il courut pour en rattraper une, mais Jetson fut plus rapide. En se relevant il se cogna à Lucie, qui s'était penchée pour ramasser l'autre.

— Oh ! pardon ! s'exclamèrent-ils en chœur en se frottant le front, avant d'éclater de rire.

Il retrouvait là sa Lucie. Comme si elle n'était jamais partie.

Pourquoi avait-il cherché à s'enfuir en la voyant ? Parce qu'il se sentait coupable d'éprouver de nouveau, aussi rapidement, des sentiments. Il était tombé amoureux d'elle longtemps avant de faire la connaissance d'Ebby...

— Tiens...

Elle lui tendit l'autre pomme, et pendant quelques secondes il ne sut pas quoi dire.

— Je vous reconnais, je vous ai vue au pub l'autre soir, dit Nigel en tendant la main à Lucie. Vous avez bien fait de sortir avec ce garçon. Ça commence à faire un bail, non, fiston ?

Austin lâcha un petit rire forcé, évitant le regard de Lucie. Il jeta la pomme dans un sac tout en étant conscient de la blouse rouge qu'elle portait, parfaitement assortie à son rouge à lèvres, et de l'allure qu'elle avait dans son jean moulant. Tout en bavardant avec Nigel, elle jetait des coups d'œil dans sa direction.

Lorsqu'une nouvelle personne arrivait en ville, elle était l'objet de toutes les conversations. Tout le monde ne connaissait pas la Lucie d'avant. C'était le cas de Nigel. Mais Austin sentait que leur histoire était écrite dans leur langage corporel. Il n'était pas le même quand il se trouvait près d'elle. Même s'ils n'avaient jamais été plus que des amis.

Lucie était quelqu'un que l'on respectait et admirait. Elle était partie pour s'accomplir dans son métier. Mais il décelait quelque chose de pesant en elle à présent. Rien d'étonnant, après ce qu'elle avait vécu. Il lui trouva les yeux fatigués tandis qu'elle parlait avec Nigel. Faisait-elle fréquemment ces cauchemars qu'elle avait mentionnés ? Se réveillait-elle, perdue et effrayée, en se demandant si elle se sentirait de nouveau normale un jour ?

Nigel fut appelé pour peser des bananes, et Ruby rejoignit son père.

— C'est qui, papa ?

Lucie se pencha à sa hauteur et lui tendit la main.

— Je m'appelle Lucie. Je suis une vieille amie de ton papa. Tu dois être Ruby, ajouta-t-elle avec un grand sourire.

— Oui, et c'est mon frère, Josiah, dit Ruby en désignant du doigt son frère, qui tentait vainement à son tour de jongler avec des pommes.

Austin ne put s'empêcher de trouver étrange que Lucie Henderson soit là, caressant son chien et parlant à Ruby, qui était maintenant en train de lui raconter qu'elle voulait aider son père à faire une tourte aux pommes, ou alors un crumble.

— Gramma May fait le meilleur crumble aux pommes que je connaisse, répondit Lucie. Tu te rappelles, AJ... Austin ?

Il hocha la tête, fronçant légèrement les sourcils. C'était comme si elle utilisait son prénom entier pour mettre de la distance entre eux. Les meilleurs amis, devenus presque des étrangers...

Après tout, ils étaient bel et bien différents. Il était un père veuf terriblement occupé. Son planning était très chargé, et de toute façon Lucie n'était pas venue pour rester.

— Tu connais gramma May ? s'étonna Ruby.

Il intervint pour expliquer le lien entre Lucie et May, et comment Lucie était partie à l'étranger pour sauver des vies.

— *Tenter* de sauver des vies, rectifia Lucie.

Elle ne devrait pas se déprécier ainsi. Au fil des années, un millier de vies avaient dû être sauvées par elle et son équipe, et elle avait sûrement vu des choses difficiles. Depuis la dernière fois, il avait pensé beaucoup trop à elle et à ce qu'il lui avait dit à propos d'Ebby.

Il avait toujours été facile de communiquer avec Lucie, de partager avec elle. C'était sans doute pour cela qu'il lui avait raconté en détail comment sa femme était morte.

Elle avait tellement fait partie de sa vie quand il était plus jeune que son absence avait failli le détruire. C'était comme s'il s'était retrouvé privé d'un organe vital.

À plusieurs reprises, au fil des années, il avait pensé que, peut-être, s'il avait eu le courage de lui dire ce qu'il éprouvait réellement à son égard, elle ne serait pas partie en Amérique... Et maintenant elle était là, et c'était une nouvelle version de la fille qui avait disparu de sa vie sans un regard en arrière.

Elle avait toujours cette voix à réveiller ses terminaisons nerveuses, ces lèvres rouges, et quelques taches de rousseur sur le nez qu'elle ne cherchait pas à dissimuler sous du maquillage. Elle avait laissé pousser ses cheveux, devenus lisses et brillants comme de la soie. Il les imaginait, tout emmêlés sur un oreiller...

Pourquoi pensait-il à elle au lit ?

— Tu veux venir à la maison faire un gâteau aux pommes avec nous ? demanda Ruby.

Quoi ?

— Elle peut venir, papa ? Et gramma May viendrait aussi.

Austin regarda sa fille en silence, sentant les yeux de Lucie sur lui. Comme cette dernière l'avait bloqué, elle n'avait probablement aucune idée du roc que May avait représenté pour eux après la mort d'Ebby.

— Je suis sûr que Lucie et gramma May sont toutes les deux très occupées, ma chérie. On est samedi...

Et soudain, le besoin de rendre Lucie heureuse, qu'il avait toujours ressenti autrefois, surgit de nouveau en lui.

— À moins que... tu aies du temps libre plus tard, Lucie ? Belle va passer à la maison après son service à Lavender Springs, et je sais qu'elle adorerait te voir.

— May a sûrement des choses à faire, répondit Lucie en jouant avec les tulipes de son panier. Elle a une vie sociale plus active que moi, j'ai été absente trop longtemps.

— Tu n'as qu'à venir sans elle. Nous commençons habituellement vers 16 heures.

Pourquoi l'invitait-il ? Depuis la mort d'Ebby, se retrouver avec ses enfants et sa sœur dans la cuisine était un moyen de resserrer les liens. Juste eux. Il n'avait jamais demandé à quiconque de les y rejoindre.

— Entendu, je viendrai, répondit lentement Lucie. Merci pour l'invitation, Ruby.

De retour chez lui avec les jumeaux, Austin s'efforça de vivre au mieux ces moments qu'il passait avec eux le week-end, loin des clients, des réunions et des séminaires.

Mais Lucie était tout le temps présente dans sa tête, comme le refrain d'une chanson qui ne vous quitte plus.

Beaucoup d'eau avait coulé sous les ponts depuis leur passé commun. Maintenant ils étaient des adultes, et il valait mieux qu'ils s'entendent s'ils devaient souvent se croiser – au moins jusqu'à ce qu'elle quitte Brookborough pour travailler de nouveau à l'étranger.

Lucie ne resterait jamais au même endroit. Elle aimait trop son métier pour cela. Et il ne ferait certainement rien pour se rapprocher d'elle et risquer d'être déboussolé par un nouveau départ.

D'un autre côté... Qu'y avait-il de si terrible à venir aider faire un gâteau ? Il ne s'agissait pas d'un rencard – pas plus qu'au pub.

Il n'en restait pas moins qu'il venait d'inviter la première fille qui lui avait brisé le cœur à revenir dans sa vie...

6

— Voilà ce qui s'appelle abaisser une pâte au rouleau. Beau travail, Ruby !

Lucie était frappée par tout l'amour qui se dégageait de cette cuisine. La façon dont AJ échangeait avec ses enfants était adorable. Il était patient, les encourageait, transformait tout en jeu... Et il était complètement craquant dans son tablier.

Des dessins au crayon et au pinceau recouvraient tout le réfrigérateur. L'un représentait un énorme chien hérissé de poils et était signé par Ruby. Lucie se rappela qu'autrefois c'étaient les dessins de AJ qui étaient exposés là.

Celui-ci était pieds nus et portait un jean et un T-shirt blanc avec une photo de son chien, sous laquelle était écrit : Humain de Jetson. Avec son tablier recouvert de traces de doigts enfarinés, il aurait pu concourir pour le titre de Papa de l'année. Elle avait toujours aimé le voir pieds nus...

Même au bout de deux heures passées dans la cuisine à préparer des tourtes aux pommes, son cœur faisait des bonds chaque fois qu'AJ la regardait. C'était étrange – comme s'ils vivaient dans deux mondes différents. Le passé et le présent ne parvenaient pas à s'ordonner dans sa tête.

— Goûte-moi ça, lui dit AJ en lui tendant une cuiller par-dessus le comptoir.

Il baissa le regard sur ses lèvres, et elle trouva au mélange un goût étrange. Brusquement elle se revit à l'église le soir de ses quatorze ans, alors que tante Lina avait oublié son anniversaire, pressant le doigt contre celui d'AJ pour mêler leurs sangs. En faisant ce pacte, ils s'étaient engagés à passer tous leurs anniversaires ensemble pour toujours…

Elle abaissa davantage de pâte. Ils faisaient plusieurs tourtes ce jour-là, dans l'intention d'en apporter à Lavender Springs.

Elle surprit quelques coups d'œil qu'il lui lançait. Trouvait-il la situation étrange lui aussi ?

Même si Ebby n'avait jamais vécu dans cette maison, elle était présente sur la plupart des photos qui recouvraient le mur. C'était la première chose que Lucie avait vue en entrant. Des boucles noires et des yeux qui souriaient, des bras minces qui enlaçaient AJ… Jusque-là elle ne l'avait jamais vu en photo qu'avec elle et Claire Bainbridge.

Il avait dû être si malheureux en perdant Ebby…

— Parle-moi des chiens, lui dit-elle pendant que les tourtes étaient en train de dorer dans le four, et les jumeaux ayant été invités à aller se laver les mains.

AJ lui tira une chaise pour qu'elle s'asseye à table et posa une tasse de thé devant elle.

— Tu prends toujours du lait avec ? C'était comme ça que tu l'aimais – avec plus de lait que de thé.

Elle ne put s'empêcher de sourire.

— C'est toujours le cas.

Il s'assit en face d'elle.

— Les chiens… Franchement, je ne sais pas ce que j'aurais fait si je n'avais pas fondé Thera Pups.

Jetson sortit de sous la table et se dirigea vers les marches, en réaction à un cri provenant de la salle de bains de l'étage où les enfants s'amusaient toujours.

— Depuis que la nouvelle s'est répandue que nous développions un programme de détection des maladies par les animaux, nous croulons sous les demandes.

— Est-ce que ça marche réellement ? demanda-t-elle, intriguée. Peuvent-ils vraiment les détecter ?

— S'ils sont formés correctement. Je travaille à un exposé sur les recherches effectuées consistant à modifier continuellement ces techniques pour mieux les adapter. Nous ne savons pas encore exactement quels composants chimiques les chiens sentent pour détecter différents types de cancer, par exemple. Nous ne faisons que nous en approcher.

— C'est incroyable, murmura-t-elle avec admiration, tandis qu'AJ hochait modestement la tête comme s'il n'y avait pas de quoi en faire toute une histoire.

— Le chemin est encore long... À propos, as-tu réfléchi à la possibilité de travailler avec un chien pendant que tu es ici ?

— Pas vraiment.

Il était donc sérieux quand il avait envisagé cette possibilité pour elle ? Pensait-il qu'elle était brisée à cause de l'accident de Jorge et de ses rêves ? Il devait encore bien la connaître.

Mais ses proches aussi la connaissaient, et ils se souciaient d'elle.

Qu'avait donc dit gramma May ce matin-là, lorsque Lucie avait plaisanté sur le fait qu'elle trouvait super qu'elle soit entourée de gens qui la connaissaient depuis des années et qui malgré ça continuaient à l'aimer ?

« C'est bien, non ? On ne peut pas fonder une communauté comme Brookborough si on a toujours un pied prêt à passer la porte. »

Le fait est qu'à bien y réfléchir cette communauté avait beaucoup manqué à Lucie au fil des années.

— Comment sont tes rêves maintenant que tu es de retour ici ? Un peu moins intenses ?

Les yeux gris-bleu remplis d'empathie d'AJ semblaient scruter son âme au plus profond. Instinctivement elle appuya le pouce contre l'index, à l'endroit où ils avaient mêlé leur sang en concluant leur pacte.

— Ils ne sont plus aussi fréquents, prétendit-elle.

Il fronça les sourcils d'un air dubitatif et posa un instant la main sur la sienne. Elle était à la fois touchée par sa gentillesse et vexée qu'il estime clairement qu'elle avait besoin d'une thérapie canine. Mais sa sollicitude pour elle était en train de lever les barrières qu'elle avait érigées autour de son cœur. Elle n'y avait laissé entrer personne depuis longtemps. La plupart du temps elle ne permettait que des interactions superficielles. C'était préférable, pour quelqu'un comme elle qui était toujours en déplacement.

Ne pas approfondir, ne pas s'attacher.

— À quoi ressemblent ces rêves ? demanda-t-il calmement.

Il y eut un long silence.

— Affreux, avoua-t-elle enfin, retenant ses larmes.

— Je sais ce que c'est, Lucie. Il y a eu des moments après le décès d'Ebby où je...

Le bruit d'une clé dans la serrure de la porte d'entrée l'interrompit.

— Tante Belle ! s'exclamèrent les enfants depuis l'étage, avant de dévaler l'escalier.

AJ jaillit de son siège et brancha la bouilloire, tandis que Lucie s'essuya rapidement les yeux avant que Belle entre dans la cuisine.

— Lucie !

Belle la serra dans ses bras, et elle lui rendit son étreinte, soulagée par son arrivée. La tension était montée si vite. Comment AJ faisait-il pour l'amener à s'ouvrir aussi facilement ? De son côté, il avait été sur le point de lui confier quelque chose à propos d'Ebby.

— Je suis si contente de te voir ! Comment vas-tu ?

Belle semblait toujours la même, blonde, yeux bleus, souriante, les cheveux ondulant sur les épaules, et les pommettes saillantes – marque de fabrique de la famille Johnstone. Leur mère, Pamela, avait les mêmes. Lucie avait beaucoup aimé leur mère. Elle les avait tous aimés.

— Je vais très bien, répondit-elle machinalement.

AJ haussa les sourcils.

— Belle vient de Lavender Springs où elle est infirmière en chef, dit-il. Elle m'informe sur les patients pour qui cela pourrait être bénéfique de passer du temps avec un chien.

Belle se laissa tomber sur une chaise et se débarrassa de ses chaussures.

— À propos, Jack Granger a de nouveau passé une mauvaise journée. Il a eu une nouvelle attaque et ne peut plus se servir de son bras gauche. Il est un peu trop calme. J'ai l'impression que sa confiance en lui en a pris un coup, ça se voit dans ses yeux...

Lucie écoutait Belle parler des résidents du foyer tout en étant aux petits soins pour les enfants. À l'évidence ils formaient un bloc soudé. AJ allait se retrouver seul avec les jumeaux lorsque Belle se marierait. Cela devait le préoccuper.

— Qu'est-ce que tu en penses ?

Belle la regardait en mordant dans une pomme.

— Pardon ?

— Je disais que si tu es libre demain, tu devrais aider Austin à apporter des tourtes au foyer, et tu pourrais voir Jetson en pleine action. J'ai découvert que Jack avait eu un berger allemand, qui restait couché sous son bureau pendant qu'il travaillait et qui pétait tout le temps ! Je pense qu'il va adorer Jetson. Il ne parle pas beaucoup. Parfois il se lance dans de monologue, puis se tait d'un seul coup comme s'il craignait de prendre trop de place. Je crois qu'il a perdu sa...

Lucie devina qu'elle allait dire « femme » et s'était retenue juste à temps. Les enfants gloussaient toujours à cause du verbe « péter ». En entendant son nom, Jetson s'était approché d'eux et avait posé sa bonne grosse tête sur les genoux d'AJ, le regardant avec adoration.

Lucie se racla la gorge.

— J'ai promis à May de lui rapporter demain quelques objets de la boutique d'articles d'occasion pour les œuvres caritatives.

— Cela ne te prendra pas toute la journée, objecta Belle.

— Ne lui mets pas la pression, Belle, intervint AJ. Elle n'est pas revenue pour ça.

Josiah agita un livre, disant qu'il était temps de faire la lecture à Jetson, et Belle et Ruby l'accompagnèrent.

— Ils adorent lire des histoires à ce chien, expliqua AJ quand ils se retrouvèrent seuls. En fait, je pense que ça les aide aussi. Ils sont en avance pour leur âge.

Puis il baissa la voix.

— Désolé pour Belle, mais elle est très fière du programme. Et de tout ce que fait Thera Pups au foyer. Elle a envie que tout le monde le voie. Tu n'as vraiment pas besoin d'y aller…

— Excuse-moi, le coupa-t-elle. Tu avais commencé à me dire qu'il y avait des moments après la mort d'Ebby où…

— Oh !

AJ s'appuya contre le comptoir. Il rejeta ses cheveux en arrière, et de fines rides causées par le temps et le chagrin apparurent sur son front, donnant à Lucie envie de le consoler avant même qu'il parle.

— Je ne sais pas… C'était dans l'instant. Je ne devrais pas te raconter ces choses-là.

— Pourquoi pas ? demanda-t-elle, le cœur serré.

Il poussa un soupir.

— Parce que ce n'est pas ton problème.

Bon. Les amis étaient pourtant censés se confier l'un à l'autre. Mais n'avait-elle pas tout gâché avec sa stupide fierté et son cœur en mal d'amour ?

— Et qu'est-ce qui est mon problème alors ?

Tout de même, suffisamment d'eau avait dû couler sous les ponts pour qu'elle puisse être son amie pendant qu'elle était là, non ? Ce ne serait pas pour longtemps.

— Je ne veux pas t'en rajouter, Lucie. Il faut d'abord que tu récupères avant de te soucier de moi. Cela fait cinq ans qu'Ebby est morte, et je vais très bien.

Elle posa la main sur la sienne et sentit des picotements le long de son bras.

— Je ne crois pas que l'on puisse aller très bien, même si l'on va mieux, murmura-t-elle.

— Je t'assure...

— C'est à *moi* que tu parles, AJ.

Il la fixa un instant, puis baissa les yeux sur sa main dans la sienne et la serra brièvement avant de la relâcher.

— Regarde-nous, dit-il avec un petit rire forcé.

Puis il accrocha son tablier à la patère près de la porte et alla donner aux jumeaux le verre de lait qu'ils réclamaient.

Lucie se laissa tomber sur sa chaise. Il n'y avait pas de « nous ». Il n'avait même jamais existé – du moins comme elle l'aurait souhaité. AJ avait probablement une centaine de personnes à qui il pouvait parler dans cette communauté, pourquoi aurait-il soudain voulu lui parler à elle ? Et à qui la faute ? Elle était celle qui l'avait repoussé pendant toutes ces années.

C'était si facile de discuter avec lui, elle avait bêtement supposé qu'il ressentait la même chose. Elle voulait qu'il sache qu'il pouvait lui parler.

Tout était si confus...

Quand elle repartit pour la maison de gramma May, gavée de tourte aux pommes et d'histoires de thérapie canine, Lucie avait décidé qu'il valait mieux pour tous les deux qu'elle se tienne à distance d'AJ tout le temps qu'elle serait là. Même s'ils avaient été amis à une époque. Sinon elle ne ferait que compliquer les choses.

Seulement cette nuit-là, quand elle se réveilla couverte de sueur froide à 3 heures du matin, ce fut le visage d'AJ qu'elle invoqua pour se calmer – quand il caressait son chien et riait avec les jumeaux.

7

Austin s'assit au bord du grand fauteuil en cuir. Le salon recouvert de tapis sentait le café et le désodorisant. Une aide-soignante était en train de passer avec une assiette de biscuits. Jack Granger, l'homme de quatre-vingt-neuf ans victime d'une attaque, était assis, rigide, dans le fauteuil en face de lui, et regardait Jetson faire rouler une balle avec sa patte. Il refusa le biscuit qu'on lui offrait. Sur son long visage triste et fatigué, on pouvait lire la peine qu'il éprouvait encore d'avoir perdu sa femme ainsi que l'usage de son bras.

Belle lui avait raconté que la semaine précédente, quand il était venu à Lavender Springs avec les tourtes aux pommes, Jack s'était un peu animé avec elle, et Austin avait espéré qu'en amenant Jetson ce jour-là il obtiendrait le même résultat.

Raté. C'était sa deuxième visite à Jack, et ce dernier lui avait à peine accordé un coup d'œil. Austin avait espéré à tort que Lucie aurait rebondi sur la proposition de Belle. Il ne l'avait pas revue depuis, mais avait aperçu la voiture qu'elle avait louée. Elle avait sûrement mieux à faire après toutes ces années, que de traîner avec un père veuf et ses chiens.

— Comment va votre bras aujourd'hui ? demanda-t-il à Jack.

Celui-ci poussa un soupir, découragé.

— Comme tous les jours. Il ne sert à rien. Je ne pourrais même pas nouer mes lacets si j'en avais.

Austin baissa les yeux sur ses pantoufles.

— Est-ce que vous pouvez entraîner un chien à lacer les chaussures ?

— Pas encore... mais je vais y travailler.

Il jeta la balle à Jetson, qui l'attrapa rapidement et la déposa aux pieds de Jack, le regardant avec espoir. Ils restèrent un moment dans le silence, personne ne touchant la balle.

— J'ai entendu dire que vous avez eu un berger allemand, dit Austin.

Jack hocha la tête.

— Elle s'appelait Shadow et allait partout avec moi. C'était il y a des années, avant que je fasse la connaissance de mon Alice. Je n'ai jamais pu remplacer ce chien.

Austin lança de nouveau la balle à Jetson.

— Alice n'aimait pas les chiens ?

— Si, mais elle voulait avoir droit à toute mon attention. Plus tard, elle m'a dit que plus elle me connaissait, plus elle avait envie d'avoir un chien, finalement. Je n'ai jamais vraiment su comment je devais le prendre.

Austin étouffa un rire, auquel répondit en écho celui de Jack. À sa surprise, quand Jetson redéposa la balle à ses pieds, Jack s'en saisit de son bras valide et la jeta à travers la pièce.

Jetson courut derrière, la queue en l'air, et une dame assise dans un autre fauteuil leva les jambes en riant quand il la frôla. Au moment où Austin se levait pour aller s'excuser, quelqu'un qui arrivait derrière lui tapa sur l'épaule.

— Belle !

— Salut, petit frère. Regarde qui j'ai trouvé.

Sa sœur était tout sourire dans son uniforme rose pâle, sans doute impressionnée par les progrès réalisés par Jack grâce à Jetson. Et elle n'était pas seule.

— Lucie...

Elle portait une jupe noire moulante et une blouse à col haut, ainsi que le même blazer que le soir où ils avaient dîné au pub. Avec son rouge à lèvres rose et ses cheveux bien coiffés, elle attirait tous les regards dans le foyer. Peut-être la prenaient-ils pour une célébrité...

Jetson s'assit devant elles, attendant d'être autorisé à leur faire la fête, et Austin vit Lucie lui tapoter la tête, d'abord maladroitement, puis avec enthousiasme.

— J'ignorais que tu viendrais voir Jack aujourd'hui, lui dit-elle en tendant la main au vieil homme qui la saisit, l'air impressionné par son look impeccable.

Il ôta ses lunettes pour mieux la regarder.

Lucie se présenta. Elle était là pour une évaluation, Jack étant inscrit au cabinet médical.

Austin approcha un autre siège pour elle, espérant que les battements de son cœur allaient se calmer, et Belle les quitta pour retourner à l'accueil.

Le regard de Jack alla de l'un à l'autre.

— Vous vous connaissez, tous les deux ?

— Un peu, admit Lucie.

— Plus qu'un peu, je parie, dit Jack avec un petit sourire.

Austin croisa les bras, et Lucie l'imita, avant de reposer les mains sur ses genoux.

— Qu'est-ce qui vous fait croire ça ?

— Une impression. Vos yeux se sont mis à briller quand vous l'avez vue, dit-il à Austin. Mon bras ne fonctionne pas bien, mais mes yeux, si.

— Nous avons été amis, concéda Austin.

Il vit Lucie se raidir, visiblement ennuyée. Il aurait peut-être dû partir et la laisser travailler, mais Jetson s'était assis à ses pieds, comme s'il attendait quelque chose. Et Jack n'avait jamais autant parlé que ce jour-là, ce qui était une bonne chose.

— Eh bien..., marmonna-t-il, cherchant vainement un sujet de conversation neutre.

Ses yeux n'avaient quand même pas pu briller !

Il se rappela la fois où il l'avait vue apparaître sous les ballons multicolores dans la salle de gym, le jour du bal de l'école. C'était la plus jolie fille qu'il ait jamais vue, et il s'était rendu compte qu'il éprouvait des sentiments pour elle. Ils avaient dix ans. Deux semaines plus tard, ils s'étaient embrassés sur le pont. Il avait su que pour lui elle n'était vraiment pas comme les autres filles. Lucie avait réveillé des choses en lui.

Il ne lui en avait jamais parlé. Elle aurait pu se moquer, et décider ne plus rien avoir à faire avec lui.

C'était à partir de là qu'il avait commencé à lui cacher ce qu'il ressentait pour elle, cherchant par-dessus tout à préserver leur amitié .

— Nous nous connaissons depuis longtemps, ajouta prudemment Lucie. Je vivais alors près d'ici. Je suis juste revenue quelque temps à Brookborough, et j'ai eu envie de voir un peu ce qui se passait à Lavender Springs.

Puis elle raconta que son grand-père avait été résident là avant de mourir. Il n'avait jamais reçu de visites de chiens. Elle-même n'avait jamais eu de chien, alors que sa famille les avait toujours adorés.

Austin fut ravi d'apprendre que la semaine précédente elle s'était documentée sur l'assistance canine grâce à lui.

Il avait souvent pensé à ce qui hantait les rêves de Lucie. Qu'avait-elle vu exactement ? Et cette façon de s'habiller... C'était comme si elle essayait d'être quelqu'un d'autre – quelqu'un qui n'aurait pas été témoin de cette tragédie.

Au bout d'un moment, Jack parut avoir complètement oublié la présence d'Austin. Lucie avait réussi à le faire parler davantage de son berger allemand. Il l'observa pendant qu'elle écoutait le vieil homme et évaluait l'état de son esprit et sa façon de fonctionner et de réagir.

Durant tout ce temps, Austin s'efforça de déchiffrer ce qui se passait dans son esprit *à elle*. Il la connaissait si bien autrefois, et maintenant... Que ses yeux brillent ou pas quand il la voyait, ils étaient deux étrangers.

Sans doute s'était-il éloigné. Lucie ne s'était plus manifestée pendant si longtemps qu'il avait fini par se convaincre qu'elle ne voulait plus rien avoir à faire avec lui. Et depuis son retour, elle avait de nouveau disparu.

Peut-être avait-elle été gênée de voir sa maison remplie de photos d'Ebby, alors qu'autrefois elle avait davantage été la sienne. Elle était devenue un sanctuaire dédié à une personne qu'elle n'avait jamais connue.

Une minute… Ce n'est tout de même pas ma faute.

Depuis que Lucie était revenue, ce n'était pas la première fois qu'il se demandait comment sa vie aurait évolué s'il lui avait avoué ce qu'il ressentait pour elle. Et si elle n'était jamais partie ? Peut-être ne se serait-il pas marié avec Ebby. Son cœur se serra. Par la pensée, il trahissait la mère de ses enfants.

Jack venait de demander à Lucie pourquoi il ne l'avait jamais vue auparavant.

— Je ne suis qu'une remplaçante. Je fais une pause dans mon travail habituel.

— Pourquoi ? demanda Jack.

Lucie resta muette.

— Elle le reprendra bientôt, rassurez-vous, intervint Austin. Figurez-vous qu'elle vit à l'autre bout du monde, et nous ne pouvons pas la retenir ici. Je doute que quelqu'un puisse y parvenir.

Elle esquissa un sourire forcé.

— Personne n'a jamais tenté de me retenir, dit-elle froidement.

Jack les regardait tous deux avec intérêt.

Peut-être Lucie avait-elle raison. Mais même s'il lui avait parlé de ses sentiments, rien n'aurait empêché Lucie Henderson de faire ce qu'elle voulait.

Pourquoi était-il de nouveau si contrarié ? Le passé était de l'histoire ancienne. Et elle n'essayait pas de se refaire une place dans sa vie pour l'anéantir une seconde fois. Il *savait* qu'elle allait repartir, et cela lui convenait tout à fait.

Oui, mais… tu penses beaucoup à elle… Et rien que le fait de savoir qu'elle est dans les parages suffit à te perturber.

Jack renifla.

— En tout cas, soyez bénis tous les deux pour ce que vous faites pour des gens comme moi, alors que le reste du monde a abandonné la partie...

Il tenta de bouger le bras et fit la grimace.

Aussitôt Jetson lui lécha la main en guise de soutien moral, tandis qu'Austin et Lucie disposaient une couverture sur ses genoux. Leurs doigts se touchèrent, et elle retira vivement la main comme s'il l'avait piquée, avant de lancer la balle à Jetson un peu trop fort.

Bon. Apparemment elle avait été clairement contrariée par son dernier commentaire. Il ne lui restait plus qu'à s'excuser.

8

— Pourquoi avoir dit ça ?

Lucie lui fit face à la seconde où ils se retrouvèrent tous les deux dans le couloir. Si son sourire avait réussi à donner le change à Jack, les paroles d'AJ ne l'en avaient pas moins ébranlée. Il avait sans doute dit vrai, mais l'entendre de sa bouche avait touché un point sensible.

— Je ne sais pas pourquoi je l'ai dit, admit-il aussitôt. Désolé de la façon dont je l'ai exprimé. Je suppose que je me sentais un peu exclu de n'avoir eu aucune nouvelle de toi depuis que tu es venue chez moi la semaine dernière.

Une femme passa près d'eux en chaise roulante avec une infirmière, et toutes les deux caressèrent la tête de Jetson au passage. Lucie et AJ leur adressèrent un sourire forcé.

Puis Lucie prit une profonde inspiration.

— Je suis désolée d'avoir été distante, murmura-t-elle. Je ne savais pas si je devais valider cette... comment dire... rencontre ? Tu es occupé avec tes jumeaux, et moi avec le cabinet...

— Mais ce n'est pas vraiment le problème, n'est-ce pas ?

Elle resta silencieuse.

— C'est étrange, poursuivit-il. Pour nous deux, je suppose, de se retrouver ainsi dans le même environnement. Mieux vaut le reconnaître. Je pensais que ce serait sympa de faire de la pâtisserie ensemble, mais...

— *C'était* sympa.

— Mais ça t'a fait flipper… de me voir papa, dans cette maison que tu as connue.

— D'accord, j'ai trouvé un peu bizarre que tu sois devenu père… Mais ce n'est pas flippant.

Certes, c'était étrange de le voir dans cette maison remplie de photos d'Ebby, alors que ses sentiments pour lui étaient en train de refaire surface. Des sentiments pour son ex-meilleur ami désormais veuf, et qu'elle pourrait ne jamais avoir. Mais cela, il n'était pas question qu'elle l'admette.

D'autre part, pourquoi trouvait-il étrange de se retrouver près d'elle ? N'avait-il pas connu un mariage heureux loin d'elle ?

— Je n'arrive pas à oublier qu'après l'offre de ta tante, tu es partie en Amérique sans même me dire au revoir, ajouta AJ en la regardant droit dans les yeux.

Elle retint sa respiration.

— Que s'est-il passé ?

— Je comptais toujours sur toi, AJ. Il était temps que je fasse quelque chose par moi-même. Tu sais comment on est à dix-huit ans, on ne pense qu'à soi…

Elle esquissa un sourire peu convaincant, même pour elle. Ses paroles d'excuse semblaient dépourvues de sensibilité, mais elle ne tenait pas à ce qu'il se doute qu'elle avait espéré qu'il lui demanderait de rester.

— En effet, je sais ce que c'est que d'avoir dix-huit ans, répondit-il. Pendant toute cette année, je me suis demandé où tu avais bien pu passer.

— Je suis désolée, murmura-t-elle.

Elle était sincère et avait profondément honte d'avoir été une si mauvaise amie.

— Mais je suis certain que tu as eu beaucoup de succès en Amérique. Et pas seulement sur le plan professionnel.

Il la regarda avec insistance. S'attendait-il vraiment qu'elle lui parle de sa vie amoureuse ?

Elle n'allait sûrement pas lui raconter qu'elle avait seulement eu deux relations dans sa vie – avec des membres de son équipe quand ils étaient sur le terrain – et qu'aucune n'avait duré. Probablement parce que les deux avaient alors envisagé de quitter les MRO pour se fixer quelque part et avoir des enfants, et qu'elle avait aussitôt fait ses valises.

Elle ne pouvait même pas lui avouer qu'elle avait eu un énorme béguin pour lui autrefois. Il risquerait de penser qu'elle avait une idée en tête.

Bon sang ! il était papa à présent ! Et elle ne restait pas en place. Elle n'était pas à proprement parler une figure maternelle idéale. Et elle ne connaissait rien à l'éducation des enfants. Comment le pourrait-elle, alors qu'elle avait été élevée par ses grands-parents ? Même s'ils s'étaient montrés stables, aimants et dévoués, ils n'avaient pas été sa mère et son père...

D'ailleurs ils lui avaient à peine parlé d'eux, comme s'ils avaient craint de trop la bouleverser. Quant à tante Lina, elle était encore plus remuante qu'elle. Avec sa bienveillance et son généreux soutien financier elle était davantage comme une sœur aînée, tellement occupée qu'elle était capable d'oublier qu'elle l'avait invitée et de partir sans elle.

— Je ne suis pas là pour remuer le passé, AJ...

Elle était probablement tout ce qu'il ne lui fallait pas dans sa vie à ce moment-là. Josiah et Ruby avaient besoin de stabilité, de quelqu'un sur qui ils pouvaient compter.

— Je suis d'accord, mais j'espérais qu'on pourrait redevenir amis. Pourquoi pas redémarrer de zéro ?

— J'aimerais beaucoup qu'on redevienne amis, répondit-elle spontanément, avant d'avoir eu le temps de réfléchir.

Il prit la main qu'elle lui tendait et la serra. Elle se demanda s'il se rappelait leur serment.

« Tu seras toujours dans mon sang, Lucie. »

C'était ce qu'il avait dit.

— Quelle est ton opinion sur Jack ? demanda-t-elle tandis qu'ils marchaient dans le couloir.

C'était un endroit agréable ici, mais y vieillir seul, sans recevoir de visite ni avoir quelqu'un qui se soucie de vous...

Elle réprima un frisson.

On ne peut pas fonder une communauté comme Brookborough si on a toujours un pied prêt à passer la porte...

— Eh bien... Il pleure toujours sa femme, ce qui ralentit le processus de guérison. Mais j'ai pu voir que Jetson l'aidait. J'ai beaucoup lu sur l'assistance canine.

— Et sur l'aide qu'elle peut apporter dans les rêves ?

— Je n'irai pas jusque-là... Très bien, soupira-t-elle. J'aimerais bien ne plus voir ce que je vois parfois quand je ferme les yeux. Je me dis que si j'essayais de pénétrer ton univers, étant donné qu'il est avéré que les chiens peuvent agir de différentes façons sur la santé mentale, je pourrais au moins apprendre quelque chose de nouveau. Cela ne t'ennuie pas si je programme parfois mes rendez-vous en même temps que les tiens ?

— Cela dépend.

— De quoi ?

— Si tu as un bon contact avec les chiens.

— Je ne tarderai pas à le savoir.

Pourquoi se sentait-elle aussi nerveuse ? AJ la fixait comme s'il pouvait lire en elle. Se passait-il quelque chose entre eux ?

Mais non. C'est juste une émotion surgie de votre enfance.

AJ proposa de l'accompagner avec Jetson pour voir son patient suivant. Elle accepta, bien sûr. Redevenir amis était la seule façon de travailler ensemble, même si c'était encore légèrement inconfortable.

Naturellement ils devraient rester sur un plan strictement professionnel. Plus de visite chez lui ni de contacts avec ses enfants – qui l'avaient sans doute déjà oubliée.

La prochaine fois, il faudrait qu'elle pense à leur apporter un petit cadeau...

La nouvelle patiente de Lucie s'appelait Phyllis et avait soixante-dix-sept ans. Elle était assise dans un fauteuil rose, l'air déprimée. Lucie s'assit près d'elle en souriant.

Phyllis souffrait de la maladie de Parkinson, et par conséquent se sentait souvent anxieuse et dépressive. Ses yeux se portèrent immédiatement sur Jetson quand AJ arriva avec le labrador.

— Qui est-ce ? demanda-t-elle.

AJ lui tendit la main, et elle la saisit en tremblant, mais Lucie avait vu son regard briller dès qu'ils étaient entrés.

— Je m'appelle Austin, et voici le Dr Jetson, répondit AJ.

Lucie réprima un sourire en voyant Phyllis lever un sourcil amusé. Jetson s'appuya sur ses pattes arrière et posa ses pattes avant sur le bras du fauteuil, comme pour se présenter.

— As-tu amené ma fille avec toi ? lui demanda Phyllis en souriant.

Elle continua à parler à Jetson, lui caressant la tête de sa main tremblante.

— Mes petits-enfants me manquent, tu sais, mon garçon... Ta tête est si douce... comme celle de mon petit-fils.

AJ semblait ravi, et Lucie ne put faire autrement que sourire. Il mettait un tel enthousiasme à aider les gens à créer un lien avec les chiens. Elle sentit son cœur fondre encore un peu plus, rien qu'en le regardant avec sa patiente.

— Nous sommes ici pour voir comment nous pouvons vous aider, Phyllis, commença-t-elle. Le Dr Johnstone s'intéresse à la thérapie assistée par les chiens, et il propose quelques idées pour l'intégrer dans votre traitement.

Phyllis hocha la tête, l'air indécise.

— Je n'ai pas le temps de promener un chien, objecta-t-elle, tandis que Jetson se rasseyait à ses pieds.

— Ne vous inquiétez pas pour ça, c'est le docteur qui le promène, répondit-elle tandis qu'AJ leur adressait un petit salut.

Lucie toucha légèrement le bras de sa patiente.

— Je pense que ce serait bénéfique pour nous tous de mettre au point un programme de traitement en collaboration avec Jetson, ici présent. Il peut aussi aider sans avoir besoin de marcher. Par exemple, il adore qu'on lui fasse la lecture.

AJ l'écoutait d'un air intéressé. Elle lui avait déjà appris à quel point Phyllis avait autrefois aimé la lecture, mais qu'elle trouvait maintenant difficile de se concentrer en raison de son anxiété et de ses problèmes physiques.

En entendant AJ lui assurer que ses jumeaux lisaient beaucoup mieux depuis qu'ils faisaient la lecture à Jetson, Phyllis se mit visiblement à réfléchir. Elle pourrait non seulement mieux se concentrer, mais aussi retrouver confiance en elle.

— Quel genre de lecture aimes-tu, Jetson ? demanda Phyllis avec un sourire espiègle.

Elle demanda à AJ de lui passer quelques livres qui se trouvaient près d'elle, ce qu'il fit aussitôt. Quelques minutes plus tard, Lucie et AJ écoutaient, fascinés, Phyllis lire une page de *Moby Dick* à un Jetson aux yeux brillants – sans faire une seule faute.

— Certains pensent que les animaux peuvent communiquer mieux que les humains avec les personnes atteintes de démence et de Parkinson, lui expliqua AJ plus tard, quand une infirmière passa rapidement pour vérifier que Phyllis avait bien commandé son déjeuner. Les animaux sont davantage dans le langage corporel que dans la communication verbale.

Lucie approuva de la tête.

— En effet.

Elle était enchantée de voir Phyllis réagir aussi bien avec Jetson. La vieille dame commençait réellement à s'ouvrir, et tous deux assistaient à la séance avec attention, prenant des notes et faisant des suggestions, comme une équipe.

Curieusement, il lui semblait naturel de travailler en collaboration aussi étroite avec AJ.

À mesure que la séance avançait, Phyllis continuait à se

détendre, lentement mais sûrement, au point que ses mains tremblaient moins.

Lucie se rendit compte qu'ils tenaient la meilleure façon de l'aider. Son bien-être mental dépendait de son degré d'autonomie et d'indépendance, et savoir qu'un chien appréciait sa compagnie était un remède presque aussi puissant que de voir son petit-fils et sa fille.

Quant à AJ... Il avait une patience d'ange. Elle lui trouvait l'air incroyablement séduisant ce jour-là, avec son pull en laine vert et son jean noir. Quant à elle, en revanche, avec sa jupe et ses hauts talons... Peut-être était-elle un peu trop bien habillée, mais il lui semblait impératif d'apparaître comme quelqu'un d'équilibré et capable de se contrôler – du moins extérieurement.

AJ avait pris le relais avec Phyllis, et elle en profita pour respirer profondément et tenter de calmer ses pensées. Jack avait nettement remarqué quelque chose entre elle et lui. Quand elle y repensait, AJ avait toujours semblé heureux d'être avec elle quand ils étaient enfants. Comment avait-elle pu l'oublier ? Sans doute avait-elle été trop occupée à se sentir offensée d'un acte qu'il n'avait même pas commis avec Claire !

Maintenant, Lucie étudiait chacun de ses gestes – la façon dont il entrait en interaction, gentiment et patiemment, avec Phyllis, Jetson... et elle.

Et lorsqu'elle l'accompagna à ses deux rendez-vous suivants, il la présenta comme une amie.

Après tout, c'était ce qu'elle avait voulu.

AJ lui donna des friandises pour Jetson, et lui apprit comment lui ordonner de se rouler par terre. Ils rirent ensemble devant les cabrioles qu'il faisait, et elle put constater de ses propres yeux à quel point sa présence allégeait l'atmosphère. Et c'était la même réaction dans chaque chambre.

Si seulement elle pouvait réagir de la même façon...

Elle écouta AJ raconter à un de ses patients âgés comment Josiah et Ruby confectionnaient leurs propres friandises pour

Jetson à base de patate douce et de viande hachée. Il mériterait vraiment d'être élu Papa de l'année !

Dommage qu'il soit si parfait. Quelque part il aurait mieux valu qu'il ait réellement fricoté avec Claire Bainbridge. Ainsi, elle aurait pu continuer à être en colère contre lui au lieu d'éprouver de nouveau cette attirance.

Chaque fois que leurs regards se croisaient il détournait rapidement les yeux, comme s'il avait fait quelque chose d'illicite. Cela lui échauffait le sang.

Arrête de te faire ça à toi-même, Lucie !

Elle devait cesser de se dire qu'elle et Austin Johnstone pourraient être davantage que des amis. Cela n'aurait pour résultat que de la faire souffrir, et c'était la dernière chose qu'elle souhaitait ici.

9

Austin appela les jumeaux pour qu'ils le rejoignent au comptoir de la cuisine, où les attendaient deux bols de corn-flakes.

— Prenez votre cuiller. Je suis en regard !

Quelques secondes plus tard, ils croquaient allègrement leurs céréales.

Que faisait gramma May ? Elle était censée être déjà là pour s'occuper des jumeaux. Belle était avec Bryce, et en ce dimanche il avait une réunion avec les bénévoles de son association, qu'il devait présider.

La sonnette tinta.

Ouf !

Ses clés de voiture à la main, il ouvrit la porte, prêt à se précipiter dehors, mais ce n'était pas gramma May.

— Lucie ?

Elle avait une écharpe blanche autour du cou et portait sa veste rouge et un pantalon bleu marine.

— Gramma May est malade, expliqua-t-elle. Rien de grave, elle a juste pris froid, mais il vaut mieux qu'elle reste chez elle. J'ai proposé de la remplacer.

— Tu es sûre ?

Déjà les jumeaux accouraient vers elle.

— Lucie, Lucie, viens voir notre forteresse là-haut !

Elle sourit en caressant Jetson qui lui faisait la fête.

Pourquoi voulait-elle passer la matinée dans cette maison ?

Elle n'y était pas revenue depuis qu'ils avaient fait les tourtes. Ils ne s'étaient pas revus en dehors du cadre du foyer ou de l'hôpital – ce qui lui convenait très bien. Mais il ne pouvait pas la tenir carrément à l'écart, à cause des jumeaux. Ils ne comprendraient pas, car ils l'aimaient bien. Pas plus tard que la veille, Ruby avaient demandé quand ils reverraient Lucie.

— J'ai une meilleure idée, dit-il. Si nous partions tous ensemble ?

Vingt minutes plus tard ils sortaient de la voiture à la ferme Newman à Malton. Austin vit Lucie prendre une grande bouffée d'air frais matinal tout en admirant la vue.

— C'est magnifique ! J'avais oublié à quel point tout a l'air magique dans cette lumière.

Austin posa le regard sur ses lèvres, et il eut soudain envie d'y goûter. La première fois il était si jeune, il n'avait pas su gérer les sentiments que cette intimité avait éveillés en lui.

— Nous sommes près de l'endroit où aura lieu notre fête, au château de Gilling, expliqua-t-il. Ici un de mes bénévoles gère le salon de thé, et les chiens peuvent circuler librement.

Les jumeaux coururent devant avec Jetson pour retrouver les enfants de la ferme. Les yeux de Lucie étaient remplis de nostalgie tandis qu'elle regardait autour d'elle : les chiens courant partout, les poules qui caquetaient, le potager de légumes bio, le toit de chaume de la maison, les saules pleureurs bordant les pâturages des moutons et des chevaux…

— Ça change du Népal, dit-il sans réfléchir, s'en voulant aussitôt.

Elle baissa les yeux sans répondre.

Les enfants étaient déjà à genoux dans le foin, aux petits soins pour leur chèvre préférée, et Lucie et lui s'appuyèrent contre le portail de l'enclos.

— Si tu veux, je reste avec eux pendant que tu vas rencontrer les autres, proposa-t-elle.

Pourquoi pas ?

À la seconde où elle pénétra dans l'enclos, son pied glissa sur une crotte de chèvre. Se précipitant à l'intérieur, Austin la retint par le coude, et elle racla ses boots contre un poteau tandis que les jumeaux se tordaient de rire.

— Ah ! c'est comme ça ! Vous n'allez pas me laisser toute seule dans cet endroit, dit-elle, feignant l'indignation.

Ruby et Josiah la prirent au mot. Tous deux la rejoignirent et se mirent à tourner en rond d'un pas lourd et bruyant.

— C'est la danse de la crotte ! crièrent-ils.

Interloquée, Lucie regarda les jumeaux, puis lui, avant d'éclater de rire, et cela lui fit chaud au cœur. De vieux souvenirs lui revinrent en mémoire. À son arrivée à Brookborough, Lucie pleurait beaucoup, parfois même au milieu d'éclats de rire. Elle ne lui avait jamais dit pourquoi et, plus tard, l'avait toujours nié. Il avait été attiré par cette flamme intérieure, comme un papillon était attiré par la lumière à travers la fenêtre.

— Papa !

C'est Ruby qui avait poussé ce cri perçant, et il se retourna.

— Oh ! Ruby, qu'est-ce que tu as fait ?

Sa tresse était coincée dans le portail. Avant qu'il ait eu le temps de réagir, Lucie fut près d'elle et s'agenouilla dans le foin, oubliant la saleté.

Ses doigts agiles s'activèrent, et son assurance tranquille calma Ruby. Elle œuvra patiemment jusqu'à ce que ses cheveux soient démêlés. Ému, Austin observa cette scène presque maternelle.

— Tu as dû faire la danse de la crotte avec trop d'enthousiasme, commenta Lucie.

— Merci, lui dit-il simplement tout en pensant que, normalement, Ebby l'aurait fait.

Si Lucie n'était pas partie, il n'aurait peut-être jamais rencontré Ebby. Et peut-être que, pour finir, ses sentiments auraient pris le dessus et qu'il aurait avoué à Lucie qu'il l'aimait en secret depuis des années. Peut-être l'aurait-elle rejeté… Mais peut-être pas.

— Je sais ce que c'est que d'avoir la chevelure coincée quelque part, dit-elle en époussetant son pantalon. Un jour en Australie, j'ai grimpé à travers des bruyères pour secourir un koala après une inondation et j'ai eu les cheveux pris dans des ronces. Le temps que je me dégage de là, le koala s'était tiré d'affaire tout seul.

Elle évoluait dans un tout autre monde maintenant, songea-t-il.

Sarah, la sœur d'un de ses bénévoles, arriva avec ses deux enfants.

— Je vais prendre le relais et m'occuper d'eux, dit-elle. Vous pouvez y aller.

— Soyez sages, recommanda-t-il aux jumeaux avant de se tourner vers Lucie. Te voilà libre à présent, ajouta-t-il tandis qu'ils se rapprochaient d'un groupe de personnes réunies devant le salon de thé.

— Ça ne me dérange pas d'être là, lui assura-t-elle en continuant à frotter ses boots dans l'herbe.

Toute la semaine, ils avaient bien travaillé en équipe au foyer et à l'hôpital, mais prétendre qu'ils étaient redevenus amis comme avant aurait été un mensonge. Son attirance pour elle était toujours présente, ainsi que les souvenirs.

Avec l'adolescence et la découverte de sa libido, elle était la seule fille qu'il s'était juré de ne jamais toucher, pour la préserver. Elle avait connu suffisamment d'épreuves. Alors il avait fréquenté d'autres filles pour tenter de s'empêcher de la désirer.

De même, il y avait une ligne à ne pas franchir avec quelqu'un qui ne faisait que passer. Pas question qu'on l'abandonne de nouveau, comme Ebby l'avait fait – bien malgré elle.

D'un autre côté, il était content de savoir qu'il pouvait éprouver des sentiments après Ebby. Avant que Lucie réapparaisse, il avait cru que ce serait impossible.

10

Le groupe de bénévoles d'AJ était composé de personnes souriantes – principalement des femmes des villes et villages environnants.

De nouveau, il présenta Lucie comme une amie. Il commençait à le dire un peu trop souvent, au point qu'elle se demandait s'il n'essayait pas de se convaincre lui-même. Peut-être ne lui avait-il pas complètement pardonné d'avoir mis fin à leur amitié en disparaissant sans une explication.

Il ne l'avait pas lâchée du regard pendant qu'elle était avec Ruby. Pourvu qu'elle n'ait pas été trop loin en s'attribuant le rôle que tenait normalement une mère…

Difficile de dissocier le garçon qu'elle avait aimé de l'homme qui ne l'aimerait jamais en retour. Si elle n'avait pas surpris sa conversation avec Claire autrefois, elle aurait peut-être alors rassemblé assez de courage pour lui dire ce qu'elle ressentait vraiment. La crainte d'être rejetée par lui l'avait toujours paralysée. Tout comme maintenant…

Quant aux jumeaux, ils semblaient l'apprécier de plus en plus. Ils étaient gais et drôles.

Le groupe était maintenant réuni dans le confortable salon de thé aux poutres de chêne, et tout le monde bavardait. Quelques chiens étaient assis tranquillement aux pieds de leur maître pendant que d'autres reniflaient autour des chaises.

Un chien – un retriever beige – vint directement vers elle et s'assit à ses pieds, réclamant une caresse.

Sa propriétaire, Iris, se mit à rire, l'air surprise.

— Maple ne fait pas ça habituellement. Vous devez lui plaire.

— Elle est adorable !

— Malheureusement, je ne peux pas la garder plus longtemps, soupira la femme. Ma fille est de retour après avoir terminé ses études supérieures, et elle est allergique. Nous devons lui trouver un nouveau foyer. J'ai toujours su que je ne pourrais pas la garder, mais je m'y suis attachée.

— Oh non ! Pauvre Maple… J'espère que vous pourrez trouver quelqu'un non loin d'ici, pour continuer à la voir.

— Moi aussi…

La chienne posa la patte dans la main de Lucie, et cette dernière vit AJ sourire. Il se pencha vers elle, et son odeur la troubla.

— Je crois qu'elle essaye de te demander quelque chose, murmura-t-il à son oreille, tandis qu'elle plongeait le regard dans les magnifiques yeux bruns de l'animal.

— Non, dit-elle d'un ton ferme, réprimant un frisson.

— Non quoi ?

— Je sais ce que tu penses. Mais je ne vais pas recueillir un chien.

— Lucie Henderson ?

Elle se retourna en entendant son nom.

— Jamesy Abbot ? s'exclama-t-elle, reconnaissant le garçon qu'elle avait connu à l'école et qui avait toujours les mêmes mèches blondes. Ils s'étreignirent brièvement, tandis que son golden retriever – Star-Lord – et Maple se reniflaient le museau. Il devait être un des bénévoles.

Le regard curieux de Jamesy allait et venait entre elle et AJ.

— Il a dit que tu étais revenue. C'est bon de vous revoir ensemble.

Autrefois il la taquinait parce qu'elle suivait AJ partout. Lui avait-il demandé s'il pensait qu'elle avait le béguin pour lui ?

Comme si c'était important à présent.

AJ fit face au groupe et réclama l'attention en frappant dans ses mains pour parler du futur événement qu'ils devaient organiser dans le cadre du gala de printemps et qui s'appellerait Pattes sous les étoiles, avec pour thème le film *La Guerre des étoiles.*

Les bénévoles devraient habiller leurs chiens de tenues fantaisistes ornées de LED, et présenter différents tours. De nombreux équipements seraient à disposition, comme des harnais, des bols de nourriture et des T-shirts avec le logo de Thera Pups.

— Il faut nous organiser rapidement, car on nous réclame déjà des informations, dit-il.

Le but était de collecter des fonds pour des établissements où ils se rendaient, et pour certains bénévoles qui avaient besoin d'un peu d'aide pour s'occuper de leurs animaux. Plusieurs se contentaient de les recueillir, comme Iris avec Maple.

Tous étaient en train de discuter avec enthousiasme quand plusieurs chiens qui se trouvaient au fond de la pièce commencèrent à gémir. Peut-être qu'ils avaient faim, ou bien qu'ils s'ennuyaient, se dit Lucie.

Soudain il y eut un bruit sourd. Un homme venait de s'effondrer près des chiens.

— John ! cria quelqu'un.

Des chiens se mirent à aboyer tandis que d'autres continuaient de gémir. Lucie se précipita auprès de l'homme sur le sol, qui tentait vainement de saisir un pied de chaise.

— Il a juste dit qu'il ne se sentait pas bien, expliqua la femme qui avait crié. Il a déjà fait des crises d'épilepsie et est sous médicaments pour ça.

— John, vous m'entendez ? demanda Lucie d'une voix forte.

AJ se tenait près d'elle, et le reste du groupe les entourait en silence, choqué.

L'homme convulsait et était froid au toucher. Lucie prit sa tête sur ses genoux tandis que AJ cherchait son médicament dans son sac. Ils devaient le lui administrer immédiatement, car les yeux de John peinaient à rester ouverts.

AJ prépara la seringue et la lui tendit. Après l'injection le corps de John se relâcha presque instantanément et cessa de convulser. AJ demanda aux bénévoles de s'écarter pour lui laisser de l'espace, et ils s'exécutèrent, soulagés.

Quelqu'un leur tendit des couvertures, et Lucie les posa sur John, voyant ses joues pâles se colorer peu à peu. Au bout d'un moment il put dire quelques mots, se plaignant de vertiges.

Ils échangèrent un regard soulagé. Elle était reconnaissante à AJ de sa présence et de son calme.

Sur le chemin du retour, AJ reçut un appel de gramma May.

— Ma grand-mère t'appelle ? s'étonna Lucie.

Il mit le haut-parleur.

— Je suppose que tu sais ce qui est arrivé à John.

Lucie les entendit discuter tous les deux de l'incident. Heureusement John avait pu repartir à peine vingt minutes plus tard, grâce à leur intervention rapide.

Gramma May les remercia tous les deux d'avoir aidé son ami, qui fréquentait la même église qu'elle.

— Et toi, comment te sens-tu ? demanda AJ.

— Hello, gramma May ! crièrent les enfants depuis leurs sièges, à l'arrière.

Elle leur assura qu'il ne s'agissait que d'un rhume et leur demanda de ne pas s'inquiéter.

Quand ils sortirent de la voiture, Lucie retint AJ par le bras tandis que les enfants couraient vers la maison avec la clé.

— AJ...

Il était frappant pour elle de constater à quel point son retour à Brookborough la déstabilisait. Leurs regards s'accrochèrent, et elle sentit son estomac chavirer. Elle voulait s'excuser d'avoir demandé à gramma May de ne pas lui parler de lui. Cela avait dû être si dur de garder le silence, alors que pour elle la communauté comptait tant...

— Je... je suis contente que tu aies été là.

— Moi aussi, j'étais content que tu sois là.

Le regard qu'ils échangèrent pendant quelques secondes était d'une intensité incroyable.

— Les jumeaux vont vouloir que tu entres prendre une tasse de thé, dit-il.

Elle réprima un soupir. Il valait probablement mieux qu'elle n'entre pas dans la maison qui lui rappelait toutes les fois où elle regardait AJ au lieu de la télé, en espérant qu'il l'embrasse. Ou alors, elle pouvait aussi agir comme l'adulte qu'elle était devenue, et juste prendre une tasse de thé.

Au final, elle resta tout l'après-midi.

Chaque fois qu'elle s'était levée pour partir, les jumeaux avaient eu quelque chose d'autre à lui montrer, comme la collection de puzzles de Ruby, ou la compétition de corde à sauter entre Josiah et son père dans le séjour. Ça avait été touchant de voir AJ faire des cabrioles juste pour faire rire ses enfants.

Quand elle s'était retrouvée seul un bref moment avec lui dans la forteresse fabriquée avec des restes de tissus de toutes les couleurs, son genou avait frôlé le sien, et une vague de chaleur l'avait envahie, au point qu'elle aurait été capable de se jeter sur lui.

« Pardon », avait-elle simplement murmuré.

Elle avait senti son souffle chaud sur sa nuque et *failli* lui demander si pendant toutes ces années qu'ils avaient passées à Brookborough, il avait jamais voulu lui proposer de sortir avec lui. Il avait dragué tant d'autres filles – pourquoi pas elle ?

Au lieu de ça, elle lui avait demandé comment les chiens avaient pu sentir ce qui allait arriver à John, avant que personne ait perçu le moindre signe.

N'aurait-il pas été plus raisonnable d'éviter tout lien avec AJ et ses deux boules d'énergie qu'il élevait sans sa femme ?

s'était-elle demandé tout en admirant la passion avec laquelle il lui avait répondu à propos de l'intelligence et du potentiel infini des chiens, et du rapport qu'il était en train d'écrire.

Il avait accompli tant de choses, ancré ses racines si profondément ici, alors qu'elle était encore un oiseau visant le sommet des montagnes. Elle ne serait jamais le genre de femme dont il avait besoin – même si elle essayait.

Cela lui avait fait plus de mal qu'elle n'aurait été prête à l'admettre.

11

Le garçon blond écarquilla les yeux avec angoisse quand Austin entra dans la pièce avec Jetson. Il avait décidé de faire participer le chien à la deuxième évaluation de Jake, âgé de onze ans, pour trouble du spectre autistique. Jusque-là il avait refusé toute tentative d'approche.

— Tu as amené un chien ? dit-il d'un air soupçonneux, croisant les bras derrière le bureau où il était assis.

Austin disposait de cette pièce tranquille dans son cabinet médical pour des rendez-vous de ce genre.

Sa mère était déjà à genoux et caressait Jetson, encourageant Jake à faire de même.

— Viens, Jake… Regarde comme il est mignon.

Jake, dont le comportement en société présentait de sérieux troubles selon ses parents et ses professeurs, secoua vigoureusement la tête. Son langage corporel était suffisamment clair.

Austin pensa aux jumeaux si pleins de vie. Serait-il toujours un bon père pour eux, saurait-il gérer seul leurs années d'adolescence ?

Curieusement, juste avant qu'il revoie Lucie, Belle lui avait conseillé de préparer son profil pour des rendez-vous en ligne, et il avait commencé à y penser. Il était temps qu'il s'ouvre à la perspective d'avoir de nouveau quelqu'un dans sa vie.

Même s'il n'y était plus si disposé… depuis le retour de Lucie.

Il sortit le jeu de cartes qu'il avait apporté et le posa sur le bureau entre Jake et lui.

— J'ai pensé qu'on pourrait essayer de jouer de nouveau…

Jake eut l'air encore plus méfiant. Mais Austin s'était rendu compte que le fait d'utiliser un jeu pouvait détourner l'attention dans des situations comme celle-ci, et permettait à ses patients de s'ouvrir davantage, avec moins de tension.

Il pouvait aussi mieux analyser leur comportement, leurs symptômes, leurs forces et leurs faiblesses… Cependant, la fois précédente Jake avait refusé de participer.

Cette fois, avec sa mère à côté de lui, il semblait un peu mieux disposé, répondant à ses questions par monosyllabes ou en poussant des grognements. Cependant il regardait beaucoup Jetson, jusqu'à ce que le chien semble saisir le message et vienne poser sa bonne tête sur ses genoux.

— J'espère que ça ne vous dérange pas si je me joins à vous.

Ils tournèrent tous la tête et virent entrer Lucie avec Maple.

— À propos, AJ, Maple vient juste de perdre sa famille d'accueil.

Il savait qu'elle avait un rendez-vous tout près de là et lui avait demandé de les rejoindre ensuite si elle était disponible. Peut-être pourrait-elle apporter un nouvel éclairage sur la façon d'aider Jake à s'ouvrir – s'il refusait toujours de communiquer avec lui. Apparemment Lucie savait s'y prendre pour aider les gens à s'ouvrir – surtout ses patients masculins.

La mère de Jake eut l'air ravie en voyant le second chien alors que Jake se contenta de hausser les épaules, mais Austin remarqua qu'à présent il caressait la tête de Jetson, et que ses yeux s'étaient mis à briller quand Maple était entrée. Jake avait l'air beaucoup plus détendu lorsque Lucie approcha une chaise en regardant les cartes sur la table.

Elle semblait fatiguée, mais avait l'air plus impeccable que jamais avec sa veste et son pantalon bleu marine, sa blouse blanche et ses cheveux lisses. Elle surprit son regard, et il se rappela la fois où ils s'étaient retrouvés seuls dans la forteresse de la chambre des jumeaux, et qu'il avait dû se retenir de l'embrasser.

— Votre chien est très beau, dit la mère de Jake avec enthousiasme.

— Euh... ce n'est pas vraiment ma chienne, rectifia Lucie au moment où Maple posait le museau sur ses genoux, comme pour lui proposer de se rendre utile. Elle va rester avec Austin pendant quelques jours.

— Pourtant on dirait bien qu'elle est à vous...

Austin nota que Lucie ne protesta pas davantage. Certes il avait la responsabilité de Maple puisqu'il venait en aide à Iris, mais il était clair que Lucie l'adorait.

Leurs regards se croisèrent de nouveau, et il se retint de sourire. Le fait de la sentir si proche de lui, de la voir si investie le touchait profondément, d'une façon que personne ne lui avait encore inspirée. Pas même Ebby.

Et c'était bien son problème. Si, au lieu de ce gâchis, ils s'étaient confiés l'un à l'autre à l'époque et qu'elle n'était jamais partie... S'il lui avait dit ce qu'il ressentait... Si elle lui avait répondu la même chose... Se seraient-ils mariés tous les deux ?

Une vague de culpabilité le submergea à cette pensée.

La façon dont elle avait aidé John à la ferme Newman ... Il lui serait toujours reconnaissant d'avoir été là – si calme, si concentrée, même quand tout le monde paniquait. Il ressentait pour elle encore plus de chaleur et d'admiration. Elle ne parlait pas de ses rêves, mais il savait qu'elle en souffrait toujours rien qu'en voyant la fatigue dans ses yeux.

Alors il continuerait à essayer de la convaincre de prendre Maple le temps qu'elle resterait ici. Il savait que la chienne pourrait l'aider.

Peu de temps après l'arrivée de Lucie et de Maple, Jake était suffisamment détendu pour répondre aux questions de son évaluation.

— Tu as l'air d'être le genre de garçon qui fait partie d'une équipe de natation ou d'un groupe de randonneurs, dit Lucie. Est-ce que ces activités te tentent ?

Les réponses de Jake le surprirent. Au lieu d'être horrifié quand Lucie raconta comment elle avait dû remonter une colline en tongs après avoir subi un tsunami en Thaïlande, il lui posa beaucoup de questions et semblait intéressé à l'idée d'explorer le monde, avec des amis ou même en solo.

Il n'était pas si renfermé qu'Austin l'avait cru au premier abord. En fait, grâce à la participation de Lucie et à la présence apaisante des deux chiens, il avait presque toutes les informations nécessaires pour émettre un diagnostic et proposer un projet de traitement complet.

— Est-ce que je pourrai promener Jetson et Maple quelquefois ? demanda Jake en partant.

Austin échangea un coup d'œil avec sa mère et fut à la fois heureux et soulagé de la joie qui rayonnait sur son visage.

— Je crois qu'on peut arranger ça, répondit Lucie.

Mais quand la mère de Jake lui demanda s'ils participeraient tous les deux à Pattes sous les étoiles, elle parut presque triste quand Lucie répondit :

— Je ne pense pas. Je ne suis ici que de passage, et je serai probablement déjà repartie.

À ces mots, la bonne humeur d'Austin s'évapora. Il regarda Jake s'éloigner en criant des au revoir enthousiastes à Jetson qui remuait la queue.

Il se rendit compte alors, que dans sa tête, il avait commencé à croire que Lucie allait toujours rester à Brookborough. Les jumeaux lui avaient d'ailleurs posé la question, et tous les deux parlaient de plus en plus d'elle.

Il devrait être plus vigilant et veiller à ne pas mêler leur relation de travail et leurs vies privées, décida-t-il.

Mais quand elle lui demanda s'il voulait bien la déposer pour sa prochaine visite à domicile, car elle avait des problèmes de voiture, il accepta immédiatement, bien sûr.

— Gramma May se sent beaucoup mieux, dit Lucie à AJ pendant le trajet jusqu'à Whitby. Elle m'a demandé de te remercier ainsi que les jumeaux pour les fleurs.

— Elle l'a déjà fait en m'envoyant un texto, répondit-il.

Lucie se mordit la lèvre. Évidemment gramma May les avait déjà contactés de son côté, puisqu'à l'évidence elle tenait une grande place dans leur vie. Chaque fois qu'elle se rappelait avoir insisté pour que sa grand-mère si altruiste ne lui parle pas de AJ pendant toutes ces années, elle se sentait très mal. Naturellement, elle s'était excusée de l'avoir forcée à se taire à propos d'un des membres de la communauté qu'elle aimait le plus.

Gramma avait dit : « Je comprends », avant de murmurer qu'elle savait qu'elle finirait par y voir clair un jour.

Lucie n'avait pas relevé, mais elle avait parfois la nette impression que gramma était persuadée depuis longtemps qu'elle finirait par rentrer chez elle, et qu'elle et Austin seraient de nouveau réunis. Mais à quoi bon relancer ce sujet, puis qu'elle avait elle-même dit un peu plus tôt qu'elle serait repartie avant le gala de printemps et Pattes sous les étoiles...

D'ailleurs AJ n'avait même pas tenté de la faire changer d'avis.

— Veux-tu que j'attende ici avec les chiens ? demanda-t-il en coupant le contact.

Lucie faillit dire oui, mais Constance, sa patiente, avait déjà ouvert sa porte et lui faisait signe. Puis elle vit les chiens.

Constance était très maigre et portait une chemise et une jupe noires.

— Je suis une grande fan de chiens et de médiation animale, dit-elle en caressant les oreilles de Maple avant de les faire entrer dans son salon.

C'était la première visite de Lucie à cette femme de cinquante-sept ans, et elle fut immédiatement alarmée par son apparence.

Elle était pâle, décharnée et avait les joues creuses, tout en étant très belle.

— J'ignore ce qui ne va pas, docteur, soupira-t-elle en se laissant tomber sur son canapé vert olive.

Une immense photo de mariage visiblement ancienne recouvrait presque tout le mur. Les chiens s'assirent tout à côté d'elle.

Elle semblait avoir du mal à marcher, et sa respiration était laborieuse. Elle ne mangeait pas bien, lui dit-elle, et n'était pas capable de faire de l'exercice.

Les cernes sombres sous ses yeux révélaient des nuits sans sommeil et pleines d'inquiétude. Quant à son regard… Lucie ne le connaissait que trop bien. Elle l'avait trop souvent vu dans son miroir et devait, elle aussi, avoir l'air épuisée, pour être debout depuis 3 heures du matin. La nuit précédente, elle avait rêvé que le réservoir d'eau qui avait tué Jorge avait aussi emporté AJ. Elle s'était réveillée dans un état d'angoisse presque insupportable.

Son genou frôla AJ quand elle s'assit sur l'autre canapé.

— On dirait que je ne retiens rien, poursuivit Constance. C'est comme si mon corps avait décidé de rejeter toute nourriture. Et je suis si fatiguée tout le temps… Je ne crois pas que j'aurais réussi à aller jusqu'au cabinet médical.

Lucie échangea un coup d'œil avec AJ tout en prenant la tension de Constance. Elle était sur le point de proposer une prise de sang et une analyse de selles, quand Jetson commença à se comporter bizarrement.

— Que fait-il ? demanda-t-elle à AJ.

Celui-ci se leva. Il semblait très inquiet, même s'il s'efforçait de ne pas le montrer.

Jetson se roula par terre plusieurs fois avant de tendre sa patte à AJ, dont les yeux s'écarquillèrent. Il ne lui avait rien ordonné.

Constance caressa Jetson, s'amusant de le voir faire, mais l'expression d'AJ alarma Lucie. Quelque chose n'allait pas… mais quoi ? Bon sang ! elle n'en pouvait plus.

Constance la regarda.

— Vous avez l'air fatiguée, lui dit-elle soudain, tandis que la pluie tapait contre les vitres.

— Vraiment ? C'est sans doute parce que je n'ai pas beaucoup dormi la nuit dernière.

— De nouveau des cauchemars ? demanda AJ.

Elle hocha la tête. Pourquoi mentir ?

— Je sais ce que c'est, intervint Constance. Mon ex-mari m'a hantée pendant des années. Jusqu'à ce que je rencontre le nouveau – sur la photo. C'est pourquoi je l'ai agrandie. Une façon d'éliminer le précédent, en somme.

Lucie réprima un petit rire, mais Constance n'en avait pas terminé.

— Vous faites des cauchemars à propos de quoi, si je peux me permettre ?

— Un accident au Népal, s'entendit-elle répondre. Un bâtiment s'est effondré sur mon ami, et je suis arrivée trop tard pour pouvoir le sortir de là...

Elle se sentait épuisée.

— Mais elle a sauvé d'autres personnes, intervint AJ en rappelant Jetson. Et des enfants.

Lucie le regarda en fronçant les sourcils.

— C'est vrai, Lucie, insista-t-il. Tu as vécu des moments que la plupart des gens peuvent difficilement imaginer. Nous sommes tous fiers de toi. Et tu vas te rétablir.

Il semblait si convaincu...

Pendant quelques secondes elle ne sut que répondre. Elle avait envie de courir vers lui, de sentir le réconfort de ses bras et de ses paroles. Heureusement, Constance était là. Et Lucie n'était pas censée lui raconter ce qui lui était arrivé *à elle* – et encore moins devant AJ. Lui aussi avait eu sa part d'épreuves.

Elle mesura le poids et la taille de Constance, mais cette dernière n'en avait pas fini avec elle.

— Si vous n'avez pas d'homme, vous devriez au moins avoir

un chien, lui conseilla-t-elle. J'ai appris que Maple avait besoin d'une nouvelle famille d'accueil.

Et c'est reparti !

Constance chanta les louanges de Maple, assurant qu'elle-même aurait un chien si elle ne passait pas autant de temps chez sa fille et à l'hôpital.

Le regard tendre de la chienne sembla supplier Lucie – comme si elle lui demandait si elle voulait bien devenir sa nouvelle mère adoptive.

Certes, c'était tentant. Les bienfaits d'une présence canine étaient évidents : les chiens étaient apaisants, drôles, et vous distrayaient des tracas du quotidien. Mais ce serait déjà suffisamment difficile de devoir quitter gramma May, AJ et les jumeaux.

Surtout AJ…

Après tout, elle n'avait pas besoin d'un chien. Les cauchemars finiraient par s'arrêter, et elle irait bien.

— Il pleut beaucoup maintenant.

AJ avait toujours l'air troublé.

— Allons-y avant que cela empire, dit-il. Le trafic peut être très dense à cette heure-ci – surtout quand il pleut.

12

Les mouettes poussèrent des cris de bienvenue quand ils arrivèrent au bord de la mer. L'odeur de poisson frit et de frites titilla les narines d'Austin et lui rappela leurs week-ends à ce même endroit, quand ils étaient gamins.

Il restait encore deux heures avant qu'ils doivent relayer Belle auprès des jumeaux, qui devaient être en train de faire leurs devoirs. Et les chiens avaient besoin de courir.

— Ça ne t'ennuie pas d'aller à la plage par ce temps ? demanda-t-il à Lucie.

Une bourrasque souleva sa frange sous son capuchon bordé de fausse fourrure.

— J'aime bien un peu de pluie.

Il fallait reconnaître qu'elle ne se plaignait pas, même si le temps du Yorkshire mettait à mal son look impeccable.

Ils descendirent jusqu'à la plage de sable jaune.

— Je suis presque certain que Jetson a détecté un problème chez Constance, lâcha-t-il.

Lucie s'immobilisa.

— Un cancer ?

— Il m'a montré les signes.

Lui-même avait encore du mal à y croire.

— Je crois que tu devrais...

— Programmer une coloscopie, acheva-t-elle. J'envisageais aussi de le faire.

— Lucie… Si Jetson a raison, nous avons la preuve que l'entraînement fonctionne.

Elle le fixa, semblant perdue dans ses pensées.

— Je ne sais pas quoi dire. Mais ce n'est pas une bonne nouvelle pour Constance.

— Il faut faire vite et réaliser les tests, pour qu'elle puisse obtenir l'aide dont elle a besoin le plus vite possible.

Ils regardèrent les chiens courir en direction de l'eau, la queue en l'air.

Austin était plein d'espoir pour la suite de son programme. Il expliqua à Lucie les signaux que Jetson avait appris dans le cadre de la détection d'un cancer, et se mit à rire en la voyant lutter contre le vent pour maintenir sa frange en place.

— Je suppose que tu t'es déjà trouvée dans de bien pires conditions…

Elle fit la grimace.

— Personne n'a envie d'affronter un cyclone dans l'Himalaya…

Elle s'accroupit pour ramasser un galet.

— Merci d'avoir dit tout à l'heure… que tu étais fier de moi.

Il réprima un frisson. En fait il avait craint de se montrer condescendant – surtout devant Constance.

— Je suis fier de toi, répéta-t-il. Les patients t'adorent… et les chiens aussi.

Il se tut juste avant d'ajouter que lui aussi l'adorait. Et certaines expressions qu'elle avait eues lui faisaient penser qu'il ne lui était pas indifférent malgré tout, même si elle persistait à vouloir repartir.

— Cela me fait du bien de passer tout ce temps avec… avec les chiens, dit-elle, soutenant son regard.

Il était sûr qu'elle voulait dire aussi « avec toi ». Mais comme de toute façon elle ne resterait pas…

Les jumeaux vont être dégoûtés quand elle partira.

L'air marin était plus froid qu'il ne s'y attendait tandis qu'ils marchaient sur le sable, mais heureusement la pluie s'était calmée.

Lucie serra les bras autour d'elle en suivant Maple des yeux.

— Tu n'as fréquenté personne depuis Ebby ? demanda-t-elle sans préambule.

Pris au dépourvu, il hésita un instant.

— Euh... non.

— Tu n'en as jamais eu envie ?

Pourquoi l'interrogeait-elle ainsi ? Il aurait pu répondre que oui, il en avait envie maintenant qu'elle était là, mais il n'était pas prêt à le reconnaître alors qu'elle venait de lui dire ce matin même qu'elle ne serait plus là pour Pattes sous les étoiles.

Ils longèrent les rochers escarpés, et il lança une pierre au loin. Tous deux regardèrent les mouettes tourner en cercles au-dessus des falaises.

— Je me sens mal de moins penser à Ebby quand je te vois, Lucie.

Voilà. C'était dit.

Elle se tourna vers lui. Les chiens étaient partis très loin en direction du promontoire, et il aurait donné n'importe quoi pour posséder leur rapidité et pouvoir s'enfuir à mille lieues de là.

— Elle était la mère de mes enfants...

— Je ne veux pas me montrer irrespectueuse, tu me connais, dit-elle avec douceur. Toi et moi sommes juste amis. À l'évidence tu l'aimais différemment...

Il serra les mâchoires. Elle ne se rendait pas compte.

— Qu'est-ce que tu en sais ? En ce moment je trahis sa mémoire.

Lucie lui fit face, le vent jouant dans ses cheveux.

— Nous ne faisons rien, AJ.

— Mais j'en ai envie.

Ces mots sortaient du plus profond de lui.

Elle ne parla pas, ne bougea pas. Ses yeux exprimaient un mélange d'émotions : interrogation, doute... désir ?

— Pourquoi maintenant ? dit-elle enfin, d'une voix si douce qu'il l'entendit à peine.

— Je ne t'ai jamais embrassée comme il fallait, répondit-il en s'approchant imperceptiblement, son désir pour elle lui faisant oublier tout son bon sens.

Elle se racla la gorge.

— Je ne pensais pas que tu le voulais.

— Et toi, est-ce que tu voulais que je le fasse ? demanda-t-il.

Lucie regarda sa bouche sans répondre, visiblement émue. Il aurait pu l'embrasser.

— Non, dit-elle enfin. Nous n'avons toujours été que des amis, AJ. Comme maintenant.

Il se mordit la lèvre. Voilà donc comment elle avait choisi de réagir.

Détournant les yeux, il se remit à marcher à vive allure. Quel imbécile ! Il n'aurait rien dû lui dire.

— AJ, cria-t-elle en courant derrière lui. Je ne veux pas te compliquer les choses. Je sais que des liens se sont recréés à cause du travail et des chiens, mais si je prends Maple on pourra faire les tournées séparément...

Il pivota sur ses talons.

— Ne sois pas ridicule !

Il n'en était pas question, surtout maintenant que Jetson avait décelé quelque chose chez Constance.

— Bien sûr, tu peux prendre Maple, c'est une bonne idée. Mais qu'est-ce que tu ressens *réellement*, Lucie ? Il ne s'agit pas simplement de me protéger de *complications* !

Il la vit se raidir. Les chiens arrivèrent en courant et les encerclèrent pour qu'ils jouent avec eux, mais pour une fois ils les ignorèrent.

— Est-ce que ce n'est pas compliqué pour toi aussi ? demanda-t-il. De voir tout ce qui a changé, et de te refaire une place ici ?

— Bien sûr que si, dit Lucie, l'air sombre.

Spontanément il l'attira contre lui, et elle appuya la joue dans sa main.

— Cela te plaît que nous soyons amis, Lucie ? Dis-moi la vérité.

Elle laissa échapper un long soupir.

— C’est *toi* qui voulais qu’on soit amis.

— Ce n’était pas ma question.

Il lui semblait que sa chaleur s’insinuait en lui. Ses lèvres s’entrouvrirent, comme une invitation. Il se pencha et laissa courir le pouce sur sa lèvre inférieure.

Elle le regarda, les yeux mi-clos.

— Tu n’as toujours été que mon meilleur ami, murmura-t-elle.

— En effet. Est-ce que tu aimes te faire des amis comme moi, et puis t’enfuir dans des zones sinistrées ? Cela te rend vraiment heureuse ? Parce que tu n’en as pas l’air.

— Ce n’est pas juste, AJ, dit-elle en déposant un rapide baiser sur la paume de sa main, ce qui déclencha une vague de chaleur dans son ventre. Je vais aller mieux, tu l’as dit toi-même. Et mon travail me rend heureuse. Je veux retourner travailler à l’étranger, c’est ce qui me correspond.

Pourtant son regard était incertain.

— Du moins essayes-tu de t’en convaincre, dit-il en la lâchant.

— J’adore mon job, insista-t-elle. Et j’adorerais que nous puissions être amis si…

Elle s’interrompit, et il préféra orienter la conversation sur les chiens. Inutile de continuer sur un sujet qui risquait de se terminer soit par un baiser, soit par une dispute.

Au moins ils semblaient d’accord sur un point : vouloir quelqu’un d’autre était très perturbant. Et il ne devait rien se passer avec elle.

Lucie avait l’air de toujours vouloir se prouver quelque chose à elle-même. Ne l’avait-elle pas assez fait ? Son engagement pour les autres était méritoire, mais qu’en était-il de son propre bien-être psychique ? Personne ne pouvait faire toujours ce genre de travail sans en être affecté… pour longtemps. Et maintenant il n’avait pas fini de l’imaginer au milieu des dangers.

Laisse tomber, Austin.

Elle y retournerait, quoi qu'il dise ou qu'il fasse. Inutile de se torturer, et les jumeaux avaient subi assez d'épreuves.

Si seulement son corps et son âme ne brûlaient pas toujours de l'envie de la protéger... Comme au tout début, quand il l'avait trouvée en train de pleurer de désespoir.

13

Lucie fit un effort pour s'asseoir dans son lit, sentant la sueur dégouliner dans son dos. 3 heures du matin. C'était toujours à 3 heures, maintenant.

Oh non !

Le grondement du tremblement de terre était encore dans sa tête. Dans son rêve, AJ avait remplacé Jorge coincé entre les murs tremblants, les débris de verre et l'acier tordu.

— Cours ! avait-il crié, l'air paniqué.

Mais elle s'était serrée contre lui, le tenant fort. Elle n'avait pas voulu le laisser, ni aller nulle part. Et les murs s'étaient effondrés sur eux deux.

Elle avala de grandes rasades d'eau pour adoucir sa gorge desséchée. Sa respiration ne s'était pas encore calmée quand Maple entra. Elle sauta sur le lit, s'allongea contre elle et posa doucement le museau sur son ventre par-dessus la couette.

« Je suis là », semblait-elle dire.

Lucie la caressa, réconfortée par sa présence tranquille. On aurait dit que ses grands yeux bruns la comprenaient.

« Du calme, lui disaient-ils. Détends-toi, je suis avec toi. »

Peu à peu sa respiration ralentit. Elle garda la main sur la fourrure de la chienne, l'écoutant respirer près d'elle comme si elle lui chantait une berceuse apaisante.

Maple ne bougea pas pendant le reste de la nuit… et Lucie ne se réveilla pas avant 9 h 30.

— Tu as l'air bien reposée, observa gramma May quand elle entra dans la cuisine, éblouie par la lumière qui coulait à flots par les fenêtres.

Habituellement, il faisait noir quand elle émergeait de ses cauchemars et se traînait jusqu'au rez-de-chaussée.

— Je me sens reposée, admit-elle en cherchant le café.

Mais elle avait encore son rêve en mémoire. Pourquoi Jorge se changeait-il en AJ maintenant ?

Elle recommençait à être amoureuse de lui, et elle s'était doutée que ça arriverait. La conversation sur la plage n'avait rien arrangé. Elle n'oubliait pas son regard lorsqu'il lui avait dit qu'il pensait moins à sa femme quand il était avec elle.

Il avait finalement ouvert la porte à une discussion sur ce qui aurait pu se passer entre eux, et elle la lui avait refermée en pleine face. Mais qu'était-elle supposée lui dire ? Elle allait repartir sous peu, et il s'en voulait déjà assez parce qu'elle l'attirait. Peut-être lui plaisait-elle déjà avant qu'il connaisse Ebby...

Elle l'avait probablement humilié en le repoussant. Mais il ignorait que même maintenant elle entendait encore dans un coin de sa mémoire le rire de Claire qui se moquait d'elle, ainsi que le silence qui avait suivi. Pourquoi ne l'avait-il pas défendue ?

À présent, quoi qu'il dise ou fasse, il était trop tard pour eux.

La sonnette de la porte tinta, et Maple aboya.

Oh non !

— Gramma, attends !

Mais sa grand-mère était déjà à la porte. Lucie eut à peine le temps d'enfiler sa robe de chambre avant qu'AJ pénètre dans la cuisine, son mètre quatre-vingts apportant avec lui une bouffée d'air de la campagne et d'après-rasage épicé.

Jetson le suivait et salua Maple en lui reniflant le museau.

— Tu viens juste de te réveiller ? dit-il avec un petit sourire.

— Je croyais t'avoir dit que j'avais récupéré ma voiture de location. Tu n'as pas besoin de me conduire quelque part, aujourd'hui.

Il la regarda, et elle sentit sa gorge se contracter. La veille leur conversation avait été plutôt embarrassante, et Lucie avait aggravé les choses en choisissant le déni. Pourtant elle n'arrivait pas à oublier le regard brûlant qu'ils avaient échangé sur la plage.

— Je voulais que tu voies ceci, dit-il en déposant une pile de documents sur la table. Ce sont les recherches que j'ai effectuées jusqu'ici – les informations rassemblées sur l'utilisation des chiens dans la détection des cancers.

— Oh ! Merci. J'ai insisté pour que Constance passe une coloscopie cet après-midi.

— Super, dit-il. Je peux attendre que tu sois habillée...

— Tu veux voir Samuel avec son nouveau chien de thérapie ?

— Le garçon qui a un diabète sévère ?

Gramma May posa une tasse de café devant lui en lui tapotant affectueusement la tête.

— Content de voir que tu vas mieux, dit-il avec un large sourire.

— Je vais mieux parce que Lucie va mieux. Elle a beaucoup mieux dormi la nuit dernière avec Maple.

— Ce n'est que pour quelques jours, précisa Lucie. Jusqu'à ce qu'on trouve une nouvelle famille pour elle. Mais où est passé mon téléphone ?

— Lucie...

Austin lui tendit son appareil, resté sur le comptoir près de la bouilloire, mais le tint hors de sa portée quand elle voulut le prendre.

— Qu'est-ce qui ne va pas ? Dis-le-moi, murmura-t-il, tournant le dos à gramma May.

— J'ai fait un autre rêve, reconnut-elle.

C'était en partie la raison pour laquelle elle était troublée par sa présence.

— Ce n'était pas aussi horrible une fois que Maple est entrée, mais...

— Donc, elle t'a déjà aidée ?

Son sourire la fit fondre. Il était si sexy avec sa veste en cuir et son jean moulant. Mais elle ne devait pas s'attarder là-dessus. Elle avait bien fait de taire ses véritables sentiments.

— Tu n'as pas besoin de t'impliquer autant avec Maple, poursuivit-il à voix basse. Si c'est trop pour toi je peux la reprendre et...

— Non. Je veux le faire.

Il y eut un moment de silence pendant lequel il la scruta pensivement, puis il hocha la tête.

Une petite voix se fit entendre en elle.

Tu es la dernière chose dont il ait besoin. Il est distrait par toi parce qu'il est resté seul trop longtemps. Garde tes distances...

— Comme je te l'ai dit, je n'ai pas envie de te compliquer la vie.

Elle le vit serrer les mâchoires.

— À propos de ce que j'ai dit hier... Je n'avais pas les idées claires. Tu avais raison, nous devrions essayer d'être... amis.

— Qu'est-ce que vous êtes en train de comploter tous les deux ? intervint gramma May avec un sourire amusé.

— Donnez-moi dix minutes, dit Lucie en saisissant son téléphone avant de courir vers l'escalier.

Quoi qu'il se passe entre eux, le moins qu'elle pouvait faire était d'être présente pour Thera Pups – la deuxième chose la plus importante au monde pour AJ après les jumeaux. Curieusement, c'était en train de devenir important pour elle aussi.

Samuel, le jeune patient insulinodépendant de Lucie, avait déjà fréquenté le cabinet médical et l'hôpital depuis son arrivée, passant par des épisodes inquiétants de perte de connaissance – dont l'un à l'école qui avait perturbé beaucoup d'enfants. Il en avait gardé un sentiment de honte et de peur que cela ne recommence.

« Il a eu plusieurs rechutes, et la dernière l'a bien secoué, avait expliqué l'infirmière avant qu'ils entrent dans sa chambre à l'hôpital. Maintenant il veut retourner chez lui. »

Lucie échangea un regard complice avec AJ, qui déplaça la perfusion pour pouvoir s'asseoir près de Samuel.

— Crois-tu que ton chien aimera manger les mêmes choses que toi ? lui demanda-t-elle.

Il fronça les sourcils.

— Mais je n'ai pas de chien.

— Ou plutôt tu n'en *avais* pas, rectifia AJ en faisant un signe à l'infirmière. Le Dr Henderson et moi avons pensé que tu aimerais peut-être t'occuper de Bingo.

La porte s'ouvrit, et Samuel poussa un cri de joie aigu.

Une des femmes que Lucie avait rencontrées à la ferme Newman entra, tenant en laisse Bingo, un beagle marron et blanc. Maple lui fit aussitôt la fête, et Lucie ne put s'empêcher de sourire devant le look de cette espèce de drôle de basset à pattes droites. Il était si beau... et aussi un peu télépathe. Maple pourrait peut-être suivre également la formation de détection des maladies, comme Bingo.

— Bingo est un chien très spécial, déclara AJ en caressant les longues oreilles de l'animal. Il a été entraîné pour aider ceux qui, comme toi, ont du diabète. Il sait comment te prévenir quand ton taux de sucre dans le sang est en train de chuter - ou le contraire.

Samuel écarquilla les yeux et serra Bingo contre lui, manifestement déjà conquis.

Pendant la semaine, Lucie avait lu tout ce qu'AJ avait écrit, et c'était captivant.

La mère de Samuel s'assit à son tour pendant que Lucie décrivait les capacités du chien.

— Il peut détecter l'isoprène, qui est un composé chimique que l'on trouve dans l'haleine, et qui augmente à mesure que le taux de sucre baisse...

— Alors, Samuel, garde bien Bingo près de toi, dit AJ.

Le beagle était maintenant sur le lit et léchait le visage de Samuel.

Des larmes de joie coulèrent sur les joues de sa mère.

— Je ne vous remercierai jamais assez, ainsi que Thera Pups, docteur Johnstone.

Quand Lucie releva les yeux, AJ souriait en la regardant, et une vague de chaleur l'envahit.

Elle s'était montrée si égoïste en prétendant qu'elle ne ressentait rien. En fait, elle avait paniqué. Et s'il lui fallait davantage pour son fils et sa fille, qu'une globe-trotteuse sans véritables racines qui avait toujours la bougeotte et ne s'était jamais fixée ?

D'ailleurs tu n'en as toujours pas l'intention.

Pourtant c'était parfois lassant de se déplacer tout le temps d'un désastre à l'autre...

— Qu'en penses-tu, Lucie ?

— Mmm ?

Une fois de plus elle avait perdu le fil, trop occupée à penser à AJ.

— Est-ce que je pourrai amener Bingo à Pattes sous les étoiles ? Je le déguiserai, précisa Samuel.

— Si tu es suffisamment rétabli, répondit doucement AJ en se tournant vers Lucie. Le soir de la fête, on va organiser une petite sortie pour plusieurs enfants qui ont séjourné à l'hôpital cette année.

— J'ai envie de les voir avec leur déguisement et toutes les lumières !

Samuel rayonnait et caressa Bingo qui lui répondit en lui léchant la main.

Le téléphone de AJ sonna, et il alla dans le couloir pour répondre. Lucie sentit son cœur se gonfler en pensant à tous les gens dont le sort était amélioré par son association, pour chacun d'une façon différente, grâce à ces chiens.

— Moi aussi j'ai envie de les voir déguisés, répondit-elle avant de se rappeler qu'elle ne serait alors sans doute plus là.

Elle serait repartie quelque part... loin de Brookborough.

AJ revint, et devant son expression elle fut aussitôt alarmée. Il se passait quelque chose.

Elle lui jeta un coup d'œil interrogateur, mais il secoua la tête.

— Cela ne t'ennuie pas de t'occuper des chiens ? Il faut que j'y aille. Je repasserai te prendre dans une heure environ.

Il baissa la voix.

— Et si je ne peux pas, appelle-moi quand tu connaîtras les résultats de la coloscopie de Constance.

— Il s'agit des jumeaux ?

— Oui, mais ils vont bien... a priori.

Pourtant il avait l'air tendu quand il quitta la pièce après un rapide au revoir à Samuel.

14

— Papa, on n'a pas assez de mouchoirs !

Dans la cuisine, Austin réprima un soupir en se rendant compte qu'ils étaient à court de conserves. Belle n'avait pas été officiellement désignée comme responsable des stocks dans les placards, mais elle avait pris l'habitude de gérer l'approvisionnement. Seulement, avec les préparatifs de son mariage, elle était souvent absente. Il avait de plus en plus de choses à faire pour maintenir la grande maison en ordre. Ce qui faisait beaucoup pour une seule personne.

« Tu te débrouilles bien maintenant. »

Il tenta de se persuader que sa sœur avait raison.

— Papa, on peut avoir un chocolat chaud ?

— Hum ! je ne crois pas que ce soit ce qu'il vous faut. Le chocolat ne guérit pas les rhumes, les enfants.

— Si, si, insista Ruby depuis le salon.

Tous les deux étaient malades. Ils avaient attrapé le même microbe, qui circulait un peu partout. Après avoir été appelé par l'école, il avait quitté l'hôpital pour aller les chercher et les avait installés tous les deux sur le canapé devant un dessin animé à la télé, s'efforçant de ne pas penser à la montagne de travail qu'il avait à abattre.

Les enfants passaient avant tout, mais comment était-il censé les nourrir maintenant ? Il ne restait que des pâtes, mais il n'y avait plus du tout de sauces. Il ne pouvait quand même pas leur servir que du chocolat chaud…

La sonnette de la porte d'entrée retentit. C'était Lucie, sans les chiens.

— Ils sont chez gramma May, expliqua-t-elle. Elle s'en occupera le temps qu'il faudra. Elle m'a demandé de t'apporter ceci.

Elle lui tendit un tupperware d'où s'échappaient de délicieuses odeurs de nourriture, et son estomac se mit à gargouiller.

— Cette femme est une bénédiction, soupira-t-il.

— Et moi, je t'ai apporté ça, ajouta-t-elle.

C'était une petite boîte de chocolats de la boutique de Cynthia, et il sourit, touché. Se rappelait-elle qu'il lui en avait offert, autrefois ?

Quelques minutes plus tard, Lucie remplissait des bols d'une soupe fumante, pendant qu'il envoyait un mail à un client à qui il devait écrire depuis des heures.

Elle apporta deux bols de soupe aux jumeaux qui la remercièrent avec enthousiasme, non sans lui demander de leur apporter des mouchoirs – ce qu'elle fit aussitôt, elle.

Une fois son mail envoyé, Austin se laissa gagner par la chaleur apaisante de la soupe.

— Y a-t-il autre chose que je puisse faire ? s'enquit-elle. J'ai remarqué que tes placards étaient vides.

Il hésita. Elle n'aurait pas dû venir parce que ses enfants étaient malades. C'était à lui de gérer ce problème, elle n'avait pas à s'impliquer. Et les jumeaux risquaient de s'attacher encore plus à elle – tout comme lui. Mais il avait tant de travail ce jour-là, et il avait déjà annulé deux clients. Lucie venait d'attraper le sac à provisions suspendu près de la porte.

— Ne t'en fais pas, je vois bien que tu es très occupé. Prends un peu de temps pour toi, AJ. Et régale-toi avec les chocolats.

— J'ai déjà commencé, avoua-t-il.

— Lucie, viens regarder la télé avec nous ! cria Josiah. C'est trop drôle !

— On pourra revoir ça plus tard, je vais faire des courses, répondit-elle. Essayez de ne pas trop rire sans moi.

Une fois Lucie partie, Austin poussa un long soupir. Certes, l'entraide était la base du fonctionnement d'une communauté. Mais Lucie n'en faisait pas réellement partie. Il avait cru comprendre qu'elle n'y tenait pas. Peut-être était-elle en train de changer d'avis.

Deux heures passèrent, pendant lesquelles il mit de l'ordre dans la maison, envoya encore des mails, et aménagea son planning au cas où les jumeaux seraient malades plusieurs jours. Il eut un pincement au cœur en relisant pour la centième fois l'étude réalisée par un agent immobilier pour évaluer le prix de sa maison, avant de la laisser sur la table de la cuisine.

Mais bientôt Belle ne serait plus là, et tout cet espace serait trop dur à gérer pour lui seul.

Et Lucie serait aussi bientôt partie. Il ne devait pas la laisser s'impliquer davantage, décida-t-il. Quand elle reviendrait des courses, il insisterait pour qu'elle rentre directement chez elle et ne revienne pas.

— J'ai les résultats de la coloscopie de Constance !

À peine Austin eut-il ouvert la porte que Lucie se précipita à l'intérieur, chargée de sacs de courses pleins à craquer. Elle déposa le tout sur le comptoir et lui tendit son téléphone.

— AJ, Jetson avait raison. Regarde.

L'esprit en ébullition, il prit le téléphone et étudia le rapport.

— La tumeur est minuscule, sur la paroi de l'intestin, commenta-t-elle. Naturellement elle est opérable, elle n'a pas eu le temps de s'étendre.

Austin ne savait pas quoi dire. Sans lui donner le temps de réfléchir, Lucie jeta les bras autour de son cou. Il l'étreignit en silence, s'efforçant de recouvrer ses esprits. Jetson avait décelé ce cancer avant eux. C'était énorme. Ils allaient pouvoir analyser les composants chimiques de la tumeur qu'il avait reniflée et procéder ainsi à une nouvelle avancée.

— Ton chien est génial, ajouta-t-elle, le tenant toujours dans ses bras. Et ce que tu as fait en l'entraînant est extraordinaire.

Ses yeux brillaient de fierté et d'admiration, et il faillit l'embrasser – faillit seulement.

Tous deux firent un pas en arrière en même temps, l'air aussi gêné l'un que l'autre.

Il l'aida à ranger les courses, tout en discutant avec elle de ce que ce résultat signifiait pour Constance et pour ses recherches.

Quatre heures plus tard, Lucie était encore là. Elle et les jumeaux étaient absorbés dans une émission sur les mystères de l'Égypte ancienne – la nouvelle marotte de Josiah. À part quelques éternuements et l'usage de mouchoirs, ils ne semblaient guère malades...

Ruby était pelotonnée contre Lucie sur le canapé, et Josiah se blottissait de l'autre côté, plongé dans la lecture d'un livre.

Il était déjà tard – 19 heures passées, mais les jumeaux étaient collés à Lucie comme de la glu. Pendant qu'elle était avec eux, il avait pu s'activer un peu dans le jardin comme il le souhaitait depuis longtemps.

Lorsque Josiah se mit à bâiller, Austin se leva et ordonna aux jumeaux de monter se coucher. Naturellement ils protestèrent, mais Lucie proposa de venir leur lire un extrait du livre préféré de Josiah sur l'Égypte.

Austin prit sa fille dans les bras

— Lucie, est-ce que tu vas être notre maman ? demanda Ruby d'une voix ensommeillée.

Austin se figea et vit Lucie devenir écarlate.

— Il ne s'agit pas de ça, chérie, s'empressa-t-il de répondre. Josiah, suis-moi.

Il surprit le regard de Lucie. Au lieu d'y voir de l'amusement, il y décela de la tristesse et de la confusion.

Que voulait-elle donc réellement ? Certainement pas être

la mère de quiconque – alors qu'elle serait sûrement meilleure dans ce rôle qu'elle le pensait, à en juger par la façon dont elle se comportait avec les jumeaux. Mais elle ne pourrait probablement pas renoncer à l'adrénaline que lui procurait l'aide aux zones sinistrées...

Elle monta l'escalier derrière Josiah et resta silencieuse pendant qu'il aidait les jumeaux à enfiler leur tenue de nuit, et leur donnait des mouchoirs et un verre d'eau au cas où ils auraient la gorge sèche. Il s'assit au bord du lit de Josiah pendant que Lucie s'installait sur une chaise entre les deux lits et commençait à faire la lecture. Au son de sa voix douce, il faillit s'endormir au bout d'un moment.

Quelque part c'était super qu'elle soit là avec eux, mais ce serait beaucoup moins agréable quand elle lui manquerait de nouveau... Encore une femme partie en un éclair, presque aussi vite qu'elle était arrivée.

« Est-ce que tu vas être notre maman ? »

Les enfants avaient besoin d'une figure maternelle, surtout Ruby. Belle faisait ce qu'elle pouvait. Mais ce petit trio qu'il gérait seul était beaucoup pour une femme. Surtout si elle avait déjà un pied prêt à passer la porte, comme Lucie.

— Je vais te rendre ta boîte, lui dit-il quand ils redescendirent.

Lucie le suivit dans la cuisine et resta tranquillement près de lui pendant qu'il nettoyait le tupperware de gramma May.

Elle était même trop tranquille. Il se retourna et la vit, immobile, en train de regarder les papiers d'évaluation de l'agent immobilier qu'il avait laissés sur la table.

Son cœur manqua un battement.

— Tu vends la maison ? demanda-t-elle d'une voix à peine audible.

— Je ne sais pas... Peut-être.

Elle se laissa tomber sur une chaise et le regarda, puis fixa les papiers, d'un air incrédule.

Il s'assit en face d'elle.

— Je pense qu'il faut que je le fasse, expliqua-t-il. Belle va emménager avec son fiancé, qui deviendra bientôt son mari.

— Mais cette maison est dans ta famille depuis des générations !

— Oui, mais je ne peux pas la gérer tout seul, Lucie. Elle est trop grande juste pour nous trois.

Elle tambourina sur la table du bout des doigts.

— Je comprends, mais... De toute façon je n'ai aucun droit de dire quoi que ce soit.

— Bien sûr que si, répondit-il d'un ton ferme, désolé de voir son expression peinée. Tu as pratiquement grandi ici avec moi.

Lui et Ebby n'avaient jamais vécu là ensemble, mais lui et Lucie... Elle avait eu l'habitude d'entrer et de sortir de cette maison comme si c'était la sienne, sans même sonner à la porte.

Lucie prit une longue inspiration. Ce jour-là, elle ne portait presque pas de maquillage, et ses yeux paraissaient plus clairs, son teint plus pâle. Elle avait aussi l'air plus jeune, et ressemblait davantage à la fille qui avait chamboulé sa vie en partant sans la moindre explication.

D'ailleurs elle ne lui avait toujours pas donné de raison valable, mais elle détestait qu'il amène la conversation là-dessus.

Il lui prit la main par-dessus la table en un geste de réconfort. Elle le laissa faire quelques secondes, avant de se lever et de lui faire face, les bras croisés, manifestement prête à lui dire le fond de sa pensée. Mais ils perçurent un éclair dehors, suivi presque aussitôt d'un coup de tonnerre, et des trombes d'eau commencèrent à tomber.

— Ça ne va pas durer... Allons dans le salon, proposa-t-il. Je suis sûr que tu n'as pas tout vu sur l'Égypte ancienne.

Malgré son expression peu amène, elle accepta. Et quand ils arrivèrent dans le salon, la tension les avait suivis.

15

La réplique était presque aussi forte que le séisme – mais cette fois Lucie était à son épicentre. S'agrippant à l'encadrement de la porte, elle chercha de l'air, car la poussière envahissait sa gorge. Jorge avait poussé les enfants devant elle, puis il fit demi-tour.

— Où vas-tu ?

— Stella veut son sac à dos... Dedans il y a une photo de sa mère qui est morte.

— C'est trop dangereux, Jorge. Viens avec nous !

— Emmène-les dehors, ça ne me prendra que quelques secondes.

Les enfants poussaient des cris de terreur, et elle sentit son estomac se nouer. Ils étaient dans la petite école d'un village, au bord d'une route de montagne déjà en partie bloquée par des arbres tombés. Ils avaient mis un temps fou pour arriver jusque-là.

— Jorge, ce n'est pas prudent !

Un autre grondement ébranla la terre si fort qu'ils furent précipités au sol.

Elle entraîna les enfants à l'air libre.

— Courez ! Courez !

Derrière elle Jorge poussa un cri déchirant. Un gros meuble de rangement métallique s'était effondré sur lui, coinçant sa jambe.

— Jorge, non !

Elle courut vers lui et poussa le meuble de toutes ses forces, mais rien ne bougea. Il serait tombé sur les enfants si elle ne les avait pas fait sortir.

Jorge respirait avec difficulté, et son jean était teinté de rouge au-dessous du genou.

— Ça va aller, dit-elle, horrifiée.

Le sang se répandait partout à travers ses vêtements. Elle tenta vainement de le tirer en l'attrapant sous les aisselles, mais il était complètement bloqué.

— Va-t'en, Lucie. Va-t'en !

— Non, je ne te laisse pas !

Un bruit de craquement épouvantable résonna. Cela recommençait. Elle se tenait là, pétrifiée, tandis que les murs commençaient à s'écrouler et qu'elle était aveuglée par des tonnes de poussière. Du côté de Jorge, le *silence* était inquiétant.

Les sanglots envahirent sa gorge, juste avant que l'énorme réservoir d'eau de 5 000 litres s'écroule sur lui, le recouvrant complètement.

— Non ! Jorge, non ! Non...

— Lucie, Lucie, réveille-toi !

La voix d'AJ la tira de son rêve. Elle était en sueur.

— Quoi ? Que s'est-il passé ?

AJ s'accroupit près du canapé. Sa chemise était déboutonnée, il avait dû l'enfiler à la hâte.

— Tu t'es endormie, et tu as fait un cauchemar. Bon sang ! c'est ce qui t'arrive chaque fois que tu rêves de là-bas ?

Il posa une main fraîche sur sa joue, et elle tenta de s'asseoir.

— Je suis désolée... J'ai crié très fort ? Est-ce que j'ai réveillé les jumeaux ?

— Ils dorment.

S'asseyant près d'elle, il l'attira contre son épaule.

Elle se laissa aller contre lui, abandonnant toute résistance, réconfortée par la chaleur de son torse nu. Bientôt l'émotion l'envahit, et elle s'agrippa à lui en pleurant.

— Je ne me doutais pas..., murmura-t-il en lui caressant les cheveux.

Soudain elle se mit à sangloter comme elle ne l'avait encore jamais fait. Elle avait longtemps tenté de refouler toutes ces émotions, de crainte qu'elles ne l'envahissent davantage si elle leur donnait libre cours. Mais AJ était là, et elle se sentait déjà mieux. Elle pouvait tout déverser sur lui, il le prendrait et la protégerait, comme il l'avait toujours fait. Elle se sentait si bien, de nouveau en sécurité dans ses bras...

Au bout d'un long moment, elle s'écarta de lui avec gêne en s'essuyant les yeux. Non seulement elle s'était endormie, épuisée, sur son canapé devant la télé, mais en plus elle lui avait offert le spectacle de son désarroi.

— Ce que tu as vécu a dû être terrible, dit-il doucement.

— Pourquoi ne m'as-tu pas réveillée quand j'ai piqué du nez ?

— Il pleuvait, et manifestement tu avais besoin de dormir ! J'ai dit à gramma May de ne pas s'inquiéter.

Il rejeta des mèches de cheveux humides de sueur derrière ses oreilles et lui caressa la joue avec le pouce. Elle eut envie de s'abandonner encore plus contre lui.

— Je ferais mieux d'y aller...

Mais elle tremblait toujours, et ses jambes ne l'auraient probablement pas soutenue si elle n'avait pas été assise.

— Tu n'as besoin d'aller nulle part, répondit-il doucement.

— Et si les jumeaux se réveillent en se sentant mal ? Tu as bien assez à gérer, je ne veux pas te créer de problèmes.

— Lucie, arrête. Tu ne me crées aucun problème. Et les jumeaux dorment profondément.

AJ lui tendit un verre d'eau et lui passa la main dans le dos pendant qu'elle buvait. Elle continuait à trembler – sans doute un mélange d'adrénaline et d'humiliation.

— Est-ce que... j'ai crié ton prénom ? demanda-t-elle faiblement.

Il fronça les sourcils.

— Pourquoi crierais-tu mon prénom dans de telles circonstances ?

Elle ferma les yeux, inspirant profondément.

— Parfois mes rêves deviennent complètement fous...

— Tu veux bien m'en parler ? demanda-t-il en l'enveloppant dans une couverture.

Elle plongea dans son regard familier et attentif. Ce n'était pas exactement ce qu'elle était venue faire chez lui. Mais ses yeux pleins de douceur lui inspiraient une telle confiance...

Alors tout sortit peu à peu. Elle lui décrivit la chute du réservoir d'eau. Comment elle avait dû escorter les enfants sur la route de montagne en contournant les débris tombés de toutes parts. Les cris. Les personnes qui avaient perdu des parents, des amis, des frères et sœurs... Tout.

Elle lui raconta qu'elle avait dû conduire l'équipe de sauvetage jusqu'à l'endroit où Jorge avait été enseveli, et qu'elle l'avait vu sortir dans une housse en plastique blanche. C'était elle qui avait passé à son épouse l'appel que personne ne voudrait jamais recevoir.

Soudain elle se rendit compte qu'AJ avait subi le même genre de choc. Il avait dû sangloter en apprenant qu'Ebby était morte. Elle n'aurait pas dû lui raconter tout ça...

Mais il ne semblait pas du tout préoccupé par lui-même. Et ses bras autour de ses épaules étaient d'une solidité qu'elle n'avait pas ressentie depuis des années. Il l'écoutait sans émettre de jugement, ce qui lui donnait envie de lui parler encore plus. Jorge avait fondé une famille, il avait des enfants. C'était elle qui aurait dû mourir dans la vallée de Katmandou ce jour-là, pas lui. Elle n'avait pas d'enfants ni de parents, n'avait rien construit...

— Je n'aurais jamais dû l'emmener à cet endroit !

AJ la serra contre lui.

— Ne retourne pas là-bas, Lucie. Je t'en prie.

Oh non !

Mais il n'avait pas terminé.

— Est-ce que tu le veux vraiment ? Tout de même, il y a une limite à ce qu'une personne peut endurer...

Elle secoua la tête.

— Je dois y retourner. Je me suis promis de continuer la tâche que Jorge ne peut plus assurer.

— Lucie…

Il avait la même expression sérieuse que sur la plage et chercha son regard.

— Sinon je ne saurais pas quoi faire d'autre, dit-elle finalement.

— Tu peux rester ici, à Brookborough.

Il y avait du magnétisme dans l'air. C'était comme si chacun pouvait pénétrer l'âme de l'autre, comme si toutes les parties de leur corps étaient reliées l'une à l'autre. Ils étaient si proches que leurs respirations se mêlaient et qu'elle sentait la chaleur de son corps.

Il voulait l'embrasser. Et elle aussi…

Avec effort, elle s'écarta de lui et resserra la couverture autour d'elle tandis qu'il se relevait.

— Je ne peux pas rester à Brookborough, AJ.

Elle ne serait jamais Ebby, ni le genre de femme qu'il lui fallait. Pour commencer, elle n'était pas faite pour être mère ! Si elle restait, il ne tarderait pas à s'en rendre compte.

Des paroles de tante Lina lui revinrent : « Les enfants sont des fardeaux, et les hommes aussi. »

Adolescente, Lucie l'avait crue. Lina était une éternelle célibataire, qui avait réussi par et pour elle-même et continuait à croquer la vie à pleines dents. Lucie avait suivi son conseil : « Dans la vie, tu ne peux te fier qu'à toi-même. »

Elle avait clamé haut et fort qu'elle n'appartenait à aucun endroit ni à personne, et cela fonctionnait très bien. Ou bien s'était-elle efforcée de s'en convaincre ?

— Essaye de te rendormir, dit-il d'un ton froid en montant l'escalier. Je te raccompagnerai chez gramma quand il fera jour.

Une fois de plus, elle avait tout gâché.

Alors, avant le lever du soleil, elle se glissa discrètement dehors.

16

Austin se gara dans l'allée du foyer, le Mayflower, en fin d'après-midi. Des oiseaux s'envolèrent des saules pleureurs et passèrent comme des flèches au-dessus d'eux. Sur le siège arrière, Jetson dressa les oreilles, mais comme il était bien entraîné, il ne tenta pas de courir dans leur direction quand il le fit sortir, même s'il en avait visiblement envie.

Lucie était-elle là ? Ils devaient rendre visite à un de ses patients ensemble, et c'était la première fois qu'ils se voyaient depuis leur discussion chez lui. Elle l'avait appelé pour lui demander de venir avec Jetson, ce qui l'avait étonné, car récemment elle avait vu ce patient seule avec Maple.

Il lui avait envoyé de brefs textos, auxquels elle avait fait de brèves réponses. Oui, elle allait bien. Oui, l'opération de Constance s'était bien passée. Et oui, elle était d'accord pour garder Maple encore un peu. Le minimum d'informations – sa façon d'être quand elle ne voulait pas affronter ses émotions.

En entrant dans le bâtiment, il croisa une vieille dame charmante appuyée sur un déambulateur qui l'interrogea sur Jetson, qu'il tenait en laisse. Distrait, il lui répondit machinalement en se demandant où était Lucie, avant de la voir entrer derrière lui.

— Désolée, dit-elle. J'étais avec Constance. Elle sort bientôt de l'hôpital et en discutant avec elle je n'ai pas vu le temps passer.

— Tu as l'air en forme…

Elle parut hésiter.

— Maple m'aide beaucoup.

C'était déjà une petite victoire. Mais de toute façon, elle ne tarderait pas à repartir.

— Nous sommes si contents de vous voir tous les deux ! s'enthousiasma une infirmière en les guidant à travers des couloirs recouverts de tableaux colorés. Mayflower était plus petit et plus spécialisé que Lavender Springs. Quelques amis de gramma May y séjournaient, et les bénévoles d'Austin y avaient déjà amené des chiens.

Une résidente souffrant de narcolepsie en avait gardé un en permanence avec elle jusqu'à son décès – un cocker appelé Rigby. Il s'était révélé être le meilleur moyen de détecter l'imminence d'une crise. Il avait même appris à se tenir sur ses genoux pour l'empêcher de tomber de sa chaise roulante.

Austin observa Lucie pendant qu'elle discutait avec l'infirmière. Elle avait vraiment l'air mieux, avait plus d'énergie et ne paraissait plus aussi fatiguée.

Un pas de plus vers le départ ? Il pensa aux jumeaux qui demandaient après elle. Valait-il mieux les laisser la voir ou non ? C'était une question à laquelle il n'était pas capable de répondre.

— Je suppose que tu connais tout du syndrome du coucher du soleil, lui dit Lucie.

— Bien sûr. Les personnes atteintes de démence peuvent être perturbées en début de soirée. C'est un moment où elles sont agitées et confuses, certaines se mettent à errer sans but.

— Je sais que cela peut être utile de marcher et parler. Ma patiente, Ethel, vient d'arriver ici. Elle est un peu perdue, et j'ai pensé qu'on pourrait faire un test avec les chiens. Je crois qu'elle en a eu un.

Les chiens pourraient distraire cette patiente de son agitation et l'aider à exercer sa mémoire.

— Parler peut aider, confirma-t-il.

D'ailleurs le fait d'avoir parlé avec lui l'autre nuit semblait avoir fait du bien à Lucie, qui ne devait pas confier ce genre de choses à tout le monde. Au moins elle savait qu'elle pouvait toujours lui parler – même s'il craignait qu'elle ne lui dise jamais ce qu'il avait envie d'entendre.

La mer scintillait au loin quand il se dirigea vers les jardins avec Lucie et Ethel. Les allées bétonnées étaient bordées de parterres de fleurs et d'arbustes, et une fontaine reflétait les derniers rayons du soleil.

Il avançait avec Ethel à son bras, qui rayonnait littéralement sous ses cheveux gris. Lucie se tenait de l'autre côté.

— Quel beau jardin ! dit-elle. Vous avez de la chance de voir toutes ces fleurs s'épanouir, Ethel.

Lucie avait l'air sincèrement enthousiaste, et il échangea un sourire avec elle. La tension avait de nouveau disparu entre eux.

Ils bavardèrent tranquillement en marchant autour des buissons de roses. Ethel s'arrêtait souvent, regardant autour d'elle, l'air désorientée, un pli soucieux sur le front. Les deux chiens jouaient à se poursuivre, mais Lucie appela Maple quand ils s'arrêtèrent près de la fontaine.

À ce moment-là les yeux d'Ethel se posèrent sur les chiens, et elle commença à parler de celui que son mari lui avait amené un jour.

— Il venait souvent avec nous dans un charmant pub de Staithes.

Lucie lui posa plusieurs questions auxquelles elle répondit de façon claire, excepté quand elle lui demanda le nom du chien. Elle eut l'air un peu perdue.

— Mon mari était pêcheur, poursuivit Ethel. L'année où il y

a eu la grande tempête et que le pub a été inondé, il a récupéré plein de bouteilles dans la mer, et le chien aussi !

— La tempête était en quelle année ? demanda Lucie.

— 1953, répondit Ethel sans hésiter

— C'est exact, dit Austin en souriant.

— Ethel communique plus clairement qu'elle ne l'a fait depuis des jours, constata l'infirmière un peu plus tard, visiblement impressionnée.

Lucie se pencha pour caresser Maple, et Austin surprit une lueur de fierté dans ses yeux, comme s'il s'était agi de son propre chien.

Cependant Ethel ne s'était pas ouverte seulement grâce à Maple et Jetson. La calme présence de Lucie y avait aussi contribué. Elle était douée pour amener les gens à parler – même si elle ne l'était pas pour parler elle-même.

Il savait qu'il y avait autre chose pour qu'elle veuille ainsi partir à tout prix. Autre chose que leur amitié passée, ou que le fait qu'elle ne soit pas attachée à Brookborough. Et cela continuait à le contrarier.

— On devrait promener un peu les chiens avant de rentrer, suggéra Lucie, quand ils eurent quitté le foyer en promettant de rester plus longtemps la fois suivante. À moins que tu doives retrouver les jumeaux.

— Ils sont avec Belle.

Impossible de trouver une excuse pour ne pas promener les chiens avec elle, se dit-il tandis que leurs voitures se suivaient sur l'étroite route de campagne en direction de Staithes.

17

Il était interdit de se garer dans la vieille ville à cause des rues étroites. Lucie laissa donc sa voiture à côté de celle d'AJ, sur le parking public près de la gare. Ils parcoururent les ruelles sinueuses avec les chiens en direction du pub dont Ethel s'était souvenue – le Cod and Lobster, en référence aux poissons et aux crustacés.

Là ils laissèrent les chiens courir sur le sable près du pub, avant d'aller se restaurer. Tous deux commandèrent du cabillaud accompagné de petits pois et de frites.

Pendant qu'ils mangeaient avec les chiens salivant à leurs pieds, Lucie se demanda si elle parviendrait un jour à regarder AJ sans le voir comme l'homme le plus sexy de planète. Il était si différent de celui qu'elle avait connu autrefois.

Dans cette atmosphère chaleureuse, ils se mirent à évoquer de vieux souvenirs.

— Tu te rappelles tes courses de crabes ? demanda-t-elle.

— Et quand nous avons découvert du faux or ?

Ils sourirent tous les deux. Au fil des jours elle laissait un sentiment d'appartenance s'insinuer en elle. Et c'était très agréable.

— J'avais essayé de faire croire à tout le monde que ces pépites de pyrite étaient vraiment de l'or, poursuivit-il.

— Si seulement..., soupira-t-elle.

— Qu'est-ce que tu ferais si tu avais tout l'or du monde ?

Ses yeux bleus brillaient à la lueur du feu de cheminée.

— J'achèterais ta maison, répondit-elle sans hésiter. Et je te la donnerais.

— Elle est déjà payée. L'assurance-vie d'Ebby a pratiquement tout couvert. C'est juste que, comme je te l'ai dit, elle est trop grande. Sans Belle, il nous faut quelque chose de plus petit.

— Je suis sûre que tu y arriverais.

Cela faisait des jours qu'elle y pensait. Comment pouvait-il mettre en vente cette maison qu'il adorait ? Elle n'arrivait pas à l'accepter. Probablement parce qu'elle l'adorait aussi, et que les jumeaux devraient quitter la seule maison qu'ils connaissaient. Si seulement elle pouvait être un roc pour cette famille qui avait tant perdu… Et si elle les aidait à trouver une solution ?

— Tu pourrais adopter encore quelques chiens ?

Il haussa les épaules.

— Et avoir une maison remplie d'enfants et d'animaux ? Pour toi, ce serait un vrai cauchemar…

Elle se figea, puis regarda les chiens endormis.

— J'en fais de pires, comme tu le sais.

— Mais moins ces derniers temps, non ? Depuis que tu m'as parlé.

— Depuis que j'ai Maple… Et aussi, oui, depuis que je t'ai parlé, admit-elle.

Comment le sait-il ?

— Pour ce qui est d'avoir une maison remplie d'enfants et d'animaux, je ne me suis jamais autorisée à imaginer ma vie au-delà du prochain endroit où je poserais ma valise, ajouta-t-elle.

— Pourquoi pas ? Pourquoi faut-il toujours que tu t'en ailles ? Toute seule ?

— Je ne suis pas seule, j'ai mon équipe.

— Tu sais bien ce que je veux dire, Lucie.

Elle se tut, ne trouvant rien à répondre.

AJ la regarda pensivement.

— Tu sais, c'est très bien aussi d'avoir envie de rester au même endroit. Tu n'as pas besoin de mettre toujours ta vie en danger parce que tu n'as pas pu sauver un membre de ton équipe – ce qui n'était pas ta faute. Il y a d'autres façons d'aider les autres.

Leur relation depuis l'enfance lui avait donné le droit de lui dire ce qu'il pensait, elle ne pouvait pas l'en empêcher.

— Je ne crois pas que tu doives repartir juste parce que tu te sens coupable, Lucie.

— Est-ce la seule raison pour laquelle tu ne veux pas que je reparte ? répliqua-t-elle, surprise par son courage.

Silence.

— Je ne ferais pas une bonne mère, AJ. Comme tu t'en doutes.

Il poussa un grognement d'indignation.

— C'est ce que tu penses ? Que je tente de remplacer Ebby par *toi* ?

Elle se sentit rougir.

— Je ne sais pas. Tu as failli m'embrasser dans ton salon, après mon cauchemar.

AJ se racla la gorge.

— C'est vrai…

Mais il l'avait regretté ensuite, à en juger par son expression.

— Je veux juste que tu ne repartes pas dans des zones sinistrées, poursuivit-il calmement. J'ai pu voir ce que cela t'avait fait. Mais je ne cherche pas à te piéger pour t'épouser, si c'est ce que tu penses. Peut-être que tu m'as ouvert les yeux sur… certaines choses.

— Vraiment ?

— Oui. Je ne peux pas continuer à vivre dans le passé. Je ne veux plus. Même si je me sens un peu coupable, je crois que… je suis prêt à rencontrer quelqu'un.

Le cœur de Lucie se serra, mais elle ne laissa rien paraître.

— Quelqu'un qui sera bien pour les jumeaux ?

Elle sentit la nausée la gagner.

— Naturellement, je tiens compte de Ruby et Josiah dans toutes mes décisions, répondit-il prudemment.

— Tu dois faire ce qui est bon pour *toi,* AJ.

— Toi aussi.

— Et tu n'as pas à te sentir coupable pour ça.

— Toi non plus. Tu n'as pas à te sentir coupable de vivre alors que ton ami est mort.

— Mmm...

Lucie se mit à taper sur les touches de son téléphone, comme pour répondre à un message important. Elle avait beau feindre l'indifférence, la jalousie commençait à la ronger à l'idée qu'il allait sortir avec quelqu'un. Maintenant qu'elle l'avait bien découragé, qui allait-il fréquenter une fois qu'elle aurait disparu de nouveau ?

— En tout cas, on dirait que tu apprécies la compagnie de Maple, dit-il d'un ton plus léger.

— Oui, reconnut-elle.

En fait, elle l'aidait de plus en plus. Même si, pour être tout à fait sincère, c'était en s'abandonnant sur l'épaule d'AJ l'autre nuit qu'elle avait réellement pris le chemin de la guérison. Il avait raison sur ce point. Cela lui avait fait énormément de bien de laisser sortir tout ce qu'elle retenait en elle, et que quelqu'un qui la connaissait bien l'écoute vraiment...

— J'espère que tu pourras trouver une nouvelle famille d'accueil pour Maple avant que je reparte.

Il se contenta de grommeler quelque chose d'incompréhensible avant de payer la note.

Pourquoi avait-elle l'estomac aussi noué ? se demanda-t-elle. Stupidement, elle avait dit ça exprès, pour tenter de se distancier davantage de lui. Quant à AJ, de toute évidence il s'éloignait d'elle plus rapidement qu'elle ne l'avait escompté.

Ils étaient à mi-chemin du parking avec les chiens, quand elle se rendit compte que ses yeux étaient remplis de larmes. Elle essaya de les retenir, mais c'était trop tard. AJ l'avait vue. Il lui jeta un coup d'œil inquiet.

Soudain elle n'y tint plus. Il fallait qu'elle lui dise enfin pourquoi elle était partie il y a si longtemps.

— AJ... Tu m'as humiliée, alors que je te faisais confiance !

Il fronça les sourcils.

— Qu'est-ce que tu racontes ? Quand est-ce que j'ai fait ça ?

— Avec Claire Bainbridge ! Je vous ai entendus ce soir-là, dans ta chambre. J'étais venue te parler de l'offre de tante Lina de payer mes études si je revenais à Denver... Et je vous ai entendus, Claire et toi, parler de moi et rire à mon sujet.

AJ s'arrêta net.

— Elle disait que je te suivais partout comme un petit chien perdu... que j'étais une gêne pour toi. Et tu n'as rien dit pour me défendre ! Je croyais que nous étions amis, et tu l'as laissée parler de moi comme ça. Ce qui t'intéressait, c'était de coucher avec elle...

— Attends... tu nous as entendus parler ?

— Je n'en avais pas l'intention ! D'ailleurs je me suis éclipsée avant votre partie de jambes en l'air...

— Nous n'avons jamais couché ensemble !

Il la fixa d'un air incrédule.

— Alors c'est pour *ça* que tu as décidé de ne plus me parler une fois en Amérique ? Lucie, ce qu'il y avait entre toi et moi ne regardait personne. Si tu étais restée assez longtemps, c'est ce que tu m'aurais entendu lui répondre. Et je n'ai absolument pas couché avec elle !

Elle en resta bouche bée et alla s'appuyer contre un mur, se sentant vaciller sur ses jambes.

— Tu as quitté Brookborough, et moi, à cause de *ça* ? dit-il en la suivant.

— Tu étais tout pour moi !

— *Tu* étais tout pour *moi.*

Elle lui tendit les bras dans un geste de désespoir, et ils s'étreignirent passionnément. Prenant son visage dans ses mains, il l'embrassa de toute son âme, et elle eut l'impression qu'une vague gigantesque les emportait tous les deux.

— Lucie..., marmonna-t-il contre sa bouche.

Ses mains se promenèrent sur son corps, allumant le feu dans sa poitrine. Elle le désirait tellement que c'en était presque douloureux, et elle se pressa contre son corps avec l'envie de se fondre en lui.

Ce fut seulement en entendant un passant tousser qu'ils se séparèrent. AJ ajusta son pull et son jean.

— Je n'en avais pas l'intention, murmura-t-elle.

Mais les gestes parlaient d'eux-mêmes. Aucun d'eux n'aurait pu s'arrêter. Même les chiens les regardaient avec un air de reproche.

— On n'aurait pas dû faire ça, ajouta-t-elle, reprenant ses esprits.

— Aucun de nous ne fréquente quelqu'un d'autre, pas vrai ? dit-il, l'air déterminé.

— Pas encore, soupira-t-elle. Mais je ne suis pas celle qu'il te faut.

Glissant un doigt sous son menton, il tourna son visage vers lui.

— Pourquoi ne pas me laisser décider de ce qui est bon pour moi pendant que tu es encore ici ?

— Ça ne fera que compliquer les choses.

— Peut-être.

Il était prêt à prendre le risque si elle l'était. Il se pencha sur sa bouche, et elle perdit la notion du temps. Après tout, ils ne faisaient que s'embrasser. Et ils le faisaient très bien. Avec sa langue, il réveillait des parties d'elle qui avaient été en hibernation pendant des années.

Mais ils ne feraient rien d'autre. Pas question qu'elle rentre chez lui, ou sa résolution faiblirait. Elle devait se montrer forte, et se contenter de ses baisers.

18

Le problème quand il embrassait Lucie, c'est que ce n'était pas assez, se dit Austin en lui ouvrant la portière. Il voulait plus.

Constance le lut sur leurs visages à la seconde où elle ouvrit la porte – cela, il en était sûr. Les deux femmes se mirent à bavarder comme de vieilles amies pendant qu'il préparait le thé, et Lucie procéda au check-up.

Constance se sentait lasse et n'avait toujours pas d'appétit depuis son opération. Elle donna une friandise à Maple – sa préférée – et demanda à Lucie des nouvelles de gramma May.

— Comment vont les choses pour vous ? demanda-t-elle ensuite à Austin tandis qu'ils prenaient place dans le salon sur le petit canapé vert.

Il y avait un flyer de Pattes sous les étoiles – qui n'allait plus tarder maintenant – sur la table basse. Maple serait déguisée en Yoda. Quant à Jetson, c'était à Josiah et Ruby de décider.

— C'est moi qui devrais vous demander ça, répondit-il à Constance, faisant mine de ne pas remarquer le clin d'œil qu'elle lui adressa.

Ce qui s'était passé entre lui et Lucie était-il si évident ?

En tout cas, il était de plus en plus persuadé qu'il devrait trouver quelqu'un d'autre pour le distraire, quand de nouveau il souffrirait trop de son absence.

Ils n'avaient parlé à personne de ce baiser, pourtant tout le monde semblait soupçonner quelque chose. Gramma May le regardait d'un drôle d'air quand elle le voyait avec les jumeaux. Elle avait dû parler à Cynthia, qui avait parlé à tous ceux qui entraient dans sa boutique...

Ce qui était sûr, c'est qu'il ne supplierait pas Lucie de rester. Elle avait raison de dire qu'elle n'était pas celle qu'il lui fallait. Pas si elle était un pigeon voyageur qui ne faisait que passer.

Mais au lieu de garder ses distances pour éviter de se brûler les ailes, il s'était mis à travailler avec elle. D'ailleurs ils formaient une bonne équipe, et les patients l'adoraient.

— Il fallait que je vous voie, vous et Jetson, lui dit Constance devant une tasse de thé. Tous les deux, vous m'avez probablement sauvé la vie. Comment pourrais-je vous remercier ?

— Vous voir en bonne santé est notre meilleure récompense, répondit-il.

— Je vous suis très reconnaissante ainsi qu'à Thera Pups, Dr Johnstone. J'aimerais vous faire un don, ou vous aider si je peux.

Sa voix trembla, et Lucie lui prit la main.

— Vous n'êtes pas obligée...

— Mais vous allez me manquer.

— Nous pouvons venir vous voir aussi longtemps que vous le désirez.

— Il y a beaucoup de gens qui ont plus besoin de vous et de vos chiens que moi, dit Constance en caressant les oreilles soyeuses de Jetson, qui posa aussitôt la tête sur ses genoux.

— On trouvera toujours du temps pour vous, lui assura Lucie.

Jusqu'à ce que tu partes, pensa Austin avec amertume. *Quand tu seras loin, tu n'auras plus de temps pour personne ici.*

Plus vite il se ferait à cette idée, mieux cela vaudrait.

— Pendant combien de temps allons-nous encore vous avoir, Lucie ? demanda Constance d'un air triste.

— Quelques semaines, répondit Lucie en évitant son regard.

Il dut lutter contre la nausée qui le gagnait.

— Et où partirez-vous, cette fois ?

— Je ne sais pas encore où je serai affectée.

Elle aurait très bien pu se construire son monde à Brookborough, où tous l'aimaient et où ils avaient autant besoin d'elle que dans n'importe quel endroit dangereux de la planète.

Mais elle ne voulait pas.

Le téléphone de Lucie sonna dans la poche de sa veste. Elle le consulta en fronçant les sourcils.

— C'est Lavender Springs. Belle dit que Jack Granger m'a demandé de venir avec Maple.

Allons bon !

Leur patient passait sans doute une mauvaise journée, et c'était Lucie qu'il avait réclamée. La fierté qu'Austin ressentit céda rapidement le pas à l'inquiétude. Il n'y avait pas que lui, les jumeaux et gramma May qui vivraient mal son départ.

— Je viens avec toi, décréta-t-il.

Jack avait d'abord été *son* patient, et il le redeviendrait lorsque Lucie aurait de nouveau disparu.

Belle les retrouva à l'accueil.

— Dieu merci vous êtes là !

Elle les conduisit avec les chiens dans une chambre individuelle. Jack Granger était assis dans un fauteuil, regardant par la fenêtre d'un air mélancolique.

— Il dit que son cœur lui fait mal, murmura Belle. Nous n'avons décelé aucun signe de problème cardiaque, mais...

— Nous allons vérifier, dit Austin.

Les chiens étaient déjà allés saluer Jack, qui les avait ignorés.

— Bonjour Jack, dit Lucie en s'accroupissant près de lui. Votre cœur vous fait mal ? Vous voulez bien qu'on aille dans une pièce voisine pour vous ausculter ?

— Vous ne trouverez rien, répondit-il, sortant de sa léthargie. C'est Alice. C'était elle qui touchait mon cœur. Aujourd'hui c'est l'anniversaire de sa mort.

Lucie posa la main sur son bras, et les deux chiens se couchèrent aux pieds de Jack.

— C'est peut-être idiot, mais je préfère être avec un chien qu'avec n'importe quel humain, poursuivit Jack en regardant Lucie. Ils écoutent, et ils connaissent votre cœur. C'était le cas du mien.

Austin échangea un regard avec Lucie.

— Moi aussi, quand je suis avec un chien, cela me calme, répondit-elle. Du coup, je vois les choses de façon plus rationnelle et plus positive.

Jack approuva de la tête.

— Je vous ai raconté lors de ma dernière visite à quel point les chiens m'ont aidée depuis que je suis revenue en ville, poursuivit-elle. Et ils seront toujours disponibles pour vous écouter.

— Vous auriez plu à mon Alice, dit Jack en caressant Jetson de sa main valide.

Son autre bras était toujours maintenu dans une attelle, mais son visage avait repris des couleurs depuis la dernière fois qu'Austin l'avait vu, et il parlait plus avec Lucie qu'il ne l'avait fait avec lui.

Pendant la demi-heure qui suivit, tous deux écoutèrent Jack leur parler d'Alice, encouragé par la présence bienveillante des chiens. Puis ils l'emmenèrent faire une courte promenade dans le jardin, et il jeta même une balle aux chiens. Lucie était sans doute aussi pour beaucoup dans ce changement.

— Tu sais, tu peux me parler d'Ebby si tu en as envie, lui chuchota-t-elle au moment de prendre congé. Regarde comme cela a fait du bien à Jack d'évoquer sa femme.

— Je ne suis pas Jack, répondit-il sèchement. Et je n'ai peut-être pas envie d'en parler. Pas avec toi.

Elle parut peinée, et il s'en voulut aussitôt. Il n'aurait pas dû réagir de cette façon. Mais elle ne se doutait pas que ce qu'il avait éprouvé pour sa femme décédée n'avait jamais atteint l'intensité ni la profondeur de son amour caché pour elle. Et même maintenant, il ne pouvait rien y changer.

Quand ils repartirent tous ensemble, Belle le prit par le bras.

— Austin, c'est toujours d'accord pour ce soir ? J'ai quelques idées pour te concocter un profil qui plaira à tes futurs rencards.

Il vit Lucie se raidir, puis elle feignit l'indifférence en caressant Maple.

— On en parlera une fois que les enfants seront couchés, poursuivit Belle. Tu seras le célibataire le plus séduisant de la ville. C'est bien ce qu'il est, pas vrai, Lucie ?

— Pardon ? répondit-elle, d'un air distrait.

— Je ne suis pas un trophée, protesta-t-il.

Lucie s'était mise à taper furieusement sur son téléphone comme pour passer ses nerfs dessus.

Mais il devait la sortir pour de bon de sa tête et se focaliser sur l'avenir, qui ne concernerait ni Ebby ni Lucie.

À en juger par son expression, cette dernière était beaucoup plus affectée qu'elle ne le prétendait. Peut-être ne tenait-elle pas tant que ça à s'en aller.

— Tu ne pouvais pas attendre que je sois partie ? demanda froidement Lucie quand ils furent dehors.

Le soleil printanier rayonnait, et les chiens couraient devant eux en direction de la mare non loin de là. Ils avaient besoin de se défouler avant de regagner la voiture.

— Tu es jalouse ? demanda-t-il avec un petit sourire.

— Pas du tout ! grommela-t-elle. Mais je parie que tu fais ça pour me contrarier, Austin.

— Tu ne m'appelles Austin que quand tu es en colère, lui fit-il remarquer en riant.

— Je me moque de ce que tu fais, dit-elle en accélérant l'allure.

— Bien sûr que non, répondit-il calmement. Et c'est une idée de Belle. Je ne comprends pas pourquoi tu es en colère contre moi. Elle fait ça dans le but de m'aider.

— Grand bien lui fasse. Avant la fin de la semaine, elle t'aura trouvé un bataillon de candidates.

— Mais aucune d'elles ne sera toi.

Lucie écarquilla les yeux d'un air méfiant.

— Tu es mignonne quand tu es jalouse...

— Je ne suis pas mignonne.

— Ah ah ! Tu viens juste d'admettre indirectement que tu étais jalouse.

Il lui donna un coup de coude, et elle fit un bond en arrière en riant.

— Que tu es bête ! dit-elle en le repoussant.

Son pied glissa alors sur l'herbe humide, et avant d'avoir eu le temps de réagir il tomba dans la mare, faisant s'éparpiller de tous côtés les canards et les oies. Les chiens aboyèrent, tout excités, croyant qu'il s'agissait d'un jeu.

— Oh ! mon Dieu, AJ ! Je suis désolée. Prends ma main...

Lucie se pencha au bord de la mare et lui tendit la main, mais au lieu de sortir il la tira dans l'eau avec lui. Elle poussa un cri et atterrit sur le dos en battant des bras.

Devant le ridicule de la situation il éclata de rire, tellement fort qu'il pouvait à peine rester debout dans l'eau qui lui arrivait jusqu'à la taille.

— AJ, je n'y crois pas, protesta-t-elle, son mascara coulant sur ses joues.

Et soudain ils se mirent à s'asperger l'un l'autre en poussant des cris hystériques. Austin n'avait pas ri comme ça depuis des années.

La chemise trempée de Lucie était devenue totalement transparente, et le feu monta en lui.

— Pourquoi faut-il que tu sois aussi sexy ? grommela-t-il en la prenant par la taille.

Elle le regarda, le souffle coupé. Au lieu de le repousser, elle gémit doucement et appuya les hanches contre les siennes. Pendant un moment ils restèrent debout, front contre front, unissant leurs souffles.

Lucie agrippa le devant de sa chemise dégoulinante et l'attira vers lui, lèvres entrouvertes. Il lui sembla que ses veines se mettaient à bouillir. À cet instant, elle était tout pour lui.

Leurs bouches s'exploraient mutuellement, leurs langues se mêlaient, ils se goûtaient, se léchaient, grognaient de plaisir. Il avait attendu cinq ans pour éprouver à nouveau toutes ces sensations – et, cette fois, avec elle. N'était-ce pas le but de la vie ? Aimer et être aimé, même si cet amour était fugace ?

Lucie s'écarta la première, cherchant son regard. Ses yeux disaient qu'elle voulait plus de lui.

— J'ai envie de toi.

— Pour ça, il vaudrait mieux sortir de cette mare, répondit-il.

Elle rit de nouveau. La tendresse et le désir qu'il vit dans ses yeux le firent fondre. Après toutes ces années, il pouvait encore lire en elle. Elle aurait du mal à le quitter, d'autant plus maintenant. Mais si c'était réellement tout ce qu'il pouvait avoir d'elle, il avait soudain envie de l'obtenir.

Après avoir atteint le bord de la mare, ils essorèrent leurs vêtements et tentèrent de sécher tant bien que mal leurs cheveux trempés. Alors seulement ils se rendirent compte que plusieurs personnes – dont Belle - les regardaient depuis la baie vitrée du foyer, riant et applaudissant.

Lucie essuya le mascara sur ses joues. Avec aplomb, elle leur fit signe en retour, et il l'imita.

— On vient de leur donner de quoi parler dans les chaumières.

Il s'efforça de ne pas penser aux questions que Belle ne manquerait pas de lui poser. Par chance elle allait travailler encore quelques heures, et les jumeaux se rendaient après l'école chez un copain qui donnait une fête.

Doucement il prit la main de Lucie, et elle entremêla les doigts aux siens. Ils ne pouvaient détacher leurs regards l'un de l'autre.

— Il n'y a personne chez moi, dit-il en lui jetant un coup d'œil interrogateur.

Elle ferma les yeux et hocha la tête.

Riant toujours, ils coururent vers la voiture, les chiens derrière eux.

— Où étais-tu ? demanda gramma May quand Lucie rentra enfin après avoir passé avec AJ des heures inoubliables. Il y a une lettre pour toi.

AJ avait insisté pour qu'elle soit partie avant que les jumeaux reviennent après leur fête. Mais cela avait été dur de le quitter après avoir – enfin – fait l'amour avec lui.

Et maintenant, Lucie commençait à se dire qu'elle avait fait une grosse erreur en pensant qu'elle pourrait partir et quitter AJ sans conséquences. Elle était encore imprégnée de son goût et de son odeur, et aurait voulu les garder sur elle.

Elle ouvrit l'enveloppe, se sentant différente de la femme qui était partie travailler ce matin-là. Même si AJ n'avait pas dit qu'il l'aimait, elle aurait juré qu'elle l'avait lu dans ses yeux.

Gramma May la retrouva dans la cuisine où elle s'était servi un verre d'eau, se sentant la gorge sèche.

— Tu étais avec Austin toute la journée ?

— C'est exact, répondit-elle en caressant Maple.

Elle se décida à lire la lettre, et sa main s'immobilisa sur la tête de Maple tandis qu'un marque-page s'échappait de l'enveloppe. C'était la copie d'une photo la représentant, souriante, à côté de Jorge. Elle avait été prise quelques semaines avant sa mort. La lettre était de sa veuve, qui lui demandait quand elle reviendrait au Pérou. Elle avait un cadeau pour elle : un livre-souvenir de toutes les victimes du séisme, qu'elle avait réalisé elle-même. Il était trop lourd pour qu'elle l'envoie par la poste.

Plusieurs mois auparavant, Lucie avait donné sa permission pour que des photos de leur opération soient incluses dans ce livre.

Merci, Lucie, de travailler sans relâche pour les MRO.

J'imagine que tu as hâte de retourner là-bas !

Jorge serait si fier de toi – comme je le suis.

J'espère que tu apprécies ta pause bien méritée en Angleterre.

Amitiés, Marie.

Elle se rendit compte que ses mains tremblaient.

Gramma May parlait toujours.

— Cynthia m'a envoyé un texto à propos d'un couple qui serait tombé dans la mare à Lavender Springs. Tu sais de quoi il s'agit ?

Lucie l'entendit à peine. Ses nerfs étaient à vif. Juste au moment où elle s'était autorisée à se sentir bien, voire à envisager de rester plus longtemps à Brookborough pour voir comment les choses se passeraient avec AJ, on lui rappelait qu'elle avait une vie et des responsabilités ailleurs.

— Comment ? demanda-t-elle péniblement.

— Tu sais de quoi je veux parler. Alors Austin et toi êtes de nouveau ensemble ?

Lucie rangea la lettre dans un tiroir de la cuisine.

— Pour commencer nous n'avons jamais été ensemble, dit-elle, se sentant rougir.

— Ah bon ? Pourtant il en pinçait pour toi, autrefois.

Elle resta interdite.

— Vraiment ?

— Tous les deux vous êtes faits l'un pour l'autre. Cynthia a dit que tout le monde jubilait quand on vous a vus dans la mare. Les résidents ont hâte de retrouver leur couple favori. Avec les chiens, bien sûr. Ils n'avaient pas autant ri depuis longtemps.

Lucie sentit sa gorge se nouer.

— Nous ne sommes pas en couple.

— Raconte ça aux canards de la mare.

— C'était juste un baiser...

Du moins, ça avait commencé comme ça.

— Ne sème pas la pagaille dans son cœur, Lucie. Ce pauvre garçon en a assez vu comme ça.

Son ton sévère l'ébranla.

Elle se laissa tomber sur une chaise, se prenant la tête dans les mains. L'euphorie suscitée par les moments exaltants passés avec AJ s'était évaporée d'un seul coup.

Naturellement, gramma a raison.

— Toi aussi, tu as connu beaucoup d'épreuves, ajouta sa grand-mère d'un ton radouci. Mais c'est lui qui va rester ici et te perdre encore une fois quand tu repartiras.

— C'est un grand garçon, il sait ce qu'il fait, rétorqua-t-elle, pensant au profil que Belle allait l'aider à créer sur Internet.

Pour le coup, toute trace de joie l'avait abandonnée. Gramma lui jeta un coup d'œil inquiet, et elle se sentit mal à l'aise.

— Tu n'as pas besoin de repartir, tu le sais, dit doucement sa grand-mère. Si tu es bien ici...

Gramma était adorable et AJ était important pour elle, mais il n'avait pas laissé entendre qu'il souhaitait que ce qui s'était passé ce jour-là se répète. Il lui fallait une femme qui ait de l'expérience avec les jeunes enfants.

— Je sais, gramma. Mais c'est mon métier.

— Alors change de métier.

— Ce n'est pas si simple.

— Bien sûr que si. Tu pourrais travailler avec AJ. Il accomplit des merveilles dans son domaine.

— Il faut que je parte.

— Pour ou exactement ?

— Je ne sais pas encore !

— Pff... Ça ne m'a pas l'air d'être un métier extraordinaire.

Lucie tremblait de tout son corps quand elle monta l'escalier dans ses vêtements encore mouillés.

Ce soir-là, quand AJ l'appela, elle répondit par texto qu'elle était fatiguée et conclut en le remerciant « pour cet agréable après-midi ».

Gramma May se souciait du cœur d'AJ, mais c'était elle qui souffrirait le plus. En tant que célibataire très convoité, AJ n'allait pas tarder à trouver une femme qui serait folle de lui.

Ça avait été si bon, cet après-midi-là ! Mieux que tout ce dont elle avait pu rêver. Mais c'était comme une bulle de savon qui ne tarderait pas à éclater.

Elle n'oublierait jamais le visage de Jorge quand les murs s'étaient écroulés. Peut-être devrait-elle retourner où c'était arrivé. Il y avait des gens qui attendaient son retour, qui comptaient sur elle !

Son message devait être clair.

C'était vraiment spécial, AJ. Mais ça ne peut pas se reproduire, et tu le sais.

Il répondit au bout d'un certain temps.

Je déteste quand tu as raison.

Elle éteignit son téléphone. Cette nuit-là, les cauchemars revinrent avec plus de force que jamais.

19

En cette fin d'avril ensoleillée, le terrain de jeu de la forêt de Dalby était très fréquenté le dimanche. La promenade avec les chiens organisée par Austin réunissait vingt-trois participants.

Une voiture se gara, et il vit Lucie en descendre. Elle avait été invitée par la mère de Samuel qui voulait leur parler de Bingo, le beagle qui vivait maintenant chez eux.

— Lucie !

Les jumeaux se précipitèrent pour lui dire bonjour et caressèrent Maple à travers le portail du terrain.

— Hello ! s'exclama-t-elle en leur tapant dans la main. Contents de participer à cette balade avec les chiens ? J'ignorais que vous veniez.

— Belle était occupée, expliqua Austin.

Il observa ses enfants pendant qu'ils bavardaient joyeusement avec Lucie. Ruby tenait à lui raconter tout ce qui s'était passé durant ces deux dernières semaines.

Depuis qu'ils avaient fait l'amour chez lui, Austin avait veillé à ce que les jumeaux ne soient pas en contact avec Lucie. Naturellement, tous deux continuaient à travailler ensemble. Ils étaient deux adultes, capables de gérer leur attirance mutuelle... Difficilement.

Les candidats à la balade apparurent les uns après les autres. Certains étaient des bénévoles, et tous n'avaient pas de chien.

D'autres avaient amené leurs enfants et des proches ayant besoin d'une petite thérapie animale au grand air.

— C'est super que Thera Pups soit ouvert à tous, déclara Lucie quand tout le monde commença à marcher en direction de l'allée forestière.

— Les balades ont lieu une semaine sur deux, de la fin avril à septembre, dit-il en regardant les groupes se former.

Josiah lançait des bâtons à Bingo avec Samuel, dont la mère bavardait avec Tom, le gérant de la boutique de jouets.

— Ils tiennent de toi, observa Lucie en jetant un coup d'œil affectueux à Josiah. Tu verras qu'ils vont travailler aussi pour Thera Pups.

— Peut-être... qui sait ? répondit-il. J'ai ajouté la détection du cancer de Constance par Jetson dans mon dernier rapport. Beaucoup de gens ont l'air intéressé.

Il lui confia qu'il avait plusieurs investisseurs potentiels pour un programme de formation similaire aux États-Unis. De son côté, Lucie lui dit qu'Ethel, à Mayflower, lui avait raconté qu'elle avait eu vent par Cynthia, en allant dans sa boutique de chocolats, de l'incident de la mare.

Austin se racla la gorge, mal à l'aise. Depuis ce jour, il avait lutté contre l'envie d'aller frapper à sa porte.

— Les jumeaux continuent à me demander de tes nouvelles...

— J'avoue que leur énergie me manque, dit-elle.

Vraiment ?

Ils étaient à l'arrière du groupe, et pendant que personne ne regardait et comme les jumeaux étaient avec Samuel et sa mère, il l'entraîna à l'écart du sentier derrière un arbre et posa les mains sur ses épaules.

— J'ai fait exprès de les tenir à l'écart de toi...

— De toute façon je ne suis pas celle qu'il leur faut.

Elle le regarda d'un air interrogateur, comme si elle attendait qu'il l'approuve. Mais il vit de la tristesse dans ses yeux.

— Ce n'est pas vrai, Lucie, dit-il doucement.

— On ne peut pas dire que je sois un modèle de mère...

Son cœur se serra. Elle n'avait jamais rien dit de tel, et instinctivement il eut envie de la rassurer.

— Je ne te demande pas de tenir un rôle quelconque, voyons. Pourquoi dis-tu ça ?

— Je ne sais pas... Je reviens ici, en portant avec moi le fardeau de ce qui m'est arrivé au Népal.

— Ici tout le monde t'aime. Et gramma May t'aime par-dessus tout. Elle disait à tout le monde à quel point tu lui manquais. Tu nous as manqué à tous.

Elle se mordit la lèvre, comme si elle n'avait pas pensé à ça auparavant.

— Je... J'ai décidé d'accepter l'offre de tante Lina pour diverses raisons...

L'une d'elles étant ce qu'elle croyait qu'il s'était passé entre lui et Claire. Si seulement il avait laissé la porte de sa chambre ouverte ce soir-là au lieu de laisser Claire la fermer, il aurait vu Lucie arriver.

— En fait c'était bien, là-bas, poursuivit-elle. Mais Lina n'était pas du genre à rester sur place, trop indépendante pour changer. Je n'ai aucune idée de ce qu'est une mère modèle.

— Crois-tu que moi, je sois un modèle de père ?

Elle haussa les sourcils, surprise.

— Tu te débrouilles si bien, AJ...

Elle n'avait aucune idée des difficultés qu'il avait eues.

— Cela s'est fait au fur et à mesure. On apprend sur le tas, Lucie. Crois-moi, c'est le cas de tout le monde. Pour ce qui est des jumeaux, ils t'adorent et... je ne voudrais pas que tu leur manques aussi.

Austin n'ajouta pas qu'il ne voulait pas non plus qu'elle lui manque à nouveau. Mais elle le savait déjà, puisqu'il lui avait fait l'amour après tout ce temps. Mais à quoi bon ? Bientôt elle repartirait.

Avant de rejoindre les autres, il se pencha, et ils échangèrent un tendre baiser.

— Gramma May m'a dit de ne pas semer la pagaille dans ton cœur, lâcha-t-elle.

— Cela ne m'étonne pas...

— Il faut que je retourne faire mon job, AJ.

Quant à lui, il commençait seulement à se faire à l'idée d'aimer quelqu'un après Ebby.

— Sais-tu où tu vas, cette fois ? demanda-t-il, appréhendant la réaction de Ruby et Josiah quand il leur annoncerait que Lucie ne serait plus là.

— Je ne sais pas, je ne connais même pas encore la date exacte de mon départ.

Ils regagnèrent lentement le sentier. Lui demander de rester serait inutile. S'il insistait trop, elle s'éloignerait davantage. Et qu'avait-il à lui offrir, excepté des chaînes ?

Soudain Maple se mit à aboyer frénétiquement.

— Qu'y a-t-il ?

La chienne courut en direction du groupe, s'arrêta net et revint en courant vers eux,

Ils échangèrent un coup d'œil, alarmés.

— C'est déjà arrivé... Quand John a eu son attaque, dit-elle.

À cet instant Jetson courut vers eux en aboyant furieusement, et ils se précipitèrent vers le groupe.

20

Ils arrivèrent juste à temps pour empêcher Tom de se taper la tête par terre en tombant.

— Il a une crise cardiaque !

Lucie accompagna sa chute en le retenant.

Austin appela aussitôt les urgences sur son téléphone tout en faisant sortir les jumeaux de l'allée. De loin, ils les regardèrent avec de grands yeux quand elle et leur père s'agenouillèrent près de l'homme au teint blême, qui devait avoir une soixantaine d'années.

Tom était conscient.

— J'ai l'impression d'avoir un ours de dix tonnes assis sur la poitrine, dit-il avec difficulté, le visage grimaçant.

Lucie posa une main réconfortante sur son bras.

— Dites-moi, Tom. Quand cela a-t-il commencé ?

— Il y a quelques minutes. J'ai cru que c'étaient des brûlures d'estomac.

Il se tut, tressaillit et s'effondra dans ses bras.

— Ses yeux se ferment, murmura-t-elle en l'allongeant avec précaution.

À présent il poussait des grognements, et sa respiration était laborieuse.

— Il est bien en arrêt cardiaque, annonça-t-elle en déboutonnant la chemise de Tom.

Les jumeaux se tenaient sous les arbres, avec le reste du groupe.

Quelque part quelqu'un sanglotait, et les chiens gémissaient par intermittence.

— Tom, restez avec nous, les secours arrivent, dit-elle tandis qu'Austin retirait son blouson pour en faire un oreiller.

Posant les mains sur le cœur de Tom, elle le trouva étrangement froid. Son teint était très pâle.

Elle commença le massage cardiaque.

S'il vous plaît, Tom...

Quand elle s'arrêta, AJ prit le relais, et son calme la gagna peu à peu. Son jean était couvert de boue au niveau des genoux, mais il affichait une détermination sans faille.

— Allez, Tom !

On entendit des sirènes au loin, et rapidement deux secouristes apparurent.

— Il respire, annonça AJ en s'écartant pour les laisser approcher.

Tom fut installé sur un brancard avec un masque à oxygène.

— Papa, tu lui as sauvé la vie ! s'écria Ruby dont le visage était mouillé de larmes.

Lucie recouvrait à peine ses esprits quand Josiah se jeta sur elle en lui entourant la taille de ses petits bras.

— Lucie aussi l'a sauvé, s'exclama-t-il fièrement.

Jetson et Maple se mirent à sauter autour d'eux, comme pour participer à cette réjouissance.

AJ ébouriffa les cheveux des jumeaux et remercia Jetson. Alors que les secouristes se hâtaient de repartir avec Tom, Lucie se rendit compte que le groupe de promeneurs et plusieurs autres passants les applaudissaient, Austin et elle, en poussant des acclamations.

Elle ferma les yeux, gênée. Elle s'était juste trouvée au bon endroit au bon moment, et s'il n'y avait pas eu les chiens, ils ne seraient peut-être pas arrivés à temps pour empêcher Tom de se blesser en tombant.

AJ l'enlaça et l'entraîna vers les membres du groupe qui les étreignirent tour à tour. Lucie s'abandonna alors au sentiment de soulagement et de gratitude qui la submergeait et se mit à sourire.

— Jetson a voulu nous avertir, dit AJ quand ils furent de retour chez lui avec les jumeaux pour manger des sandwichs. Et Maple aussi.

Lucie s'assit sur le canapé.

— Je sais.

Elle accepta le verre d'eau qu'il lui tendait tout en guettant d'éventuels signes de détresse chez Ruby et Josiah, occupés à donner leur dîner aux chiens.

— Je me demandais... Crois-tu que Maple puisse apprendre directement de Jetson sans même suivre un entraînement ?

— C'est une idée intéressante, répondit-il, pensif. Il y a encore tant de recherches à effectuer...

— Papa, quand on vendra la maison, est-ce que Jetson pourra encore vivre avec nous ? demanda soudain Ruby.

Visiblement stupéfait, AJ se laissa tomber sur le canapé à côté de Lucie.

— Qui t'a dit qu'on allait vendre la maison ?

C'était surtout Ruby qui avait insisté pour que Lucie ne rentre pas directement chez elle, et elle avait fini par céder. Aucun enfant ne devrait voir la scène dont ils avaient été témoins ce jour-là.

Pourtant ils avaient l'air étonnamment bien, répétant toujours qu'elle et AJ étaient des héros, sans parler de l'accident lui-même. Pour l'instant.

Ruby répondit à son père tout en passant la brosse sur les poils de Jetson.

— Je t'ai entendu discuter avec tante Belle.

— On en parlera plus tard, dit-il en évitant le regard de Lucie.

À cet instant Josiah entra, un livre à la main.

— De quoi vous parlez ?

— Papa va vendre la maison. Je demandais si Jetson pourrait continuer à vivre avec nous.

Le visage de Josiah se décomposa.

— Mais on ira où ?

Consternée, Lucie vit ses yeux se remplir de larmes. Spontanément elle le prit dans ses bras et le serra contre elle.

AJ avait l'air catastrophé.

— Rien n'est encore décidé, mon cœur, dit-elle au petit garçon d'un ton apaisant.

Soudain elle eut l'impression de remonter jusqu'à ses neuf ans, quand on venait de lui annoncer qu'elle devait quitter le Colorado pour un endroit en Angleterre nommé Brookborough. Elle était terrifiée.

AJ se leva et se rapprocha de la fenêtre, tandis que Ruby continuait de brosser Jetson, silencieuse.

— Nous ne pourrons pas toujours rester ici, dit-il en soupirant.

— Pourquoi ? demanda Josiah en reniflant.

— Ce n'est pas possible.

Lucie se creusa la tête pour trouver le moyen d'arranger la situation.

On ne devrait jamais forcer aucun enfant à partir de chez lui.

AJ la regarda en train de consoler Josiah, et elle se dit qu'elle n'aurait peut-être pas dû intervenir.

— Soyons réalistes. Tante Belle va s'en aller, et ici c'est trop grand juste pour nous trois.

— Pas si Lucie vient s'installer, dit Ruby sans hésiter.

Josiah hocha la tête énergiquement, séchant ses larmes. AJ ne s'était pas trompé : pour une raison ou une autre, les jumeaux semblaient vraiment l'aimer.

— Lucie ne va pas rester, annonça AJ d'un ton sévère.

Il avait donc décidé de leur dire la vérité. Elle-même avait suffisamment répété sans équivoque qu'elle repartirait travailler à l'étranger.

— Où est-ce que tu vas, Lucie ? demanda Ruby.

— Je ne sais pas encore, mon cœur.

Elle pensa au livre-souvenir qui l'attendait au Pérou. Elle pourrait aller à la base de Cuzco en attendant sa prochaine affectation.

Le regard bleu de Ruby parut confus.

— Si tu ne sais pas où tu vas, comment peux-tu savoir que tu vas y aller ?

Silence.

Lucie ouvrit la bouche pour répondre, mais soudain Josiah éclata de rire, aussitôt suivi par Ruby, et les deux enfants se roulèrent par terre avec les chiens en riant comme des fous.

Elle ne put s'empêcher de sourire. Peut-être ne l'avaient-ils pas prise au sérieux.

AJ leva les yeux au ciel.

— Bienvenue dans mon monde, soupira-t-il. Je crois que je vais te raccompagner à la porte.

— Oh ! Oui, merci, répondit-elle, prise de court.

— Dites au revoir à Lucie, les enfants,

Ils s'exécutèrent de bonne grâce, riant toujours. Une fois à la porte, AJ voulut s'excuser.

— Inutile, je comprends.

— C'est juste que... pour eux cela fait beaucoup à la fois, Lucie. La vente de la maison, toi qui t'en vas...

— Pour toi aussi ? demanda-t-elle, cherchant son regard.

Il se raidit, et elle crut voir une lueur de colère dans ses yeux.

— Est-ce que je te reverrai avant ton départ ?

Il semblait s'être déjà fait à cette idée. Une chose était certaine : qu'elle s'en aille ou pas, elle ne pourrait pas lui donner la moitié de ce qu'il avait eu avec Ebby.

— Je suppose...

— Lucie... Merci pour aujourd'hui.

Elle pivota sur ses talons et s'éloigna sans se retourner.

21

Durant la semaine qui venait de s'écouler, Lucie avait eu droit à un défilé de gens du coin pour la féliciter d'avoir sauvé la vie de Tom – comme un peu plus tôt ce jour-là, sur le marché. Un journaliste l'avait même appelée le lundi pour l'interviewer.

Elle avait poliment refusé. Elle n'était pas une héroïne. Si seulement ils savaient ! D'autre part la fin de son remplacement approchait, et avec elle la date de son départ qu'elle appréhendait de plus en plus.

Un mail de son équipe était arrivé ce matin-là, auquel elle n'avait toujours pas répondu. Il y avait des inondations au Pakistan. Des glissements de terrain. Des villages ensevelis. L'équipe allait se réunir à Karachi dès que possible, et voulait savoir si elle les rejoindrait.

La culpabilité l'envahit. Elle avait laissé ses sentiments pour AJ prendre de plus en plus de place. Cet endroit et ses habitants s'étaient insinués dans son cœur, mais le temps la rattrapait.

Et avec AJ, les choses étaient restées inachevées. Elles l'avaient toujours été. Il ne lui avait toujours parlé que d'amitié et de liens professionnels.

— Pamela ! s'écria soudain gramma May. J'ignorais que vous étiez ici...

Lucie se figea.

La mère d'AJ.

Les deux femmes s'étreignirent affectueusement, puis Pamela aperçut Lucie, et son visage s'éclaira.

— Ma Lucie-Lou, c'est si bon de te revoir ! s'exclama-t-elle en lui tendant les mains.

Lucie se sentit submergée par un flot d'amour qui la toucha profondément. Avant de comprendre ce qui lui arrivait, elle était invitée à dîner le vendredi suivant à la maison qu'ils louaient pour la semaine à Whitby.

— Ils ont encore réussi, Austin, lui annonça avec excitation Annabel, la jolie blonde qui l'assistait dans ses recherches, en caressant le golden retriever, le labrador et le border collie. Ils ont tous repéré les échantillons contaminés au milieu des échantillons sains – soit quatre sortes de bactéries différentes – avec 90 % d'exactitude.

— J'étais certain qu'ils y arriveraient, répondit AJ.

Ce n'était qu'une partie de l'entraînement à la détection des maladies qu'ils étaient en train de mettre au point à l'hôpital, dans un espace dédié, où on faisait renifler aux chiens des échantillons d'urine de femelles infectées. Pas très glamour, mais essentiel.

Il était en train de parcourir ses notes côte à côte avec Annabel quand on frappa à la porte, et il vit Lucie jeter un coup d'œil à travers la vitre avant d'entrer. Était-ce un éclair de jalousie qu'il avait décelé dans ses yeux ?

— Hello ! s'exclama-t-il, surpris de la voir.

— J'ai amené Constance te dire bonjour, dit-elle. On a effectué un check-up aujourd'hui.

Constance rayonnait littéralement.

— Tout va bien, annonça-t-elle.

— Oh ! quelle bonne nouvelle ! dit-il, soulagé.

— La biopsie a confirmé l'absence de cellules cancéreuses, confirma Lucie. Désormais il n'y aura plus qu'un check-up tous les six mois et une coloscopie tous les deux ans pour s'assurer qu'il n'y a pas de récidive.

Constance avait déjà l'air moins décharnée, et son teint était plus coloré.

— Je ne vous remercierai jamais assez, docteur Johnstone. Vous et les chiens. Je suis en vie grâce à eux.

— Vous serez contente d'apprendre que nous allons présenter le nouveau programme de détection des maladies à la conférence de médecine globale de Chicago, le mois prochain. Thera Pups se développe plus vite que je l'avais escompté.

— C'est merveilleux ! s'exclama Constance.

Austin vit Lucie accuser le coup. Était-elle triste parce qu'elle ne serait pas là pour assister à cette évolution qui avait lieu chez elle ?

Au moment où Constance prenait congé d'eux, il reçut un texto de sa mère.

Lucie est-elle toujours végétarienne ? Désolée, je n'ai pas son numéro !

— Ma mère t'a aussi invitée à dîner vendredi ? demanda-t-il à Lucie.

Elle fronça les sourcils.

— Je croyais qu'il n'y avait que gramma May et moi...

— Alors on se voit vendredi ? Autant utiliser une seule voiture pour toi, moi, gramma et les jumeaux. Je passerai vous prendre toutes les deux.

22

Le trajet de retour depuis sa dernière visite à domicile lui parut durer une éternité. Lucie ne prit même pas la peine d'admirer la beauté des paysages – les pâturages et leurs chevaux, les arbres immenses et les vastes granges en bois.

À la radio, elle entendit un autre bulletin d'information. Les inondations empiraient au Pakistan. Elle n'avait aucune véritable raison de rester à Brookborough, puisque le médecin à plein temps reprendrait son poste quelques jours plus tard.

Finalement elle avait répondu au mail de son équipe en disant qu'elle serait prochainement de retour. C'était la meilleure chose à faire.

Il lui restait à le dire à AJ – pour qu'il puisse s'y préparer, à supposer que cela importe pour lui.

Elle ne pouvait vraiment pas retarder davantage le moment de le prévenir. Sa main hésita sur le téléphone. Maintenant ?

Ou plutôt ce soir-là, après le dîner.

Austin passa prendre Lucie chez gramma, qui finalement arriverait plus tard après avoir fait des courses.

— Les jumeaux sont déjà chez mes parents qui les ont récupérés à l'école, annonça-t-il quand elle vint lui ouvrir, vêtue d'une superbe robe marron qui mettait ses formes en valeur.

Elle semblait préoccupée.

— On y va ?

Il lui tint la portière ouverte, et Maple en profita pour sauter à l'intérieur afin de retrouver Jetson.

Une fois de plus il se retint de lui demander de rester. Il y avait toujours cette voix à l'intérieur de sa tête qui lui disait qu'il serait fou de le faire. Elle aimait trop l'aventure. C'était probablement la dernière fois qu'il l'emmenait quelque part.

— Oh ! zut ! s'écria Lucie au moment où il mettait le contact. J'ai oublié la tourte aux pommes pour le dessert ! Elle est restée sur le comptoir de la cuisine.

— Reste avec les chiens, je cours la chercher, dit-il en lui prenant ses clés.

La cuisine sentait la cannelle. Sur le comptoir, l'ordinateur portable de Lucie était resté allumé. Il prit la tourte et ouvrit l'ordinateur pour vérifier l'heure. Sa mère détestait que l'on soit en retard, car ses amuse-gueule refroidissaient.

Un mail était ouvert sur l'écran. Il ne put s'empêcher d'y jeter un coup d'œil.

Affectation à Karachi acceptée.

Il crut que son cœur s'arrêtait de battre et parcourut le reste du mail.

Laissant la tourte sur le comptoir, il se précipita dehors, la rage au cœur. Elle avait tout organisé sans rien lui dire.

— Je suis désolée, dit Lucie, l'air coupable. J'aurais dû t'en parler plus tôt.

— Je ne peux pas le croire...

Elle sortit de la voiture pour le rejoindre.

— Quand allais-tu me le dire ?

— Tu as toujours su que je partais, AJ. Le poste que j'occupais était provisoire, et...

— Je t'ai demandé une date précise.

— Je ne la connaissais pas jusqu'à maintenant.

— Tu savais depuis des jours que tu allais au Pakistan, tu as tout arrangé. C'était dans le mail !

Elle tenta de lui prendre la main, mais il recula.

— Je ne savais pas comment te l'annoncer...

— C'est pourtant simple, il suffisait de me le dire.

Cela réveillait en lui trop de mauvais souvenirs.

— En fait, c'est comme la dernière fois, quand tu as pris cet avion pour l'Amérique sans m'avertir. Rien n'a changé !

— Tu sais pourquoi je dois partir, cette fois.

Pendant une seconde, il faillit tout lui dire.

« Je t'aime... Ne repars pas. Ne me laisse pas ici, à me demander si tu es vivante ou morte. Tu es tout ce que je veux. »

Mais elle, tenait-elle un tant soit peu à lui ?

— AJ, s'il te plaît, le supplia-t-elle en lui tendant de nouveau les mains.

Mais il lui tourna le dos et regagna sa voiture, la tête pleine d'images d'inondations au Pakistan... Lucie glissant sur une rive boueuse et tombant dans les flots tumultueux...

Ebby était loin. Lucie l'avait presque effacé de sa mémoire. Et pour finir il n'aurait aucune des deux.

Lucie ouvrit la bouche pour parler, mais il ne voulut plus rien entendre.

— Vas-y, pars ! lâcha-t-il. Et sois une héroïne. Mais ne reviens pas ici, parce que je ne veux plus te revoir. Et je ne veux pas non plus que mes enfants te voient. Je n'aurais jamais dû te faire l'amour.

Elle étouffa un sanglot, et il crut que son cœur se brisait.

Claquant la portière, il démarra sur les chapeaux de roue.

Voilà. Le processus de séparation avait commencé – le second. Mais cette fois, à ses conditions.

23

À la réception de son hôtel à Karachi, le téléphone collé à l'oreille, Lucie ne s'était jamais sentie aussi loin de l'endroit du Yorkshire où elle aspirait tant à être. Au téléphone, gramma May lui racontait les derniers tours que Maple avait appris avec elle.

— Vers où t'envoles-tu après-demain ? lui demanda gramma.

— Une autre zone inondée.

Elle était déjà épuisée après avoir visité avec son équipe trois villages en pleine campagne avant de rejoindre les faubourgs de Karachi. Elle était venue en aide de son mieux aux femmes qui se retrouvaient sans toit et aux enfants dans les écoles et les centres communautaires, s'efforçant aussi de nourrir les chiens des environs.

Mais AJ était toujours dans ses pensées. Au souvenir de ses dernières paroles de rejet, elle sentit son cœur se serrer.

Gramma parlait toujours.

— La maison d'Austin a été mise en vente, lui annonça-t-elle. Elle devrait trouver preneur rapidement.

Oh non !

Ses cauchemars étaient revenus, mais ils étaient différents. Ils étaient remplis d'AJ claquant les portes et appelant de l'autre côté du mur. Le pire, c'était quand il embrassait passionnément Annabel, son assistante, juste devant elle...

Elle poussa un long soupir.

— J'ai tout fichu en l'air, pas vrai, gramma ? Tu m'avais pourtant demandé de ne pas le blesser.

— Hum ! Je crois que vous vous êtes fait mutuellement du mal, répondit sa grand-mère après un silence. Est-ce que je suis autorisée à parler de lui, cette fois ?

— Oui… Mais s'il te plaît, ne me dis pas que tu as vu son profil sur Internet.

Elle se sentait au bord de la nausée.

— Tu sais, je ne crois pas qu'il ait envie de fréquenter qui que ce soit.

— Oh !

— Il est mort d'inquiétude parce qu'il a peur pour toi là-bas, Lucie ! Pour l'amour du ciel, tu ne vois donc rien ?

Sentant ses jambes faiblir, elle s'appuya contre le comptoir.

— Il ne s'autorise pas à t'aimer de crainte que quelque chose ne t'arrive – comme avec Ebby.

Lucie réprima un sanglot.

— Il t'a déjà perdue une fois, peux-tu lui en vouloir de se refermer ? Dieu sait si tu nous as manqué à tous la première fois, alors je t'en prie, reviens chez toi, dit gramma.

Cette fois les larmes coulèrent sur son visage.

Sa grand-mère lui parla ensuite de grampa, et elle apprit qu'il adorait plus que tout sa petite-fille, et qu'il lui avait toujours caché qu'il avait un cœur fragile. Elle n'était donc pour rien dans sa mort précoce. Toutes deux évoquèrent les souvenirs qu'elles gardaient de lui, riant et pleurant à la fois.

Lucie ne s'était jamais sentie aussi proche de gramma May, tout en étant si éloignée d'elle physiquement.

Des heures plus tard, Lucie tournait encore dans sa tête les paroles de gramma dans le petit restaurant faiblement éclairé qui n'avait rien du charme du pub de Brookborough. AJ ne voulait pas l'aimer de crainte de la perdre, pourtant il l'aimait, et souffrait de son départ.

Elle avait été tellement stupide, avec sa fierté mal placée. Et les jumeaux... Il ne se passait pas un jour sans qu'elle pense à Ruby et Josiah et aux liens qu'ils avaient créés envers et contre tout. Pas étonnant qu'AJ ait cherché à l'éloigner d'eux... et de lui. Il voulait les protéger d'un autre désastre.

Un chien errant rôdait devant l'entrée du restaurant. Elle lui donna des restes de viande qu'elle avait mis de côté, se faisant rapidement un nouvel ami. Le chien la raccompagna jusqu'à l'hôtel.

Elle était une telle catastrophe que c'en était presque risible, avec cette culpabilité vaine et inutile qu'elle traînait toujours derrière elle – envers son grand-père, et envers Jorge parce qu'elle était toujours en vie alors qu'il avait perdu la sienne. Ça ne changeait rien aux faits et n'était bon pour personne !

Son cœur était chez elle, là où elle était aimée d'un amour inconditionnel.

— Comment ai-je pu être aussi stupide ? dit-elle au chien.

Il n'était peut-être pas trop tard.

Austin se tenait à l'entrée de la cuisine, observant le couple qui ouvrait les placards et prenait des mesures. C'était étrange de voir d'autres personnes projeter de vivre dans sa maison.

Belle le prit à part.

— Tu n'as pas besoin de faire ça, murmura-t-elle. Rien n'est encore signé.

— Tout va bien, je t'assure, répondit-il, s'efforçant d'y croire.

Mais il savait qu'elle n'était pas dupe.

La femme marcha sur une pièce de puzzle en plastique.

— Grâce au ciel, il n'y aura dans cette maison ni enfants ni animaux, dit-elle à son mari.

Belle lui jeta un coup d'œil furieux.

— Ça ne va pas du tout. Lucie devrait être ici avec toi. Tous les deux vous adorez cette maison et vous vous aimez ! Je ne comprends comment ça a pu aller de travers à ce point. La fille de tes rêves était ici, et tu l'as encore laissée partir !

Belle ne connaissait pas tous les détails, mais elle avait raison. Pis, il l'avait pratiquement bannie de sa vie, et désormais plus rien n'avait vraiment de sens.

Il avait été submergé de regrets et de honte à la seconde où il l'avait quittée, et tout le monde en ville lui demandait constamment de ses nouvelles. Cent fois déjà il avait voulu prendre l'avion pour lui avouer enfin tout ce qu'il n'avait pas été capable de lui dire quand elle était en face de lui.

Quand il vit la femme du couple passer un doigt sur le dessus de son frigo, puis faire un écart pour éviter Jetson comme s'il avait la rage, ce fut trop pour lui.

Cette maison était la sienne, et elle avait aussi été celle de Lucie. Celle d'une *famille*.

Il n'avait pas assez insisté pour qu'elle reste. Mais cette fois...

— Belle, dit-il brusquement, peux-tu s'il te plaît t'occuper des jumeaux jusqu'à mon retour ?

— Quoi ?

Mais il était déjà monté préparer son sac de voyage.

24

En sortant de l'ascenseur, Lucie posa ses bagages à la réception de l'hôtel, serrant contre elle le grand livre-souvenir que la veuve de Jorge avait créé pour lui rendre hommage. Ses collègues l'avaient apporté en avion jusqu'à Karachi pour elle.

Dehors il pleuvait. Pourrait-elle trouver un taxi pour l'aéroport à cette heure-ci ?

Maintenant qu'elle avait pris sa décision et que son équipe savait qu'elle partait, elle se sentait nerveuse. Et si elle faisait tout ce chemin jusqu'à Brookborough et qu'AJ ne veuille toujours pas la voir ?

— Taxi, s'il vous plaît, demanda-t-elle à la réceptionniste.

— Je peux peut-être vous déposer. Où voulez-vous aller ? dit une voix derrière elle.

— Merci, mais je préfère prendre un taxi, répondit-elle en se retournant.

L'homme baissa la capuche de son imperméable, et Lucie lâcha le livre qui tomba par terre avec un bruit sourd.

— Oh ! mon Dieu ! AJ, dit-elle d'une voix blanche.

AJ ramassa le livre, le posa sur le comptoir et lui prit les mains. Ses yeux bleus étaient pleins de regret, mais il avait l'air déterminé.

— Qu'est-ce que tu fais ici ?

Elle se jeta dans ses bras, et il la serra contre lui d'un geste possessif.

— Lucie, pardonne-moi pour ce qui s'est passé la dernière fois. Je ne savais plus ce que je disais.

— Je ne peux pas croire que tu sois ici, murmura-t-elle, stupéfaite. Tu as fait tout ce chemin...

Sa chaleur, son odeur familière... Il portait même le pull tricoté main – gramma May ? - qui lui donnait envie de se pelotonner contre son torse, où elle était en sécurité.

— Je sais que tu dois travailler et que c'est ce que tu veux, mais tu fais partie de moi, ma Lucie. Je ne pouvais pas te laisser t'en aller encore sans te dire à quel point je t'aime.

Elle l'entraîna avec elle sur le canapé de la réception.

— AJ, c'est complètement fou. J'allais partir à l'aéroport... pour rentrer chez moi.

— Alors tu sais où est ton chez-toi ? demanda-t-il d'un ton soulagé.

Il prit son visage dans ses mains, et ils échangèrent un baiser passionné.

C'était sûrement gramma qui lui avait dit où elle était. Mais il avait pris cette décision tout seul. Il n'aurait pas fait une chose pareille sans être sûr qu'il la voulait dans sa vie, et dans celle des jumeaux.

— J'ai démissionné, annonça-t-elle calmement. Tu avais raison, je n'ai pas besoin de faire tout ça – pas à plein temps, en tout cas. Peut-être quelques semaines par an dans des endroits moins dangereux, pour que tu ne t'inquiètes pas pour moi. Tu pourrais même m'accompagner, si tu veux...

Il se mit à rire.

— Je préfère ça. Mais tu sais, il y a un poste très important à pourvoir à Thera Pups et dans la recherche, si ça t'intéresse.

Il posa les lèvres sur les siennes, et elle caressa ses cheveux humides.

— Je t'aime, murmura-t-elle. Je ne veux pas que tu t'inquiètes pour moi quand je pars, AJ. Jamais. Je n'irai plus nulle part. C'est toi mon foyer, et Ruby, et Josiah, et gramma – vous tous.

Il sourit.

— J'ai failli vendre la maison, mais je n'ai pas pu m'y résoudre. Le couple d'acheteurs détestait les chiens et les enfants.

— Alors elle n'était pas pour eux, dit-elle en secouant la tête.

— C'est aussi ta maison, lui assura-t-il. Si tu le veux. Avec moi.

— Oui, je le veux.

Et elle l'embrassa encore, et encore... durant pratiquement toute la durée du voyage retour.

Depuis leur mariage en juillet, AJ avait instauré un nouveau rituel : tous les quinze jours, ils renouvelaient leurs vœux, et il l'emmenait quelque part pour réaffirmer leurs liens. Lucie savait qu'il faisait cela parce qu'il voulait qu'elle sache à quel point elle faisait désormais partie de son monde, et elle ne l'en aimait que davantage.

Ils n'avaient pratiquement pas eu le temps de souffler depuis leur retour d'Asie.

Pattes sous les étoiles, qui avait eu lieu au château Gilling, avait rencontré un franc succès. Les chiens avaient connu un triomphe avec leurs tenues excentriques et leurs guirlandes illuminées – notamment Maple déguisée en Yoda –, et les nombreux tours qu'ils avaient exécutés. Quant aux jumeaux, ils semblaient plus heureux que jamais depuis que Lucie avait emménagé à la maison.

Pendant la fête, Jack Granger était venu en fauteuil roulant et, malgré les protestations de Lucie, il lui avait remis d'autorité dans la main le collier de diamants de sa femme décédée.

« Alice aurait voulu qu'il vous revienne », avait-il dit.

De son côté, AJ lui avait fait la surprise de créer un nouveau calendrier pour Thera Pups avec une photo de chien pour chaque mois, en compagnie d'un de ses fans. Par exemple, Samuel et Bingo en janvier, Jack et Jetson en mars. Et en avril...

Il y avait Maple, Constance… et elle. Les deux femmes riaient à propos de quelque chose qui se tenait derrières elles.

« Je ne m'étais même pas rendu compte que tu prenais une photo », avait-elle dit, émue, en embrassant son mari.

Pour clore l'événement, ils durent céder à la demande des jumeaux qui voulaient absolument danser avec eux après la parade finale, et se retrouvèrent tous les quatre à tourner en rond en se tenant par la main, tout étourdis et riant aux éclats.

Grâce aux dons récoltés pendant la fête, Thera Pups allait pouvoir aider beaucoup de monde. Maintenant que Lucie y participait à plein temps, elle débordait d'idées. Elle et Constance envisageaient déjà d'autres événements pour récolter des fonds.

Restait l'autre grand événement du mois d'octobre : le mariage de Belle, avec pour thème la série *La Famille Addams*. La répétition aurait lieu tout ce jour-là, et chacun devait passer son costume. Après avoir revêtu sa veste de Beetlejuice, Austin dut aider Lucie à enfiler sa robe de Morticia – et surtout, à la refermer.

En voyant l'expression de Belle, il avait compris que Lucie avait vendu la mèche.

— Il le fallait. Regarde-moi, dit-elle en montrant son ventre rebondi. Je vais devoir faire retoucher la robe…

Belle les avait pris tous les deux dans ses bras, les yeux baignés de larmes.

— Je suis si heureuse pour vous deux. Quand seras-tu à terme, Lucie ?

— En avril. D'ici là, je vais devenir énorme…

Austin débordait de joie d'accueillir bientôt un nouveau petit être dans la famille. Ils n'avaient plus qu'à prévenir tout le monde, maintenant.

— Il faut d'abord le dire aux jumeaux, insista Lucie.

Quand ils s'assirent tous ensemble dans le hall pour leur

annoncer la nouvelle en attendant le début de la répétition, on entendit un craquement sinistre : la robe de Lucie n'avait pas tenu.

— Lucie, ta robe est déchirée ! s'écria Ruby.

Cette fois, les retouches étaient inévitables.

— Ça doit être à cause du bébé qui est à l'intérieur, dit Josiah avec un sourire complice.

Austin échangea un regard interloqué avec Lucie. Décidément, ses enfants étaient plus malins qu'il le croyait.

— On attendait que vous nous préveniez, ajouta Ruby.

Les jumeaux leur tombèrent alors dans les bras, visiblement ravis d'avoir un nouveau petit frère – ou une nouvelle petite sœur.

— Et maintenant, tout le monde en place pour la répétition ! dit Austin en entremêlant les doigts à ceux de sa femme.

RACHEL DOVE

Passion au laboratoire

Traduction française de
C. DUTEIL

BLANCHE

HARLEQUIN

Titre original :
HOW TO RESIST YOUR RIVAL

1

Un sage a dit un jour qu'on ne devrait jamais rencontrer ses héros. Les héroïnes de Harper étant des légendes comme Marie Curie, Rosalind Franklin et Ada Lovelace, cela ne risquait pas de lui arriver. Ces brillantes scientifiques n'étaient plus de ce monde depuis longtemps, et si elle les avait croisées lors d'une expérience de mort imminente, elles ne l'auraient pas déçue, elle en était sûre.

Non qu'elle crût au ciel ou à l'enfer. Si elle avait eu la foi, elle aurait souhaité revoir une personne moins célèbre mais chère à son cœur, à qui elle pensait toujours avec tristesse. Mais il n'y avait pas d'être éthéré qui l'observait au-dessus des nuages. Elle souffrait de cette absence, et aucun signe de l'au-delà n'aurait pu la convaincre qu'elle n'était pas seule au monde.

Son esprit cynique ne pouvait pas accepter ce mode de réconfort. Elle ne se fiait qu'à la science. Et elle y excellait. C'était la science qui l'avait protégée du monde, même des années avant la terrible perte. Elle n'avait pas confiance en beaucoup de choses dans la vie.

Elle avait foi en ce qu'elle pouvait entendre et voir. En des réponses concrètes à des questions posées. Elle aimait la certitude, la logique. À la maison, quand elle était petite, on ne croyait pas au Père Noël ni à la petite souris. Sa mère conservait ses dents de lait pour l'ADN, pas comme souvenirs. Elle avait même donné à son unique enfant Franklin comme deuxième prénom. Cela lui avait valu de nombreuses moqueries de la part de ses camarades de classe, mais Harper n'en avait cure. À l'époque, elle avait déjà eu l'habitude de se sentir différente.

Elle ne s'était jamais intéressée aux choses auxquelles les filles de son âge consacraient leur énergie. Elle portait ce qu'elle aimait, prenant plaisir à choisir elle-même ses vêtements, non parce qu'ils étaient tendance, mais pour leur confort. Paraître différente de ses semblables était aussi normal pour elle que *se sentir* différente. Alors elle faisait ce dont elle avait envie, et se forgeait une carapace qui l'aidait à s'immerger encore plus dans sa passion.

Elle voulait suivre son propre chemin, qui n'allait pas dans le sens des autres. Tant mieux. Sa mère avait vécu sa vie comme elle l'entendait, elle aussi. Cela marchait pour elles. *Avait* marché.

Harper était une personne heureuse. Elle évitait autant que possible les ennuis, traversant les moments difficiles grâce à ses passions. La science n'était pour elle pas juste une vocation, mais un intérêt majeur et un grand réconfort. Elle avait ses livres, et son cerveau à la curiosité débordante. Plus jeune, elle avait passé la soirée du bal de fin d'année chez elle, à étudier. Heureuse d'être avec sa mère, loin de l'effrayante interaction avec des camarades qu'elle préférait tenir à distance.

Elle avait ses objectifs propres. Elle savait ce qu'elle voulait être. Même le chagrin ne l'avait pas arrêtée, elle l'avait rangé dans un coin de sa tête avec le reste de ses fardeaux et avait continué à avancer.

Elle était plus ou moins destinée à devenir une scientifique, que cela lui plaise ou non. Et cela lui avait plu, énormément. Cela l'avait aussi empêchée de devenir folle, en particulier lors des années précédentes. Elle avait grandi en écoutant les histoires des femmes STIM – Scientifiques, Techniciennes, Ingénieures et Mathématiciennes – passées à la postérité en suivant la voie de la grandeur, et elle faisait tout pour rejoindre leur cercle. En traçant son propre chemin.

Elle espérait qu'un jour une fillette boutonneuse à lunettes lirait un article sur *elle* et déciderait de devenir une scientifique, elle aussi. Elle en rêvait. De ça... et de collations. Surtout de barres chocolatées fourrées au beurre de cacahuète, idéales pour nourrir son cerveau et empêcher sa journée pourrie d'empirer. Car elle était d'une humeur massacrante, ce qui ne lui ressemblait pas. Et son besoin de sucreries n'arrangeait rien.

— Allez, donne-le-moi. Je croyais qu'on était amis. On passe du temps ensemble. Pour ma part, j'adore nos petites interactions. Tu es près de mon labo, on est voisins. J'ai payé honnêtement cette barre chocolatée que tu t'obstines à retenir !

Elle donna un coup de poing dans la vitre du distributeur automatique, mais la friandise ne bougea pas.

— Allez, *s'il te plaît* !

Elle appuya de nouveau sur les boutons qu'elle pressait tous les jours. Rien. Le petit écran de la machine semblait la narguer.

Insérez les pièces…

Insérez les pièces…

Insérez les pièces…

Insérez les pièces…

— J'ai déjà inséré tes foutues pièces ! cria-t-elle, fouillant dans sa blouse à la recherche de monnaie.

Mais elle était à sec. Elle avait gardé juste assez pour acheter la barre chocolatée tant convoitée. Prisonnière de la machine, cette dernière était coincée contre la paroi vitrée.

Elle frappa le distributeur du plat de la main.

— Crache-la, bon sang !

Rien. La barre chocolatée vacilla, mais resta bloquée. Harper appuya le front contre la vitre froide.

— Je te le jure, dit-elle à voix basse, si tu ne me donnes pas ce que j'ai payé, j'irai chercher mes outils et je te démonterai pièce par pièce. Ne crois pas que c'est une menace en l'air.

Elle tapa de nouveau la vitre, espérant contre toute logique persuader la machine de coopérer. En vain. Elle aurait dû accepter l'offre de son interne, Trevor, qui voulait lui acheter tout un lot de friandises la semaine précédente.

Maudite soit mon indépendance qui m'oblige à m'attaquer à des escrocs de distributeurs.

Manifestement, elle passait trop de temps avec les objets, et pas assez avec les gens.

— Allez, quoi ! J'ai payé, et c'étaient mes dernières pièces ! dit-elle d'un ton geignard avant de réaliser que l'appareil ne pouvait pas saisir son intonation.

Elle continua pourtant d'une voix menaçante :

— Je te transformerai en un truc horrible dans le genre hachoir à viande ou machine à pince qu'on trouve dans les salles de jeux. C'est ce que tu veux ? Que les gens te bavent dessus à longueur de journée et que les gosses lèchent ta vitre ? Je le ferai, tu sais. Lâche cette fichue barre ! cria-t-elle, donnant un coup de pied dans l'appareil, ce qui n'eut d'autre effet que de lui meurtrir le gros orteil. Aïe ! C'est ta dernière chance, puis ce sera la salle de jeux pour toi, mon pote !

— Je ne pense pas que la menace d'un démantèlement puisse effrayer une machine...

La voix grave et sarcastique qui prononça ces mots la fit sursauter, et sa tête vint heurter la paroi vitrée du distributeur.

— Ouille !

Dans un mouvement de recul, elle bascula droit dans une paire de bras vigoureux. Levant la tête, elle vit des yeux verts qui la toisaient sévèrement. Elle se retourna, s'arracha à l'étreinte de cet homme et croisa les bras sur sa poitrine.

— Pardon ! Merci de m'avoir... euh... rattrapée.

Dominic Nash.

Il fallait qu'elle tombe sur lui. Littéralement. Les sourcils levés, il considérait le distributeur automatique avec intérêt. Il ne venait jamais ici. Normalement, il travaillait dans le bâtiment voisin – au département de neuroscience et de neurologie – quand il ne voyait pas de patients... ou ne protégeait pas des machines dévoyées contre les agressions humaines. Elle ne l'avait jamais vu dans le secteur de son département de robotique.

Cet homme était une double menace... neurochirurgien *et* neurobiologiste. C'est pourquoi, outre en raison du fait qu'ils travaillaient dans la même université, elle savait qui il était. Elle avait fait des recherches sur lui, disséqué ses références et les travaux qu'il avait publiés. Dominic Nash était un peu une énigme en dehors de l'université et de l'hôpital. Trevor était en admiration devant lui, comme tout le personnel.

Ce n'était pas un homme qu'on oubliait quand on connaissait son parcours. À en juger par l'expression de son visage, il ignorait complètement qui elle était. Ce qu'elle trouvait agaçant, contre toute attente.

Pourquoi saurait-il qui je suis ? Mon bureau-laboratoire est plus verrouillé que Fort Knox !

Trevor ne partageait même pas le même espace. Il avait son propre territoire, à l'écart du laboratoire principal. Mais contrairement à elle, Dominic Nash connaissait tout le monde à l'hôpital. Alors que même le supérieur hiérarchique de Harper tenait leurs échanges secrets.

Elle voulait garder le contrôle. Elle pouvait coopérer avec les autres, mais quand il s'agissait de son travail, elle n'aimait pas que trop de gens interfèrent. Par un étrange coup du sort, le type qui la dévisageait à ce moment-là était le seul qu'elle ait invité à le faire.

C'est peut-être ma chance...

— Pardon de vous avoir effrayé. Ces machines sont pires de jour en jour, je vous jure.

Il haussa les épaules, comme si surprendre une scientifique en train de vociférer contre un distributeur de barres chocolatées était son lot quotidien.

— J'ignorais qu'il y avait encore quelqu'un ici à cette heure tardive.

En général, elle était seule à cette heure, profitant du calme pour terminer son travail, loin du bavardage gênant de ses collègues, de la sonnerie du téléphone, du cliquetis des appareils. Elle était mieux seule, travaillant efficacement avec sa musique à fond. C'est pourquoi elle avait insulté sans retenue le distributeur. Avant d'être interrompue.

— J'aime la tranquillité. La solitude. Je travaille mieux ainsi.

Pourquoi éprouvait-elle le besoin de justifier ses méthodes de bourreau de travail ?

— Hum ! Moi aussi. J'étais descendu ici chercher des fournitures de bureau.

Le regard de Harper tomba sur le carton près de lui, plein d'articles de papeterie, de bloc-notes et autres classeurs.

— J'ai entendu un bruit bizarre, et je suis venu voir qui menaçait de détruire cet appareil.

Elle s'empourpra. Elle n'avait jamais su cacher son embarras. Son stupide visage qui rougissait comme une tomate la trahissait avant qu'elle puisse se ressaisir. Elle baissa la tête pour se cacher derrière ses longs cheveux bouclés.

Quelle chance d'avoir une tignasse indisciplinée dans ces cas-là !

Dominic Nash la détaillait de haut en bas, et elle le vit s'attarder sur son badge.

— Harper Wilson. Département robotique, hein ? C'est comme ça que vous parlez à vos machines dans votre laboratoire ?

— Juste à celles qui retiennent mon dû, rétorqua-t-elle.

Elle lui adressa ce qu'elle espérait être un mignon petit sourire penaud, mais le visage de son interlocuteur demeura aussi indéchiffrable qu'un bloc de granit. Quand elle avait cherché ses références sur l'intranet de l'université, elle avait cru que sa photo était un mauvais cliché, car il semblait sans âme. Mais dans la réalité, il correspondait parfaitement à ce portrait. Cet homme était un bloc de pierre insensible. Sa repartie ne lui arracha même pas l'esquisse d'un sourire. Normalement, il aurait dû se dérider. Elle était une femme plutôt gaie quand elle ne réclamait pas à cor et à cri les friandises qu'on lui avait volées. Ce type était décidément un sacré dur à cuire.

— Et c'est *Docteur* Harper Wilson, précisa-t-elle.

— Harper..., répéta-t-il, les sourcils froncés. On se connaît ?

On se connaît ? Ah ! Si seulement...

Il était la star ici. Harper avait de la chance quand l'agent de sécurité du rez-de-chaussée la reconnaissait. Mais elle avait souvent des horaires impossibles et entrait en général dans le bâtiment la tête plongée dans un livre. Elle levait rarement les yeux de son travail. Elle avait entendu dire que Dominic Nash était pareil, mais son département était rempli de vedettes. La neurologie était un secteur prestigieux avec de gros dossiers. Dans le département de Harper, le travail était aussi novateur, mais le doyen de l'université cherchait à attirer les faveurs des médias. Les recherches de Harper donnaient d'excellents résultats, mais ne sauvaient pas encore des vies. Son département avait encore du chemin à faire avant qu'elle puisse appartenir à la grosse machine de relations publiques du doyen. Mais quand son heure viendrait, le monde entier parlerait de son travail.

La perspective de jouer les potiches pour des campagnes publicitaires la rendait nerveuse, et elle avait rejeté la plupart des grandes idées du doyen, car elle avait besoin de contrôler la façon dont ses recherches aideraient le monde entier, pas seulement leur petit laboratoire.

La robotique est aussi sexy que la neurologie, se dit-elle.

Le beau Derek Shepherd de *Grey's Anatomy* avait une grosse part de responsabilité dans la manière dont les gens considéraient la neurologie. Mais Harper doutait que Dominic Nash soit fan de séries télévisées, encore moins de celle-ci qu'il aurait probablement critiquée pour ses invraisemblances.

Ah ! les médecins du petit écran..., songea-t-elle, moqueuse.

Ils n'étaient pas comme ça dans la vraie vie. Même si le spécimen authentique qu'elle avait sous les yeux n'en était pas si éloigné physiquement.

— Euh... non, répondit-elle, donnant un nouveau coup de poing dans le distributeur. Nous ne nous sommes jamais rencontrés, mais j'ai envoyé des mails à votre secrétaire.

Plusieurs fois, même. Sans recevoir de réponse digne de ce nom.

— Je travaille sur un vaste projet de recherche, et je voulais organiser une réunion pour discuter d'une possible collaboration.

Aucune réaction. Il conservait son masque impassible.

— C'est probablement pour ça que mon nom vous dit quelque chose. J'espérais obtenir un entretien avec vous avant la conférence.

— La conférence, bien sûr.

— Oui.

Il devait être au courant de la conférence, il la présidait tous les trois ans. C'était un ponte ici. Et elle avait besoin de son soutien, pour sa carrière et ses finances.

— La conférence des STIM tous les trois ans... j'ai un projet à présenter.

— Un projet ? répéta-t-il, perplexe.

Seigneur ! qu'il est grand !

Elle devait tendre le cou pour soutenir son regard et se sentait minuscule. Elle en avait l'habitude avec son mètre cinquante-cinq, mais elle avait l'impression d'être une lilliputienne à côté de son mètre quatre-vingts. Elle avait un peu ressenti la même chose quand, enfant, elle jouait à se déguiser avec la blouse blanche de laboratoire que sa mère lui avait offerte à un Noël. Elle s'efforça de chasser ces pensées et de se concentrer sur ses propos.

— Eh bien, oui, dit-elle, renonçant à sourire pour ne pas léser ses cervicales en gardant la tête levée trop longtemps. Le projet Well-Walk, ça vous parle ?

Elle crut voir une étincelle dans ses yeux à l'énoncé du nom du projet. Juste une seconde, puis cela passa. Il retrouva son visage de marbre. Son ton était détaché quand il parlait. Indifférent. Comme s'il ignorait qu'il venait d'éteindre la petite lueur d'espoir qu'elle entretenait depuis qu'il l'avait surprise en train de menacer de mort cette maudite machine.

— Ah ! d'accord, déclara-t-il, les lèvres pincées. J'ai déjà demandé à Teresa de le rejeter.

— Oh ! dit-elle, décomposée. Elle ne m'en a pas informée.

Aucune réaction de Face de Granit. Il n'était nullement gêné. Elle le voyait à sa mine distante, hautaine. Harper eut l'impression de rétrécir encore. Elle était si près du but. Pendant les trois années précédentes, elle s'était préparée pour cette conférence, sachant que le financement indépendant qu'elle pourrait lui faire obtenir lui permettrait de garder la maîtrise de son projet et de le lancer dans le monde.

Le monde entier. Le financement de la partie essai clinique ne se ferait pas sans l'implication d'un neurochirurgien prêt à se donner à fond si, ou plutôt *quand* son projet accéderait à sa phase finale. Avancer sans un neurochirurgien déjà en place était risqué, mais elle tenait à avoir le meilleur. Et le meilleur, c'était l'homme qui venait froidement d'anéantir son rêve.

— Désolé, dit-il avec un haussement d'épaules désinvolte. J'en informerai Teresa demain matin. Mon message a dû lui échapper dans la pile des rejets.

Il parlait d'un ton monocorde, sans inflexion ni regret. Il se détournait déjà quand elle lui saisit le bras.

— Je peux vous demander pourquoi ?

Baissant les yeux, il fixa sa main sur son costume bleu marine, et elle s'écarta dans un mouvement théâtral.

— Je ne prends pas de nouveaux projets actuellement. J'ai prévenu le doyen que je ne présiderai pas la conférence cette année et que je ne participerai à aucun essai clinique. J'ai pris du recul avec mes fonctions de président du département. Je veillerai à ce que vous receviez une réponse officielle demain matin. Bonne nuit, docteur Wilson.

— Pourquoi ? répéta-t-elle d'une voix aiguë.

Elle avait besoin de lui. Terriblement. Enfin, pas de lui

personnellement, mais d'un neuroscientifique également neurochirurgien. Quelqu'un qui comprenait le cerveau et les terminaisons nerveuses, et qui pourrait poser le dispositif qu'il fallait implanter pour que son projet aboutisse. D'autres pays avaient fait des essais similaires, mais le matériel et l'approche de Harper étaient inédits.

Elle savait qu'elle était en avance sur les autres, et cela ne faisait qu'ajouter au déplaisant sentiment de frustration qu'elle éprouvait. C'est parce qu'il était *le* dieu de la neuro convoité par tous qu'elle avait envoyé un mail à sa secrétaire chaque jour ces deux derniers mois. Deux les week-ends.

— Vous prenez du recul en tant que président, mais vous pouvez participer à la compétition, non ? Je sais que vous allez participer à certains projets après l'événement. Pas de présidence, pas de conflit d'intérêts. J'aurais cru que c'était le moment idéal pour que vous collaboriez à un projet, car vous pourrez vous y consacrer totalement. Associer votre nom à la recherche. Alors oui… je dois vous reposer la question. Pourquoi ?

Il se retourna pour lui faire face et avança d'un pas. Elle recula machinalement et se retrouva acculée contre la vitre du distributeur.

— Pourquoi quoi ?

— Pourquoi vous ne prenez plus aucun projet ? Well-Walk va vraiment révolutionner l'avenir de…

— Docteur Wilson…

— Harper. Le Dr Wilson était ma mère.

Il pinça les lèvres. Il semblait faire ça souvent.

Il ne sait peut-être pas sourire.

— Très bien, *Harper.* Une collaboration ne m'intéresse pas pour le moment. J'ai réduit mes engagements cette année. Je regrette, la réponse est toujours non.

Harper sentit la moutarde lui monter au nez en voyant se détourner ses superbes chaussures italiennes.

— L'avez-vous seulement lue, ma proposition ?

Il s'arrêta net, et elle poursuivit :

— Je sais que vous êtes occupé, mais je crois sincèrement que nous pourrions faire…

— Je suis un peu plus qu'occupé. J'ai décidé de me concentrer sur les patients cette année. C'est pourquoi je ne prends aucun travail supplémentaire. Je viens de finir…

— Je sais. Un essai clinique pour soigner les maladies dégénératives du cerveau.

Il haussa les sourcils, manifestement surpris.

— Comment savez-vous… ?

Les yeux au ciel, elle remonta ses lunettes sur son nez.

— Je lis beaucoup et je suis les recherches qui m'intriguent. Vous ne vous intéressez peut-être pas au travail des autres, mais moi, je prends le temps de m'occuper d'autre chose que de mes fesses.

Oups. J'ai vraiment dit ça ?

Sa fatigue et son hypoglycémie la rendaient grossière.

— Avec tout le respect que je vous dois…

Elle le congédia d'un sourire. Peut-être pour lui montrer comment faire. Elle devinait que dérider M. Grincheux était un plus grand exploit que faire financer son projet.

Se retournant vers le distributeur, elle releva les manches de sa blouse pour tenter une extraction musclée. Elle se plaçait devant le tiroir de la machine, prête à tenter d'attraper la friandise convoitée, quand elle capta un mouvement du coin de l'œil. Le poing du Dr Nash s'abattit sur la paroi en verre, et la barre au beurre de cacahuète bascula, tombant dans le tiroir de récupération.

Elle se retourna vivement, mais il franchissait déjà la porte, son carton sous le bras.

— Merci ! cria-t-elle, juste avant que la porte claque.

Ravalant une insulte bien sentie, elle se jeta sur la barre chocolatée qui serait sans nul doute à l'origine du meilleur moment de sa journée.

Elle fulminait encore en regagnant le refuge de son laboratoire.

— Tu ne devineras jamais à qui je viens de parler.

Elle s'effondra dans son fauteuil branlant et tira furieusement sur son accoudoir pour le glisser sous son bureau rafistolé avec des couches de ruban adhésif.

— Dominic Nash ! En chair et en os.

Elle se tut pour laisser son auditoire – Johnny, le bras robotisé qu'elle avait créé – intégrer sa déclaration théâtrale.

— Je ne m'étonne pas que son assistante personnelle soit si froide. Je serais aussi malheureuse si je devais travailler sous ses ordres. Teresa est une sainte. À sa place, je passerais son bureau à la bombe pailletée pour qu'il se lâche un peu. Il est si coincé, je doute qu'il se soit amusé un seul jour de sa vie.

Elle n'avait rien en commun avec des gens comme lui. Bon sang, elle avait connu les pires années de son existence et avait survécu. Grâce à sa joie de vivre, sans laquelle elle ne serait peut-être pas là aujourd'hui.

Elle déchira l'emballage de la barre chocolatée, mordit dedans, et attendit que le sucre dissipe sa mauvaise humeur. Ça ne marcha pas, et son irritation monta encore d'un cran. Il avait gâché le meilleur moment de sa journée.

Sois maudit, dieu de la neuro !

— Tout s'explique maintenant. Je croyais que Teresa me trouvait juste un peu bizarre.

Ça n'aurait pas été la première fois qu'on l'aurait qualifiée ainsi. Une fois que les gens la connaissaient un peu, ils admettaient souvent l'avoir jugée un peu loufoque au premier abord. Et alors ? Elle était atteinte de TDAH, le Trouble Déficitaire de l'Attention avec ou sans Hyperactivité. Sa mère l'avait diagnostiqué assez vite. On avait fait le nécessaire, et elle s'en accommodait très bien. Ça lui plaisait même. Cela faisait partie d'elle, tout comme son aptitude à l'hyperconcentration l'avait aidée dans son parcours professionnel. C'était dans son mode de fonctionnement, dans son ADN.

En dehors du fait que sa chevelure la faisait ressembler à Hagrid quand l'air était humide, elle aimait plutôt celle qu'elle était. Mais pour la première fois depuis longtemps, elle ne s'était pas aimée sous le regard du Dr Nash. Et elle ne l'en détestait que plus.

Elle était un peu trop joyeuse parfois, et parlait à toute vitesse sous l'effet de l'excitation. Elle réfléchissait trop mais le faisait bien. Elle ressentait pleinement les émotions, et ses amis l'adoraient pour ça. Sa meilleure amie, Meghan, lui disait souvent qu'elle avait le cœur débordant de joie.

Elle s'appuyait sur ses qualités et prenait ses médicaments pour combattre les aspects négatifs de son trouble. Le traitement lui évitait de disperser ses pensées et l'aidait à se concentrer. Elle comprenait mieux que personne à quel point elle était chanceuse d'occuper le poste qu'elle avait, qui nourrissait sa passion et ses neurones, dans la perspective de changer le monde.

Nash aurait dû le comprendre aussi, car il connaissait le fonctionnement du cerveau. Elle devrait peut-être lui envoyer une note à ce sujet.

On devrait éditer des brochures pour apprendre aux gens à ne pas devenir de sombres idiots. Mais un projet innovant à la fois. Tu ne peux pas résoudre tous les problèmes du monde en même temps. Reste focalisée sur ton objectif.

Elle avait pris l'habitude de se repasser mentalement ses interactions avec les gens. Elle avait mis longtemps à montrer ses réactions, mais la société voulait parfois qu'on les cache. Elle se remémora le jour où elle s'était rendue dans le bureau de Nash et avait rencontré Teresa en personne. Elle voyait encore le regard que l'assistante lui avait jeté quand elle était entrée, sa boîte de biscuits à la main.

— Je comprends maintenant. Elle est malheureuse par procuration. Pas étonnant qu'elle ait fait la fine bouche devant les cookies maison qu'on avait préparés.

Johnny se contenta d'abord d'écouter, puis ses doigts remuèrent pour marquer sa désapprobation, le pouce en bas.

Ils avaient travaillé tard pour réaliser des biscuits parfaits, avec un joli glaçage en gelée rose représentant le cerveau. Tous ces efforts pour ça… Si elle avait su quel genre d'homme était Dominic Nash, elle ne se serait pas donné cette peine.

— Pourquoi faut-il qu'il soit le meilleur, hein ? Il est juste… juste… imbuvable.

Harper jeta un coup d'œil par la fenêtre en entendant la pluie tomber à seaux. Il faisait nuit, et elle n'avait rien remarqué, comme d'habitude. Il faisait toujours nuit quand elle quittait son travail. Ou quand elle arrivait, d'ailleurs. C'était comme ça la moitié du temps, même en plein été. Elle soupira profondément et croqua dans la barre chocolatée, comme un ours attaquant un saumon bien charnu.

Quand elle eut fini et jeté l'emballage à la poubelle en imaginant que c'était la tête de Nash, elle bougea la souris pour rallumer son ordinateur et, allant dans sa messagerie, chercha le nom du neurochirurgien. Quarante-deux mails qu'elle lui avait envoyés n'avaient pas reçu de réelle réponse. *Quarante-deux !* Les quelques réponses étaient brèves, disant en substance que sa proposition de projet avait été transmise au Dr Nash, et que s'il était intéressé, il la contacterait. Sauf qu'il ne l'avait pas fait, et le temps commençait à manquer à Harper.

Seuls les projets prêts pour les essais cliniques pouvaient participer à la compétition, et sans le soutien d'un neurochirurgien sa candidature manquait de poids. Elle croyait qu'il sauterait sur l'occasion de travailler dans un programme proche de son domaine de prédilection, mais à présent elle ressentait juste de l'embarras d'avoir placé sur un piédestal l'odieux crétin qu'elle venait de rencontrer.

Trevor l'avait encouragée dans cette voie. Et avec le doyen qui répétait constamment qu'il fallait accroître la visibilité de l'hôpital d'Eversholt et de son université, elle avait cru que son initiative serait approuvée par tout le monde. L'indignation qu'elle éprouvait devant ce nouvel obstacle l'emplissait de rage.

De plus, elle était à court de médicaments et se sentait anxieuse et de mauvaise humeur.

Nash n'avait même pas pris la peine de lire sa proposition.

— S'il ne prend pas de nouveaux projets, dit-elle, pointant son doigt maculé de chocolat sur Johnny, pourquoi ne pas l'annoncer ? Ça éviterait du travail à la pauvre Teresa. Elle aurait peut-être eu le temps et l'énergie de sourire devant nos cookies maison.

Johnny leva le pouce.

Et voilà, elle allait être mal lunée toute la nuit maintenant. Elle sentit une nouvelle vague de lassitude déferler sur elle. Il fallait qu'elle réagisse et chasse les effets nauséabonds du Dr Nash sur son humeur.

Sa mère, une force de la nature, lui avait enseigné dès son plus jeune âge à gérer ses émotions. Harper avait toujours eu du mal avec ça, et s'était isolée du monde en se plongeant dans ses livres et, plus tard, dans la science et la recherche. Elle avait accumulé les carnets chez elle, remplis de gribouillis et de coups de gueule. De notes intelligentes que les filles « populaires » de l'école et de l'université ne liraient jamais. De répliques spirituelles à leurs commentaires bêtes et méchants sur ses tenues fantasques et colorées. Sur le fait qu'elle avait toujours le nez dans ses livres, ne buvait jamais, et ne roulait pas de pelles à des types boutonneux ou à de futurs banquiers au look tape-à-l'œil. Elle les voyait lever les yeux au ciel quand elle parlait de ses centres d'intérêt. Elle n'était pas comme elles, elle le savait. Sa mère lui avait appris qu'être différent n'était pas un problème, que c'était plutôt cool d'être unique. Et ce mantra et ses stratégies d'adaptation lui étaient restés longtemps après sa mort.

Elle notait ses émotions quand elle ne pouvait pas les exprimer. Quelques carnets évoquaient même sa solitude et son désespoir quand elle avait veillé sa mère en fin de vie. C'était cathartique, étouffant la rage en elle. Elle gloussa en pensant à sa récente altercation avec Nash.

— Je lui ai attrapé le bras, je n'arrive pas à le croire. Et j'ai sous-entendu qu'il ne pensait qu'à ses fesses ! Moi !

Elle regarda la photo de sa mère et elle, posée à la place d'honneur sur son bureau.

Elle ouvrit un nouveau mail destiné au Dr Nash avec comme objet :

Géniale proposition que vous ne lirez probablement pas. Une fois de plus.

Elle se sentait déjà mieux.

Elle cliqua sur le corps du texte et commença.

Cher Docteur Nash, alias Face de Granit,

Vous trouverez en PJ ma proposition intitulée Projet Well-Walk.

Ce programme révolutionnera la médecine, en aidant notamment les personnes invalides issues d'environnements socio-économiques défavorisés à vivre avec dignité et une plus grande mobilité grâce à l'utilisation de prothèses robotisées reliées à des récepteurs d'impulsions implantés dans le cerveau et garantissant le bon fonctionnement de leurs membres.

Une connexion bidirectionnelle de la prothèse au corps permettra au membre robotisé d'anticiper les ordres de l'utilisateur et de donner au patient le retour nécessaire pour qu'il se sente relié à la prothèse.

Actuellement, les prothèses sur le marché n'ont pas la capacité d'anticiper la sensation et le poids des éléments extérieurs, ce qui peut causer des problèmes dans l'utilisation du membre et empêcher le patient de vivre pleinement.

Mes prothèses utiliseront la dernière technologie de l'impression 3D pour être plus légères avec des pièces meilleur marché, ce qui fera baisser leur coût et élargira l'éventail des patients pouvant bénéficier de ce procédé destiné à améliorer leur vie.

Avec le temps, ce programme permettra de retrouver un usage quasiment normal des membres et aidera les patients à se mouvoir, sans entraîner les coûts substantiels actuellement générés par les programmes similaires.

Dans la société moderne, en particulier dans les pays en voie de développement, les types d'innovations sur lesquels le projet Well-Walk cherche à travailler et à exceller ne sont actuellement pas des pistes étudiées, indépendamment des coûts générés. Cette subvention ouvrirait également la voie à l'intégration et à l'inclusion, ce qui, selon de récents programmes de recherche réalisés par le département de sociologie, plairait beaucoup à l'université d'Eversholt.

Évidemment, j'ai lu le dernier bulletin d'information interne de l'université. J'en joins une copie, au cas où il n'aurait pas franchi le parcours d'obstacles dressé par votre assistante.

Ce projet est le produit d'années de travail, durant lesquelles j'ai sacrifié ma vie sociale. De mois et de mois de demandes de subventions pour mon laboratoire. Ai-je évoqué mon absence de vie sociale ? Au point d'en être arrivée à parler plus à des machines qu'à des humains ? À ce propos, je classe votre assistante dans la catégorie des robots.

Pas de vie sociale, des années de suppliques. Autant dire pas de vie du tout. Ce programme est mon seul et unique objectif dans l'existence depuis aussi loin que je me rappelle. Le vôtre, apparemment, semble dédié à l'arrogance et à une aversion pour les mails, voire les interactions humaines.

Si vous aviez pris le temps d'ouvrir un des nombreux mails que j'ai adressés à votre assistante, vous sauriez tout cela. Pour moi, vous lui devez une augmentation. Avec son ton sec et son comportement revêche, elle mérite beaucoup plus que son salaire actuel. Une femme qui n'aime pas les cookies maison manque assurément de joie de vivre. Mais depuis le bref et déplaisant échange que nous venons d'avoir devant le distributeur, je comprends pourquoi elle est ainsi.

Vous vous êtes un peu racheté en récupérant ma friandise préférée, mais il m'en faudrait au moins dix de plus pour retrouver mon entrain. Pour faire court, vous avez gâché ma journée, ma collation, et je vous souhaite une exécrable fin de journée.

Je vais commander en ligne des bâtonnets de sauge pour purifier le coin du distributeur de l'énergie négative que vous y avez laissée. L'essai clinique de ma prothèse dépend de la présence d'un bon neurochirurgien, et je me rends compte que vous n'étiez peut-être pas le meilleur choix.

Froidement à vous,

Harper F. Wilson

Département Robotique

P-S : Mon robot Johnny vous déteste aussi, et les gestes de sa main sont très expressifs.

Elle joignit à son message son dossier, avec les données qu'elle avait pu réunir sans l'assistance d'un neurochirurgien et une copie du bulletin d'information, et transféra le tout dans son fichier Brouillons. Elle avait un sous-dossier spécial intitulé « Coups de gueule » pour ce genre de circonstances.

— Voilà ! dit-elle à Johnny. Ça m'a fait du bien. Poing, topons là !

Le bras robotisé forma un poing, qu'elle tapa de ses doigts pliés.

— Ça lui apprendra ! Oui, je sais qu'il ne le lira jamais, dit-elle comme Johnny esquissait un geste hésitant. Et alors ? Je me sentirai mieux chaque fois que je lirai ce mail, et je vais commander la sauge de ce pas.

Après avoir rempli son panier en ligne, avec non seulement une boîte de bâtonnets de sauge, mais aussi un carton de barres chocolatées au beurre de cacahuète à livrer au laboratoire, elle se sentit mieux. Un peu vengée. Ses dossiers Coups de gueule étaient son petit exutoire. Ils concernaient surtout les livreurs, une scientifique effrontée qui la rabaissait au travail, et la barista du café du coin – Harper lui commandait du café et des croissants depuis des lustres, et la fille ne la reconnaissait jamais !

Harper avait besoin de se défouler. Cela l'empêchait d'exploser. Dominic Nash l'avait poussée à bout. Peut-être parce qu'elle avait faim, car elle avait manqué le dîner, trop focalisée sur son travail pour aller chercher à manger, et le sandwich de la cantine – son déjeuner – était digéré depuis longtemps.

Elle cliqua de nouveau sur ses données, mais les chiffres ne tardèrent pas à se brouiller devant ses yeux. Elle n'arrêtait pas de piquer du nez, et ses lunettes glissaient tout le temps. Elle poussa un soupir, consulta sa montre, et prit conscience qu'on était vendredi. Elle s'était promis de ne rien faire ce week-end-là en vue de la conférence de la semaine suivante.

La conférence universitaire STIM attribuait une subvention au meilleur projet présenté. Elle avait lieu tous les trois ans. Harper s'y préparait depuis deux ans, travaillant dur pour affiner ses données. Elle avait besoin de financement pour payer l'essai clinique, mais pas seulement, car les subventions venaient d'investisseurs, pas de l'université, et il fallait que tout se passe bien pour qu'elle arrive à ses fins. Et elle ne voulait pas que ses prothèses soient accessibles uniquement au Royaume-Uni.

La Sécurité sociale britannique financerait sûrement le programme, mais Harper tenait à ce que son projet ait plus d'impact. Avec les coûts de l'assurance médicale au Royaume-Uni, ses prothèses ne seraient qu'un moyen de plus d'enrichir l'industrie pharmaceutique. Or, elle voulait changer la vie des gens partout dans le monde, indépendamment des questions financières et géographiques. La subvention qu'elle convoitait était vitale. Elle devait franchir la première étape et surpasser la concurrence. Il fallait que tout se passe bien, aussi avait-elle bloqué ce week-end-là des mois plus tôt pour se reposer et se préparer. Elle devait revoir sa présentation pour la millième fois et s'assurer que tout était parfait. Elle avait déjà vu des membres éminents du monde médical démonter des idées géniales pour un mot mal placé ou une donnée non confirmée.

Un de ses anciens collègues avait été éliminé quand, à cause d'une faute de frappe, un taux de survie incorrect avait été noté dans sa présentation sur le cancer. Il avait quitté ses fonctions. Le burn out n'était pas rare dans le milieu.

Elle ferma à clé son bureau, passa son vieux sac à dos à son épaule, et sortit récupérer son vélo. En pédalant pour quitter le parking, elle remarqua que la voiture du Dr Nash était toujours là, à sa place de parking attitrée.

— Et moi qui croyais ne pas avoir de vie, marmonna-t-elle.

2

— Je me serais contentée d'un burger, tu sais.

Meghan haussa ses sourcils blonds parfaitement épilés et pinça les lèvres avec dégoût.

— Je sais, mais, sérieusement, tu dois mieux te nourrir. Tu as un régime d'adolescente, tout en sucres, hydrates de carbone et malbouffe.

Harper haussa les épaules.

— Je ne peux pas me permettre mieux, je ne gagne pas des millions, Meg, répondit-elle, les yeux survolant le menu chic et les clients du samedi midi. Franchement, les prix ne sont même pas notés sur la carte.

Elles étaient amies depuis des années, ayant fait leurs études ensemble, mais avec des cursus très différents. Meghan travaillait dans un cabinet fréquenté par des patients célèbres avec des problèmes d'addiction, et sa montre valait plus cher que la garde-robe de son amie, armoire comprise, tous les vêtements de Harper venant de friperies. Cette dernière avait un bon salaire, mais entre ses prêts étudiants et les années de soins à sa mère, ses économies avaient fondu.

— J'ai mon loyer à payer.

Meghan balaya l'argument d'un geste désinvolte, et ses bracelets en or cliquetèrent quand elle prit la carte.

— C'est pour moi, je te l'ai dit. Tu es mon invitée.

Harper fronça les sourcils, mais son amie posa la main sur la sienne et la regarda dans les yeux.

— Arrête, d'accord ? Pas entre nous. Même si je gagne plus que toi, ton travail est beaucoup plus utile que le mien.

Harper rougit.

— Pardon, je ne voulais pas me montrer désagréable. Tu sauves les gens de l'addiction...

— Non, ils se sauvent eux-mêmes. Je fournis juste le soutien et les conseils médicaux aux riches et célèbres qui sombrent. Toi, tu vas littéralement changer la vie des gens du monde entier avec ton projet. Alors considère ce déjeuner comme mon investissement personnel dans ton programme.

Les deux jeunes femmes se regardèrent. Meghan semblait sûre d'elle, mais cela n'avait pas toujours été le cas. Elle aussi avait subi des épreuves, et Harper se réjouissait de la voir aussi heureuse et épanouie.

— D'accord ? On peut commander ? Je commence à avoir faim, et ça fait quatre fois que le serveur passe devant notre table en dix minutes. Je vais revoir son pourboire à la baisse.

Elles commandèrent des fruits de mer et du pavé de bœuf avec des légumes vapeur et des pommes de terre nouvelles sautées au beurre. Pendant le repas, Meghan parla des projets de son centre de désintoxication, et de la clinique de proximité qu'elle comptait ouvrir pour réduire un peu le nombre croissant des personnes en mal de soins médicaux.

Comme son amie, elle avait connu des difficultés financières et avait toujours souhaité changer le système. C'est pourquoi elles s'étaient liées d'amitié lors de leur première année à l'université. Elles avaient suivi les mêmes cours en option et avaient participé aux mêmes manifestations sur le campus. Cela leur avait permis de garder un lien quand leur domaine d'expertise et leur travail les avaient séparées. Elles avaient toujours été là l'une pour l'autre, quoi qu'il arrive. Lorsque Harper avait décroché le poste au département robotique où elle travaillait actuellement, Meghan avait été son plus grand soutien. Harper venait de perdre sa mère et, sans guide pour l'accompagner dans la nouvelle vie qui s'ouvrait à elle, elle avait pu compter sur Meghan comme sur sa propre sœur.

— Alors, tu ne veux vraiment pas venir ? J'ai besoin de compagnie pour la levée de fonds de ce soir. Bar gratuit, ce sera chouette, non ?

Meghan essayait de la rallier à sa cause, mais Harper secoua la tête en enfilant son manteau de laine. Elle ne se voyait pas aller à une réception. Elle avait juste envie de regagner son appartement.

— Je ne peux pas. Je dois fignoler ma présentation. L'essai clinique en dépend. Je viendrai la prochaine fois.

Meghan fréquentait beaucoup ce genre de soirées qu'elle relayait sur les réseaux sociaux. La plupart de ses clients fréquentaient son cabinet grâce à ses contacts. Elle plaisait beaucoup, et on se souvenait d'elle parce qu'elle était honnête et se montrait telle qu'elle était. Et quand les gens étaient en crise, c'était à elle qu'ils songeaient. Elle prenait son travail très au sérieux.

— C'est vrai. Je viendrai la prochaine fois, promis.

— Marché conclu.

Meghan rit comme elles sortaient du restaurant dans l'air froid de l'après-midi. Un passant marqua un temps d'arrêt en remarquant ses longs cheveux blonds, sa silhouette parfaite et ses belles jambes. Harper avait l'habitude de voir les hommes s'arrêter dans la rue pour reluquer son amie mais, comme chaque fois, Meghan n'y prêta pas attention. Le type pourrait tomber à genoux devant elle et baiser ses escarpins de créateur, elle ne le remarquerait même pas, à moins de trébucher sur lui.

Elle se tourna vers Harper, et l'homme bouche bée fit un faux pas. Harper réprima un gloussement.

— Tu es sûre que tu ne veux pas venir ce soir ? Allez... tu n'assistes jamais à ce genre d'événements. J'ai besoin de compagnie, et toi d'une pause.

— Tu es l'âme de ces soirées. Tu ne remarqueras même pas mon absence. Du reste, je dois vraiment travailler. Mais je m'engage à t'accompagner au prochain gala de bienfaisance. Après la présentation.

— Très bien, très bien. Mais je vais me retrouver seule, comme d'habitude. Une soirée de détente ne te tuerait pas. Je suis même sûre que ça te ferait du bien.

— Peut-être, mais je me sens moins confiante pour aborder cette conférence.

Les sourcils froncés, Meghan prit le bras de son amie tandis qu'elles marchaient vers l'appartement de Harper.

— Je sais pourquoi… Tu devrais programmer le GPS de ce Nash pour le précipiter dans un ravin ou au bas d'une falaise.

— Meghan ! s'écria Harper en riant. Je n'utilise mes compétences que pour faire le bien, voyons.

— J'admets que c'était un peu excessif. Mais quand même, ce gars mérite d'être confronté à la réalité. Les hommes qui abusent de leur pouvoir me tapent sur les nerfs. Sérieusement, je travaille avec de grandes stars, et celles qui réussissent le mieux sont celles qui n'ont pas vendu leur humanité contre un gros chèque. Et tu lui as fait des biscuits ! Comment ose-t-il se moquer de ta pâtisserie ?

Harper eut un élan de tendresse pour son amie, si protectrice. Elles étaient prêtes à tout l'une pour l'autre. Meghan était une dure à cuire sous son apparence légère, et il valait mieux ne pas s'en prendre à elle. Harper adorait les talents de ninja qu'elle déployait à l'occasion. Elles étaient pareilles, toutes les deux. Elles se battaient bec et ongles pour ce à quoi elles tenaient. Et elles se remontaient mutuellement le moral, même pour des broutilles sans importance comme cette histoire de cookies.

— En fait, il n'a jamais vu ces biscuits. Son assistante fait barrière autour de lui, pire qu'un agent de la CIA.

Leurs chemins se séparèrent devant l'entrée de l'immeuble de Harper, et Meghan la salua gaiement de la main avant de s'éloigner. Elle rentrait chez elle se préparer pour sa soirée glamour où elle dégusterait du jus d'orange dans d'élégantes flûtes en côtoyant les puissants, riches et célèbres de ce monde fascinés par le clinquant. Harper sourit en pensant à son amie charmant les invités du gala, à son rire argentin s'élevant dans la salle de bal où se tiendrait la levée de fonds.

— Bien, c'est le moment de travailler, dit-elle à voix haute, chassant le monde extérieur de ses pensées pour le week-end.

Après la semaine qu'elle venait de vivre, elle se réjouissait de la clore en pyjama et chaussettes douillettes en paressant dans son petit havre de paix au sympathique fouillis. Qui avait besoin de champagne et de beaux mâles avec Netflix et de bons petits plats livrés à domicile ? Elle prit une douche, mit une tenue confortable, et ouvrit son ordinateur.

Bien sûr, elle n'aurait pas détesté partager tout ça avec un homme qui aurait réchauffé ses pieds froids et pris sa part des tâches domestiques, mais elle se débrouillait parfaitement toute seule. Elle était très bien comme ça.

3

— Nash, ravi de vous voir ! On prend un verre après ?

Dominic adressa un sourire crispé à la énième personne qui s'arrêtait pour le saluer ce matin-là. Ses mains le brûlaient à force d'être frottées au gel hydroalcoolique. Il rêvait d'une douche pour se débarrasser de l'odeur des autres, et entendre des banalités lui avait flanqué une migraine carabinée.

Cette conférence et les événements similaires lui pesaient. Certes il adorait les innovations, voir tous ces cerveaux réunis partager des idées. Il croyait même sentir parfois le bourdonnement de la créativité et de la décharge neuronale quand les experts échangeaient des points de vue. Des thèses se formaient, des collaborations naissaient. Lui-même avait eu des révélations au fil des ans. Hélas ! tout cela était présenté comme une grande foire mondaine, une sorte de fête de printemps à l'américaine, les stéthoscopes en prime.

Sa boîte mail avait déjà reçu pas moins de sept invitations sans intérêt. Il savait d'expérience que ces événements étaient d'un ennui mortel, jusqu'à ce que l'alcool délie les langues. Bien sûr, Dominic vivait dans une bulle, mais ces gens évoluaient béatement dans un monde aseptisé, né de l'argent et l'arrogance. Ils montraient leur vrai visage quand le cognac coulait dans leurs veines, et jamais pour le mieux. Il ne fréquentait pas ces individus, il faisait juste semblant d'appartenir à leur monde. Pour en arriver là, il avait travaillé à un point qu'ils ne pourraient jamais imaginer.

Son frère aîné Matthew, alias Matty, avait toujours été le plus sociable d'entre eux. Dominic l'aurait volontiers invité, mais il aurait fallu le présenter à des gens, répondre à des questions auxquelles il n'avait pas envie de répondre. Il aurait donné de lui-même une image imparfaite, humaine, et c'était hors de question. Il s'était donné trop de mal pour se forger une carapace froide et solide, jouer leur jeu, et obtenir le respect nécessaire pour atteindre le sommet. Alors il supportait l'épreuve sans broncher. Il n'avait pas envie d'être là, mais malgré sa répugnance à participer à l'événement, quelque chose l'avait poussé à venir. La curiosité peut-être.

La salle de conférences était pleine, et on se pressait dans les allées pour mieux voir ceux qui incarnaient l'avenir de la médecine. D'anciens gagnants avaient eu la chance de pouvoir développer leur essai clinique, et leurs créations étaient maintenant utilisées par les soignants du monde entier. Sentir tous ces projets en gestation avait quelque chose de grisant.

Dominic s'adossa au mur du fond et scruta la foule. Sur l'estrade, des candidats achevaient leur présentation. Pas mauvaise, mais pas innovante non plus. Leurs recherches exigeraient encore des années de travail avant de se concrétiser. Autrement dit, l'argent de la subvention serait dépensé depuis longtemps quand ils aborderaient l'essai clinique. Ce genre de chose rendait nerveux les investisseurs. Il leur fallait des gros titres, des résultats. Ils voulaient se vanter d'avoir déniché du concret.

Les détenteurs de l'argent n'étaient pas forcément les plus intelligents, mais ils tenaient les cordons de la bourse. Dominic connaissait les limites imposées par la pauvreté. Il avait dû travailler plus dur que les autres pour devenir riche. Son frère et lui n'oublieraient jamais leurs origines. L'opulence réveillait ses démons passés, et il faisait tout pour ne pas les laisser assombrir son avenir. *Leur* avenir.

Il avait ce devoir envers Matty, surtout depuis deux ans. Alors il fonçait, travaillant plus dur encore pour être digne de ses sacrifices, dont il lui serait toujours redevable. Certaines choses ne pouvaient pas être réparées. Il était capable de sauver une vie, mais modeler leur existence sur leurs rêves d'enfant était impossible.

— Qu'en penses-tu ?

Dominic haussa les sourcils.

— Ce n'est pas mon domaine, dit-il.

— Ces gars sont les meilleurs de mon groupe, chuchota Henry Frogmore, chef du service oncologie. Si on décrochait le financement, ils pourraient réaliser ce projet. Et ta fournée ?

Dominic haussa les épaules.

— Je n'ai étudié aucune candidature.

Il ignora l'air choqué de Henry et se concentra sur la scène.

— Pas une seule ?

— Non. Pas le temps. Je t'ai dit que je me consacrais à mes patients cette année.

— Oui, mais faire des diagnostics toute la journée est trop rasoir pour un type comme toi.

Henry n'était pas le premier à lui parler ainsi. Et il ne serait pas le dernier qui n'obtiendrait pas de réponse.

— Ça ne te ressemble pas, Dominic. Combien de temps tiendras-tu sans avoir envie de quelque chose de plus excitant ? Je suis surpris que le doyen t'ait laissé faire.

— Oh ! il avait des réserves, confirma Dominic.

— Tu m'étonnes, répliqua Henry en riant. Alors, pourquoi ce brusque changement ? Tu comptes te mettre au golf ?

Le public applaudit comme la présentation s'achevait, dispensant Dominic d'inventer un mensonge. La vérité ne ferait que mener à d'autres questions auxquelles il refusait de répondre. Le *golf*. Henry était gentil, mais leurs mondes étaient aux antipodes l'un de l'autre. Même si Dominic avait pris la peine de lui expliquer ses raisons, il n'aurait pas compris. Les chirurgiens étaient des machines, ambitieux, passionnés. Si l'un d'eux levait le pied de l'accélérateur, il y avait toujours des vagues.

— Et maintenant, de notre département robotique, je vous présente le Dr Harper Wilson !

— Doux Jésus, murmura Henry. On dirait qu'elle s'est préparée pour aller à une manifestation pacifiste…

— Chut ! répondit Dominic avec agacement, se rapprochant de la scène pour mieux entendre.

Harper était habillée de façon peu conventionnelle. Les autres orateurs étaient tous en costumes ou tailleurs classiques dans des tons neutres. Harper portait une robe aux couleurs de l'arc-en-ciel, avec des collants noirs et de longues bottes bordeaux. Un look qui ne déplaisait pas à Dominic. Il jeta un regard sévère à son collègue qui marmonnait et se tourna vers Harper. Elle regardait tout sauf le public. Il croisa les bras, impatient de la voir sans cet air contrarié qu'elle avait affiché en sa présence. Elle avait piqué sa curiosité. Personne ne le défiait plus, mais son interrogatoire obstiné l'avait intrigué. Elle était… différente. Henry avait raison sur un point, elle n'était pas vêtue pour l'occasion. Mais son côté authentique et effronté l'amusait.

La page de présentation s'afficha sur l'écran derrière elle.

— Bonjour… euh… tout le monde.

Elle salua la foule et remonta ses lunettes sur son nez.

Son visage était à moitié caché par ses boucles épaisses, et Dominic le déplora.

Curieux. Pourquoi je pense à ça ?

— Je suis ici aujourd'hui pour parler de la robotique et de la neurologie, et de la relation entre ces deux sciences.

À cet instant, elle remarqua que Dominic l'observait et se redressa de toute sa taille.

— Franchement, continua-t-elle d'une voix forte en lui lançant un regard irrité, on peut faire mieux dans ce domaine.

— Aïe ! marmonna Dominic.

À l'évidence, la femme qui avait occupé ses pensées tout le week-end lui en voulait encore. Il sourit, narquois.

— Beaucoup mieux, enchaîna-t-elle en détournant les yeux.

Que le match commence, Harper...

À la fin de sa présentation, Harper était agrippée au pupitre. Pour mieux se concentrer. Dès qu'elle avait posé les yeux sur le Dr Nash et lui avait décoché sa flèche, elle s'était sentie plus grande, plus forte. Sa présence la stimulait. La présentation s'était déroulée comme dans un rêve. Elle n'avait pas bafouillé. Elle avait hâte de le dire à Meghan.

— Des questions pour la candidate ? demanda l'animateur.

Une douzaine de mains se levèrent, mais une voix grave et assurée s'éleva dans l'auditorium.

— Combien de personnes avez-vous dans votre équipe ?

Elle aurait reconnu entre toutes la voix chaude de Nash. Toutes les têtes étaient tournées vers lui, mais ses yeux verts ne regardaient qu'elle. Elle se passa la langue sur les lèvres.

— C'est mon projet. Les fonds serviraient à développer l'aspect neuroscientifique, financer l'essai clinique, et acheter deux autres imprimantes 3D et du matériel de laboratoire. J'espérais avoir des internes supplémentaires, mais j'en supervise actuellement un, Trevor, qui travaille au laboratoire principal.

Je comptais me servir aussi de vos internes, si vous aviez accepté d'être mon chirurgien.

Elle avait un budget très serré. La robotique n'était plus le parent pauvre qu'il était autrefois, et avec le développement de la technologie, son département ne ferait que se développer. Mais elle comptait chaque sou dépensé pour ne pas gaspiller d'argent. Même le prix de mille livres décerné aux candidats sélectionnés aujourd'hui serait bien dépensé. Elle comptait rajeunir un peu son espace de travail. Avec peut-être un beau fauteuil qu'il ne faudrait pas réparer toutes les semaines.

L'animateur désigna une personne qui levait la main.

— Comment projetez-vous de...

— Johnny n'est pas impliqué ? l'interrompit Nash.

Harper haussa les sourcils ; il en fit autant.

Johnny ? Comment sait-il pour lui ?

Elle était plutôt discrète sur ses travaux de laboratoire. Pourquoi en parler maintenant, et de cette façon ? Essayait-il de l'humilier ? Elle plissa les yeux.

— Il donne parfois un coup de main. Officieusement.

Dominic se frotta le menton d'un air perplexe.

— Depuis combien de temps travaillez-vous sur cette idée ?

Harper se retint à grand-peine de lui hurler de lire ses mails, et se contenta de lever les yeux au ciel.

— Le projet Well-Walk n'est plus au stade d'*idée* depuis de nombreuses années.

Elle se mordit la lèvre en songeant aux interminables heures d'études, au temps infini passé à rassembler des données et à travailler sur la conception du prototype. À regarder sa mère décliner lentement et s'agiter dans son sommeil, ravagée par la douleur.

— Cette subvention me permettrait de commercialiser le produit dans cinq ans. Voire avant.

Un murmure parcourut l'auditoire. Elle crut voir frémir les lèvres de Dominic, un tic, sans doute. De fait, beaucoup de candidats seraient encore en train de travailler sur leurs premiers essais à ce moment-là, alors qu'elle avait un produit qui marchait déjà et avait juste besoin de savoir-faire et de financement pour tenir la distance. Bien sûr, elle obtiendrait le financement. Mais les investisseurs avaient leurs propres exigences. Harper voulait contrôler la naissance du projet Well-Walk, attirer des subventions de personnes avec les mêmes visions qu'elle. Le doyen avait soutenu sa cause, mais elle n'était pas prête à voir son laboratoire envahi par une foule de gens. Elle tenait à ce que ça se passe à sa façon, comme sa mère et elle l'avaient planifié.

Si l'université obtenait le financement, ça deviendrait une réalisation rentable de plus. Or, elle n'avait pas créé ce projet pour l'argent. Elle l'avait fait pour les gens qui en avaient un besoin vital. Elle l'avait encore mieux compris en soignant sa mère. L'adhésion du Dr Nash au projet aurait rassuré le doyen. Si deux de ses départements majeurs avaient travaillé ensemble sur un projet révolutionnaire, il aurait laissé Harper tranquille. Du moins l'avait-elle espéré.

Elle avait besoin d'un neurochirurgien, et pour elle Nash était le meilleur. Jusqu'à ce qu'elle lui parle. Maintenant elle savait qu'elle devrait accepter des compromis, et travailler avec des gens qu'elle n'aimait pas. Danser avec le diable. Un diable séduisant en blouse de laboratoire.

Séduisant ? Une minute... d'où ça sort ?

— Cinq ans ? demanda de nouveau Nash, ignorant les mains levées, ce qui en disait long sur le personnage.

— Oui. J'ai inclus les projections dans ma candidature. Je serais ravie de vous en envoyer une nouvelle copie, docteur Nash. Si votre boîte mail marche mieux, bien sûr.

Là, ses lèvres avaient bougé. Elle crut avoir vu l'esquisse... d'un sourire ? Elle ignorait même qu'il eût des dents en dehors des crocs qu'il dévoilait si bien dans le sarcasme.

— Alors, pourquoi participer à cette compétition ?

— Je ne vous suis pas, répondit-elle. À l'évidence, elle peut me permettre d'obtenir des subventions pour l'essai clinique, la prochaine étape.

— Oui, mais vu l'avancement de votre projet, pourquoi ne pas utiliser les circuits universitaires ou chercher un financement ailleurs ? Je suis sûr que vous n'auriez aucun mal à trouver un neurochirurgien avec qui collaborer.

- Un financement d'investisseurs implique une collaboration, et pour que le projet Well-Walk ait le succès souhaité, il faut que mes prothèses soient accessibles à tous à moindre coût. Le programme fera des bénéfices, mais ce n'est pas l'essentiel.

Il a pour vocation d'assister les personnes de tous les milieux sur toute la planète.

— Votre matériel doit être recyclé pour réduire les coûts, mais qu'en est-il des interventions chirurgicales ? demanda-t-il, et des spectateurs acquiescèrent. Je doute que les chirurgiens se pressent pour opérer gratuitement.

— C'est pourquoi l'essai clinique est si important, docteur Nash. Le neurochirurgien du programme posera les capteurs, et s'assurera que les terminaisons nerveuses fonctionnent et communiquent efficacement. Cela aura un coût, mais l'efficacité de mes capteurs et le fait que mes prothèses pourront être fabriquées à un coût bien inférieur à celles actuellement sur le marché nous permettront de répondre à davantage de besoins.

Elle inspira pour ralentir son débit, agacée d'être questionnée aussi publiquement.

— Avez-vous déjà tenu à quelqu'un, docteur Nash ? En dehors du travail ?

Il parut choqué et la regarda fixement, les lèvres pincées.

— Eh bien, moi, si. Les effets des amputations sur nos patients ne touchent pas qu'eux, mais aussi des familles entières, voire des générations. S'occuper d'un handicapé est une responsabilité écrasante. Ici, au Royaume-Uni, on accède aisément aux traitements. Les amputés guérissent mieux, plus vite. Ils ont plus de mobilité, plus d'amplitude de mouvement. Ils peuvent reprendre leur vie, s'occuper de leurs proches. Travailler. Ce projet n'a pas trait aux profits ou aux pertes pour moi, il a trait aux personnes. Mes capteurs réduiront le nombre d'opérations longues. Quand ils seront posés, il y aura un minimum de suivi, et moins de chirurgie correctrice. La prothèse est conçue pour évoluer avec son utilisateur.

Elle se redressa de toute sa hauteur.

— Nul ne devrait souffrir à cause de ses origines, docteur Nash. Vu votre travail bénévole, vous comprendrez aisément l'importance de bien faire les choses, dit-elle, le fixant dans les yeux. Autre chose ?

— Merci, docteur Wilson. Vous avez répondu à tout.

Et, inclinant la tête, il tourna les talons et quitta la salle, sous les regards curieux.

— D'autres questions ? demanda-t-elle, s'efforçant de refouler la rougeur qui empourprait son visage.

Comme personne ne réagissait, elle attrapa ses affaires sur le pupitre et descendit de l'estrade.

— Je vous remercie de votre attention.

4

— Bon sang !

La vapeur de la passoire pleine de pâtes brûla la main de Dominic qui faillit tout lâcher dans l'évier. Il passa rapidement ses doigts meurtris sous l'eau froide pour soulager la douleur.

— Le dîner est prêt ! cria-t-il.

Entrant dans la cuisine, Matty fronça les sourcils devant la mixture qui bouillonnait dans la casserole sur le feu.

— Des pâtes, encore ! Sérieux ?

— Quoi ? rétorqua Dominic, répartissant les spaghettis dans deux assiettes avant de mélanger la sauce à la viande. Tu adores mes spaghettis bolognaise.

Matty roula des yeux.

— Je les adorais les cinquante premières fois, mais ça devient lassant à la longue.

Dominic l'ignora.

— Qu'est-ce que c'est ? demanda Matty, désignant l'ordinateur de Dominic ouvert sur l'îlot central.

— La présentation d'une candidate à la conférence.

Matty haussa les sourcils. Il avait hérité de la blondeur de leur père au lieu des boucles brunes de leur mère. Très grands, les deux frères avaient les mêmes yeux d'un saisissant vert d'eau, même si ceux de Matty s'étaient ternis dernièrement. À ce détail près, les deux frères étaient aussi différents qu'on pouvait l'être, et ils s'adoraient.

— Je croyais que tu t'en désintéressais cette année ?

— En effet, dit Dominic, en éteignant le feu sous la casserole et en versant la sauce dans les assiettes. À table, c'est prêt.

— Je ne suis pas sûr que mon estomac le soit...

— Relax, dit Dominic en souriant Tu veux une bière ?

— Ouais. N'importe quoi pour chasser le goût des pâtes.

Dominic lui donna une tape sur la tête en se dirigeant vers le réfrigérateur. La corbeille de pain sur les genoux, Matty fit rouler son fauteuil à sa place à la table. Ils mangèrent dans un silence complice en savourant leurs bières.

— Alors, vas-tu me dire ce qui se passe ?

Dominic leva les yeux avant de détourner le regard.

— Je me suis brûlé les doigts.

— Ce n'est pas la cause de ton humeur de dogue depuis des jours. Tes mains sont précieuses, mais quand même.

— C'est juste le travail, répondit Dominic en enroulant des spaghettis autour de sa fourchette.

— Un patient ?

— Non.

— Allez, raconte, le pria Matty. Je tourne en rond toute la journée dans cette maison. Les programmes télé sont nuls. Fais-moi plaisir.

— D'accord. À la conférence aujourd'hui, il y avait une candidate dont le projet... pourrait être vraiment intéressant. Elle est prête pour les essais cliniques, et des patients sont déjà pressentis dans tout le Royaume-Uni. Elle a juste besoin qu'un chirurgien pose ses capteurs, rassemble les données, et gère le suivi des patients. Les prothèses qu'elle a conçues limitent très fortement les interventions orthopédiques, et leur coût de fabrication est réduit. Elle projette de mouler chaque prothèse sur le patient, et l'imprimante 3D fera les membres sur mesure.

— Stupéfiant. Je n'ai jamais rien entendu de tel.

— Elle est très en avance sur les autres. Je sais qu'elle a gardé ses recherches secrètes. Des bailleurs de fonds seraient intéressés, et elle pourrait vendre sa création deux fois sa valeur sans même les données des essais cliniques.

— Alors pourquoi ne le fait-elle pas ?

Dominic tapota son assiette avec sa fourchette, perdu dans ses pensées. Il s'était maintes fois posé la question.

— L'argent. Elle veut que son travail soit accessible pour tous. Les composants sont faits à partir de matériaux recyclés. Mais tu connais les investisseurs, ils lui feront un pont d'or, puis ils commenceront à parler de bénéfices et de prix.

— Tant mieux pour elle. C'est une gagnante potentielle. Quel est le problème ?

— Il lui faut un neurochirurgien pour finaliser le projet.

— Un neurochirurgien ? commenta Matty en souriant. Dommage qu'on n'en connaisse pas... Sérieusement, tu peux travailler dessus, si tu veux. Je ne t'ai jamais demandé de réduire ton temps de travail, c'est toi qui l'as décidé.

Les deux frères gardèrent le silence un moment.

— Je suis toujours ton aîné. Ça n'a pas changé parce que je suis là-dedans, reprit Matty en tapotant son fauteuil roulant.

— Je sais, mais...

— Mais rien. J'ai des séances de kiné, de quoi m'occuper. Je m'ennuie parfois, mais je n'ai pas besoin de baby-sitter. Je t'ai nettoyé le derrière assez souvent par le passé, et les rôles se sont peut-être inversés, mais je ne suis pas stupide.

— Je n'ai pas dit ça, j'ai juste... j'ai juste éprouvé le besoin de travailler moins.

Matty termina son assiette et alla chercher une autre bière dans le réfrigérateur. Dominic tendit machinalement la main pour l'aider. Mais Matty était un homme fier, et il avait raison. Comme toujours. Cependant ce n'était pas facile pour Dominic de voir diminué l'homme qui l'avait élevé et avait sacrifié sa vie pour lui permettre de réaliser ses rêves. Ni pour son frère. Matty avait à peine entamé sa nouvelle vie quand son accident y avait mis un terme brutal.

C'était un cruel coup du sort, et la culpabilité de Dominic lui pesait lourdement. Il était arrivé au sommet de ce pour quoi ils avaient durement travaillé. Matty était la victime sur bien des plans. Alors Dominic avait vendu sa maison pour acheter un pavillon pour eux deux, et ils louaient la demeure familiale, propriété de Matty, pour que celui-ci ait un revenu. Mais cela n'effaçait pas le chagrin poignant de Dominic. Son aîné avait toujours été là pour lui, et Dominic voulait que ses sacrifices servent à quelque chose. Ils pouvaient encore suivre leur plan. C'était au tour de Matty d'avoir une vie, et Dominic était déterminé à la lui offrir.

Dominic s'investissait corps et âme dans le travail, mais il avait pris du recul dernièrement. Cela n'avait pas plu à Matty, mais pour le cadet la famille passait avant tout pendant la convalescence de son frère. Il avait arrêté la recherche. Après la publication des résultats de son dernier essai clinique, il avait annoncé au doyen que dorénavant il se consacrerait exclusivement à ses patients. Le doyen avait protesté pour la forme mais avait compris son besoin de souffler. Peu de gens connaissaient la situation de Matty, Dominic y tenait. Surtout au travail. Et tout s'était bien passé. Jusqu'à maintenant. Sa rencontre avec Harper avait changé la donne, comme si son esprit s'était soudain réveillé du traumatisme qui l'engourdissait. Sa curiosité était piquée.

Il avait été touché par les attaques de Harper à la conférence. Personne ne lui parlait jamais ainsi. Mais à présent il comprenait mieux les buts qu'elle visait, et à quel point son refus avait dû lui sembler injuste.

Matty lui tendit une bière, l'arrachant à ses réflexions.

— Qu'est-ce que tu vas faire ? Ce projet peut-il gagner ?

— Si le bon sens l'emporte, oui. Je n'ai pas voix au chapitre, car je me suis retiré. Je ne voulais pas voter. Mais elle a explosé la concurrence.

— C'est vrai ? répliqua Matty avec une mimique éloquente.

Dis-moi, cher petit frère, est-elle mignonne, cette irritante scientifique ?

— Eh bien, elle n'est... je n'ai pas vraiment remarqué.

C'était un énorme mensonge. Dominic devinait que Harper attirait l'attention sur elle sans le vouloir.

— Elle est... intéressante.

— C'est la première fois que je t'entends qualifier une femme ainsi.

— Ne sois pas bête. Ce n'est pas ça. Elle est... haute en couleur.

— Est-elle jolie ?

— Oui, dans le genre Hermione Granger adulte. Tu sais, lunettes d'intello, cheveux bouclés.

— Donc elle te plaît. J'ai l'impression que tu grandis, Dom.

Matty sourit, taquin, et Dominic se sentit rougir.

— Arrête. C'est juste une scientifique du boulot. Elle est... singulière... Elle se comporte comme si elle avait passé la moitié de sa vie à l'écart du monde. Elle peut sembler timide, mais elle s'habille... Si tu avais vu ce qu'elle portait à la conférence, Matt. Tous les candidats étaient vêtus comme pour un entretien d'embauche, mais elle ressemblait à un arc-en-ciel. Elle est obstinée, ombrageuse. Obsédée par son job.

Il serra la mâchoire.

— Je l'ai rencontrée la semaine dernière devant un distributeur, et elle m'a carrément remonté les bretelles. Elle m'a envoyé ensuite un mail presque injurieux, puis plus rien. Jusqu'à la conférence.

Il montra l'ordinateur avec eux deux en fond d'écran.

— Je pense pouvoir l'aider et... ses prothèses pourraient aider des patients avec ton type de blessure. Et toutes sortes de personnes. Quel que soit leur revenu ou leur nationalité. Mais elle a raison, les investisseurs verront ça comme une énorme manne financière ; or, elle tient à dissocier la science de la politique et des profits.

— Elle a l'air de savoir ce qu'elle veut. Alors, qu'est-ce qui t'arrête ? Tu cherchais quelque chose à te mettre sous la dent. Aider les défavorisés me paraît parfait, non ?

Matty avait raison. Même avant son accident, Dominic était en quête d'un projet excitant pour stimuler son esprit et faire une vraie différence. Dommage que celui-ci vienne d'une femme qui le méprisait. Il n'arrivait pas à la cerner, et c'était... agaçant. S'imaginer travailler avec elle lui provoquait des brûlures d'estomac.

— Je doute qu'elle veuille travailler avec moi... Elle a sollicité mon aide il y a quelque temps.

— Laisse-moi deviner, dit Matty comme ils gagnaient le salon pour regarder un match de foot. Tu as refusé.

— Même pas. Elle n'est pas allée plus loin que mon assistante. Mais je dois reconnaître que j'aurais pu être un peu plus aimable quand on s'est rencontrés.

— Tu es vraiment ton pire ennemi parfois, commenta Matty en se hissant de sa chaise roulante à son fauteuil inclinable. Qu'a-t-elle dit dans ce mail ?

Dominic sourit malgré lui.

— En résumé, elle m'a voué aux gémonies et m'a dit qu'elle et son collègue Johnny trouvaient que j'étais un moins que rien. Il y avait aussi une histoire de cookies.

— De cookies ?

— Oui, apparemment elle m'en avait préparé, pour adoucir la négociation, j'imagine.

Le match de football commença, et les deux frères s'installèrent confortablement pour le suivre.

— Tu sais ce que je pense, mais je vais te le répéter, dit Matty pendant la pause publicitaire de la mi-temps. Tu as besoin de quelque chose qui te remonte le moral et te passionne. Pourquoi pas une femme intelligente qui fait de la pâtisserie ? Vu tes talents culinaires et mon incapacité à atteindre les placards, ce ne serait pas la pire des idées de l'accueillir dans notre vie.

— Ne sois pas idiot, ce n'est pas mon genre du tout. Et elle ne voudra plus jamais me faire le moindre gâteau.

— Si tu es incapable de travailler avec elle, laisse tomber. Mais si quelque chose t'excitait enfin après tout ce temps ? Non, oublie.

Dominic garda le silence. Il se disait que, pour une fois, être lui-même n'était peut-être pas la meilleure façon d'avancer. Il allait devoir serrer les dents et avoir une conversation embarrassante avec Harper. Il voulait *vraiment* l'aider. Ses recherches étaient intelligentes, son idée brillante. Des prothèses ingénieuses pouvant être imprimées en 3D à partir de matériaux recyclables ? Il y aurait tant d'applications possibles. Dans l'armée, les pays sous-développés, la santé en général, et l'argent économisé irait à d'autres services pour améliorer les soins. Il était choqué qu'aucun neuroscientifique ne se soit encore jeté sur son offre pour la développer.

— Elle m'a vu à la conférence, et sa réaction n'a pas été terrible, admit-il. Je crois que j'ai gâché mes chances.

Matty lui jeta un regard sévère.

— Alors arrange les choses. Tu es aimable comme une porte de prison, ça te fera du bien. De toute façon, tu vas continuer à penser à elle. Autant savoir pourquoi, non ?

L'équipe de foot qu'ils soutenaient marqua un but, et ils reportèrent leur attention sur le match.

Il a raison, songea Dominic bondissant de son fauteuil pendant que son frère hurlait de joie. *J'ai envie d'en apprendre plus.*

Mais admettre qu'il avait pris plaisir à énerver Harper ? Jamais.

5

— Récepteurs !

Harper s'éveilla en sursaut, roula sur son lit, et tomba lourdement sur la moquette. Elle regarda autour d'elle en clignant des yeux, attrapa ses lunettes et frotta son genou endolori. Elle avait été arrachée à un profond sommeil. Elle avait rêvé qu'elle était au laboratoire et raccordait un prototype de prothèse à un patient. Elle connectait les récepteurs aux terminaisons nerveuses quand un bruit l'avait réveillée. Il se disparut, puis revint, et elle réalisa que c'était son téléphone qui sonnait.

— Allô !

— Docteur Harper Wilson ?

— Oui, c'est moi.

Elle écarta l'appareil de son oreille pour voir l'écran. L'université.

La compétition !

Elle n'enregistra ni le nom de son interlocutrice ni ses propos. Après avoir capté le mot « félicitations » et littéralement sauté en l'air, elle n'entendit plus rien, trop occupée à faire la danse de la joie autour de sa chambre.

Mes rêves sont en train de se réaliser ! Enfin !

Après avoir remercié son interlocutrice en s'efforçant de ne pas bafouiller comme une actrice oscarisée, elle leva le visage vers le ciel et essuya une larme.

— C'est parti, maman, on est présélectionnées ! Je n'aurais jamais réussi sans toi, dit-elle, envoyant un baiser au plafond.

Deux heures plus tard, elle arrivait à son travail. Elle avait mis son plus bel ensemble pour l'occasion, un pantalon bordeaux et un chemisier blanc, classiques et sans prétention. Il fallait qu'elle soit elle-même et se sente à l'aise. Ce n'était pas parce qu'elle faisait partie des finalistes pour l'obtention du prix tant convoité qu'elle allait se transformer en gravure de mode. De toute façon, elle n'en avait pas les moyens. Elle culpabilisait déjà de s'être offert un grand *latte* caramel sur le chemin du laboratoire.

Chaque finaliste se voyait remettre un prix de mille livres et un certificat à accrocher au mur de son labo, et cette petite folie gourmande ne la ruinerait pas. Seuls le prix du café et son délicieux arôme l'empêchèrent de le jeter à la tête de celui qui patientait devant sa porte à son arrivée.

— Vous, grogna-t-elle en un borborygme indistinct.

Le Dr Nash ne réagit pas. Bien sûr.

Face de granit, encore et toujours.

— Bien observé, répliqua-t-il sèchement en montrant la porte fermée. Trevor et Johnny ne sont pas là ?

Il a l'air d'avoir un faible pour Johnny.

Sa blague la fit éclater de rire, et il fronça les sourcils.

— Trevor est au labo principal. Je lui ai confié des tâches administratives aujourd'hui.

Elle sortit ses clés de sa poche en jonglant entre son énorme sac et son café pour ne rien renverser. Elle sentit le poids du sac s'alléger quand Nash le souleva de son épaule.

— Je peux me débrouiller.

— On ne le dirait pas. J'ai déjà vu Trevor.

— Vraiment ?

Il était allé à son laboratoire parler à son équipe. Pourquoi était-il là ? Pour la narguer avec un autre refus ?

— Je voulais voir les prothèses. Votre labo est bien conçu, avec très peu de personnel.

— J'aime travailler avec une petite équipe, rétorqua-t-elle froidement. Je peux vous aider ?

La tentative de sourire de Nash ne soulagea en rien l'angoisse générée par sa présence.

Face de Granit sait donc sourire...

— Content que vous me le demandiez, docteur Wilson. J'ai des choses à faire et je ne peux pas m'attarder. Plus vite vous m'inviterez à entrer, plus vite vous retournerez à vos affaires.

— Très bien, dit-elle en tournant la clé dans la serrure. Au fait, comment connaissez-vous l'existence de Johnny ?

Cela la tracassait depuis un moment. Peu de gens étaient au courant pour son petit copain de labo. Elle était à mi-chemin de son bureau quand sa réponse la stoppa net.

— Vous l'avez évoqué dans votre mail, vous ne vous rappelez pas ?

Il s'approcha et frôla son bras en déposant son sac par terre près du bureau. Elle mit une demi-seconde à comprendre ce qu'il voulait dire.

Le mail. Seigneur ! je l'ai envoyé ? Non... Non !

L'expression de Nash confirma ses craintes.

— Je croyais que vous ne lisiez pas vos mails, observa-t-elle en s'asseyant à son bureau avec toute la nonchalance dont elle était capable.

Son fauteuil branlant protesta bruyamment, et elle toussota pour couvrir le bruit. Nash avait l'air d'un géant dans la petite pièce. Harper n'était pas grande, mais il lui donnait l'impression d'être une naine. Elle alluma son ordinateur et porta son café à ses lèvres. Zut ! il était froid maintenant. Ce type lui avait même gâché ça. Elle le but en grimaçant.

— Eh bien, j'ai lu celui-là. Je peux m'asseoir ? demanda-t-il en désignant l'autre bureau où elle empilait ses notes et ses ouvrages de recherche.

— Bien sûr, on est dans un pays libre.

Il approcha un siège en bois au dossier dur très inconfortable, mais demeura impassible en y posant son auguste séant. Juste sous le nez de Harper. Était-il obligé de s'asseoir aussi près ?

— Merci, dit-il, non sans une pointe de sarcasme.

Avec de la chance, il s'enfoncerait une écharde dans le derrière... mais elle devait cesser d'imaginer comment il pourrait se blesser, ça commençait à devenir une habitude.

— Je ne vous retiendrai pas toute la matinée, déclara-t-il, vaguement impatient. Je vous croyais un peu plus... occupée, entre les résultats de la conférence et le reste. Vous n'attendez personne ce matin ?

— Comme qui ?

— Je ne sais pas. Des collègues, des amis ? De la famille ? Cette présélection est une consécration. Où est votre équipe ?

Les yeux de Harper cherchèrent machinalement Johnny caché sous un drap. À côté, la photo de sa mère la regardait.

— C'est généralement Trevor qui gère tout ça. Je préfère m'en tenir au travail, répondit-elle. Alors, allez-vous me dire pourquoi vous êtes là ? Si vous espérez des excuses pour ce mail, vous risquez d'attendre longtemps.

Elle le fixait avec défi tout en s'efforçant de se remémorer les détails de son message. Une chose était sûre, elle était furieuse quand elle l'avait rédigé.

Johnny ! Elle lui avait dit que Johnny le détestait aussi.

Pas étonnant qu'il en parle comme d'une vraie personne.

Elle détourna les yeux pour revenir à son écran et cliqua pour faire apparaître son agenda. Il était presque vide, mais Nash n'avait pas besoin de le savoir.

— Les gens me parlent rarement comme vous le faites.

— J'ai remarqué... Si vous répondiez à leurs mails, ils seraient peut-être moins serviles avec vous... Et sachez que je ne m'adresse pas toujours aux gens comme ça, reprit-elle, les lèvres pincées.

— J'avais eu une longue journée. Vous-même n'étiez pas si aimable que ça.

Il arborait indéniablement un sourire narquois, elle le voyait à l'éclat de ses dents blanches.

— Très bien, je vais vous dire pourquoi je suis là. J'ai lu votre proposition avant la conférence. Elle est brillante. Mais vous le savez déjà, déclara-t-il comme elle le fixait avec incrédulité, alors je ne perdrai pas mon temps en flatterie.

— Merci, marmonna-t-elle en faisant semblant de taper sur son clavier. C'est noté et apprécié.

— Je suis venu vous offrir mes services. Je regrette de ne pas avoir lu votre proposition la première fois que vous me l'avez adressée, mais j'aimerais vous aider.

Quel culot !

Ce matin-là, elle avait reçu des mails de deux autres personnes qui avaient aussi refusé dans un premier temps sa demande de collaboration à cause de leur « charge de travail » et qui piaffaient maintenant d'impatience de travailler avec celle dont le programme allait probablement être financé durant les trois prochaines années. Ils n'arrivaient pas à la cheville de l'homme qui lui faisait face, mais quand même.

— Comme vous êtes arrivée en finale, j'imagine que je ne suis pas le premier à vous contacter à ce sujet, mais le financement n'a rien à voir là-dedans. Pas pour moi.

— Vraiment ?

Les autres avaient tous voulu une part plus ou moins importante de la subvention. Voir leur nom dans des rapports de recherche et des articles ne leur suffisait pas. Elle avait besoin de la compétence d'un neurochirurgien, mais son département faisait le plus gros du travail, car il s'agissait de sa création. Que quelqu'un propose de travailler avec elle sans contrepartie financière était une première.

— Vraiment. Je veux juste participer à ce projet, et bien sûr, les articles et les papiers que j'écrirai passeront d'abord par vous. Je doute que les autres vous proposent les mêmes conditions.

— Pourquoi maintenant, alors que vous y étiez si opposé ?

J'ai en effet reçu des offres, dit-elle, faisant mine d'étudier ses mails avant de fermer brutalement l'ordinateur en le voyant se pencher pour regarder. Pourquoi vous choisirais-je ?

— Je vais vous le dire. À cause de votre mail, le dernier, version sarcastique. Voilà pourquoi.

Comme elle faisait pivoter son fauteuil pour lui faire face, son accoudoir droit rendit l'âme et tomba par terre. Nash tendit le bras pour le ramasser.

— Laissez…

Elle se baissa pour attraper le morceau de métal, et leurs têtes s'entrechoquèrent violemment.

— Aïe !

Elle recula, tenta de se lever, et trébucha sur la roue de son fauteuil. Elle bascula vers l'avant et agita les bras pour tenter de garder l'équilibre, mais entraîna Nash dans sa chute ; ils atterrirent ensemble par terre.

Pendant un moment, elle ne vit plus rien. Elle était sur le sol, le visage écrasé contre la poitrine chaude de Nash qui avait amorti sa chute.

Il est tout doux, songea-t-elle machinalement avant de s'empourprer sous l'effet de la honte.

Elle bougea les doigts et sentit Nash tressaillir en touchant sa chemise.

— Vous vous êtes fait mal ? demanda-t-il, le souffle court.

Levant la tête, elle s'aperçut qu'elle n'avait plus ses lunettes. Elle plissa les yeux, et il devint plus net. Il était si proche qu'elle voyait sa mâchoire carrée bleuie par une barbe naissante, et ses longs cils noirs qui tranchaient sur le vert vif de ses yeux.

— Harper, vous êtes blessée ? demanda-t-il, la scrutant comme s'ils avaient eu un accident de voiture plutôt que d'être tombés de manière ridicule dans son bureau. Dites quelque chose.

— Merci de… m'avoir rattrapée.

— Je ne vous ai pas rattrapée, j'ai amorti votre chute… Vous êtes différente sans lunettes.

Le charme fut rompu. Elle voulut se lever, mais les bras de Nash l'entourèrent et l'immobilisèrent fermement.

— Attention, je ne sais pas où elles sont. Je ne voudrais pas que vous les cassiez.

Il s'assit, la soulevant comme si elle ne pesait pas plus qu'une plume. En tournant la tête, ils aperçurent ses lunettes par terre. Ils tendirent la main en même temps, et il la laissa les ramasser. Elle se remit debout. Elle chaussa ses lunettes intactes et put examiner son compagnon de chute. Il était ébouriffé, et son horrible cravate était de travers. Elle-même avait les cheveux hirsutes, et elle y passa les doigts dans une tentative dérisoire pour les discipliner. Il la fixait sans bouger, comme hébété.

— Pardonnez-moi, dit-elle, ramenant son fauteuil sous son bureau et ouvrant un tiroir pour y prendre du ruban adhésif. Premier achat à prévoir après l'obtention de la subvention, de nouveaux fauteuils !

Elle rit nerveusement, et cela sonna comme un affreux caquètement à ses propres oreilles.

— Oui, dit-il, quelque part derrière elle. Oui, ça me semble un bon plan.

Le portable de Harper sonna, et le générique de *Minus et Cortex*, la série d'animation mettant en scène deux souris de laboratoire, résonna dans la pièce. Elle l'ignora.

— C'était peut-être Johnny, remarqua Nash. Il devrait être ici, non ? Si un membre de mon équipe était aussi en retard, je lui remonterais les bretelles. Bon, reprit-il avec un soupir, j'ai parlé au doyen, et il est d'accord. Ce projet...

— Le projet Well-Walk, précisa-t-elle en levant le menton. Vous avez parlé au doyen ?

— Oui, et il est d'accord. En fait, il est venu à moi, et tout s'est bien combiné. Le projet Well-Walk a besoin de la contribution d'un neurochirurgien. Comme vous avez précisé que j'étais votre premier choix dans vos *nombreux* mails, je lui ai dit que je serais ravi de participer à l'aventure. Bien sûr, la subvention sera entièrement pour vous. Je n'ai aucun besoin d'apport financier ni d'équipement supplémentaire. Je m'assurerai que le doyen respecte ça aussi. Vous avez juste à partager vos données avec moi pour que je me mette à jour, et nous pourrons commencer. J'aurai besoin d'étudier les capteurs, mais je peux prioriser autre chose.

— Docteur Nash...

— Dominic, s'il vous plaît.

Ça ne va pas marcher. Oui, je l'ai voulu, en théorie. C'était chouette en pensée, mais en pratique c'est impossible. Je me sens comme une gourde débile avec lui, quand il ne me tape pas sur les nerfs. J'ai du travail sur lequel me concentrer. Je ne veux pas que de nouveaux individus arrogants et parfumés investissent mon labo. Alors non, ça n'arrivera pas.

Elle n'avait nul besoin de cette distraction. Pas quand elle était si près du but. Ce projet était la seule chose qui avait pu l'arracher à son lit après les obsèques de sa mère. Elle lui avait fait une promesse et ne pouvait pas échouer, même si elle devait faire des compromis. Tant que son objectif resterait clair, elle travaillerait encore plus dur pour l'atteindre.

— *Docteur Nash*, je ne crois pas...

Elle fut interrompue par la sonnerie du téléphone de Nash.

— Excusez-moi, dit-il après avoir vu l'écran. Je dois y aller. Je repasserai demain matin.

Il avait atteint la porte avant qu'elle ait pu protester. Il se tourna vers elle et s'inclina tel un parfait gentleman.

— À demain. Et je vous en prie, Harper, appelez-moi Dominic, dit-il en souriant.

La porte se referma derrière lui, et elle la fixa bêtement.

— Ce n'est pas la première chose qui me vient à l'esprit quand je cherche à vous appeler, marmonna-t-elle.

Bien sûr, elle ne l'aurait pas dit devant lui. Pas après s'être retrouvée vautrée sur lui après sa chute. Cela ne marcherait jamais. Elle avait souhaité travailler avec lui à une époque. Mais maintenant ? Aucune chance.

La matinée de Harper se passa nettement mieux après ça. Sans doute parce qu'elle la passa à examiner les documents envoyés par l'équipe de la conférence, à détailler les procédures finales de la compétition, et les dates de déblocage des fonds si elle gagnait. La vue des chiffres la faisait vibrer d'excitation. Elle avait passé une heure délicieuse à étudier les spécificités des imprimantes 3D avant de se décider pour une machine au prix raisonnable – dans la catégorie exorbitante – qui répondait à tous ses critères, et plus encore. Après quoi elle répara son fauteuil pour la centième fois à grand renfort d'adhésif.

Il est vraiment temps d'en commander un nouveau.

Elle se plongea dans ses mails, et s'entretint avec Trevor au sujet des patients de l'essai clinique. Elle lui avait demandé de compiler leurs dossiers pour qu'elle puisse tout revérifier. Quand son estomac commença à crier famine, il était plus de 14 heures. Elle ouvrit son tiroir à collation. Rien que des emballages. Avec un soupir, elle prit ses clés et sortit.

La cantine était presque vide, comme souvent le lundi. Tant mieux, car les bavardages et le cliquetis des couverts lui donnaient la migraine. Elle opta pour le *chili con carne*, et prit deux barres chocolatées aux cacahuètes pour plus tard. En se préparant un double *latte* à la machine à café, elle entendit tomber un objet métallique. Un autre amateur de chili avait fait tomber sa fourchette.

— Je m'en occupe, dit-elle, posant son plateau sur la table pendant que sa tasse se remplissait.

Elle ramassa la fourchette et vit qu'elle était sale.

— Je vais vous en chercher une autre.

Elle récupéra son gobelet de café et une fourchette propre et revint en souriant.

— Merci, dit l'homme. Je suis très maladroit.

Chaussé de baskets, il portait un survêtement gris, et elle remarqua son fauteuil roulant.

— Aucun problème. Ce chili mérite une fourchette propre.

Il désigna la chaise en face de lui.

— Je vous en prie. J'ai besoin de compagnie.

Il aurait été grossier de décliner l'invitation pour aller s'asseoir dans son coin.

— Bien sûr, dit-elle, s'asseyant avec un soupir théâtral.

— Mauvaise journée ?

L'homme piqua un morceau de viande sur sa fourchette pendant qu'elle prenait une gorgée de café bien méritée.

— Comment le savez-vous ?

— Je suis doué pour deviner ces choses. Je vis avec un voyant. Au fait, je m'appelle Matty. Le kiné vient de me botter le derrière, si ça peut vous consoler.

— Désolée de l'entendre. Depuis quand vous suit-il ?

— Trop longtemps. Mais il paraît que ses séances marchent, alors je suis là. À vous maintenant.

— Harper. Je travaille dans la robotique. Et je ne devrais pas me plaindre après ce que vous venez de me dire.

Il haussa les épaules et avala une nouvelle bouchée de chili d'un air appréciateur.

— Vous avez un joli prénom. Peu courant par ici.

— En effet, dit-elle. Ma mère était passionnée de science.

Elle pensa à la compétition, à la promesse faite à sa mère.

— Ma journée n'était pas si nulle, en réalité, admit-elle, se concentrant sur le positif. J'ai obtenu ce que je désirais depuis des mois. Des années, même.

Matty se pencha vers elle.

— Il va me falloir plus de détails.

— Je travaille sur un projet qui me passionne vraiment. Je crois sincèrement… Non, je *sais* qu'il peut changer les choses. Pas seulement ici, mais dans le monde entier. Pour des gens comme vous, dit-elle en regardant son fauteuil roulant. J'ai franchi la dernière étape ce matin. Si je gagne, je pourrai commencer mon essai clinique.

Les yeux de Matty pétillèrent d'intérêt.

— L'ennui, c'est que je suis tombée sur un hic... Je croyais que c'était le meilleur choix, mais je me heurte maintenant à un mur de pierre, un bloc de granit.

— Vous ne pouvez pas contourner le problème ?

— Le problème est un homme, colérique, irritable, dit-elle en déchiquetant sa serviette en papier sans s'en rendre compte. Et je pourrais être obligée de travailler avec lui.

— Je vois, dit-il d'un ton dur. Il a les mains baladeuses ?

Harper songea aux mains du Dr Nash. À sa voix sexy, arrogante, quand il lui avait dit : « Appelez-moi Dominic. » À ses bras puissants la serrant fort après leur chute ridicule. Il l'avait gardée contre lui quand elle avait tenté de se relever. Les joues brûlantes, elle s'agita sur sa chaise.

Il fait plus chaud que d'habitude dans cette pièce.

— Non, rien de tel, répondit-elle vivement.

Se mordillant la lèvre, elle se demanda pourquoi elle parlait de ça à un parfait inconnu. Pourtant elle continua.

— Il n'est juste... pas ce que je souhaite pour le projet. Il est doué, brillant même, et je le voulais au début... Enfin, je voulais *travailler* avec lui... Pendant des mois, j'ai essayé de le convaincre de collaborer avec moi. Mais il m'a ignorée, et maintenant... eh bien, il m'écoute.

— Qu'est-ce qui a changé ? demanda Matty en la scrutant, son chili oublié. S'il était votre premier choix, il y avait une raison à ça. Qu'est-ce qui vous a fait changer d'avis sur lui ?

— Je l'ai rencontré.

— Et ? dit Matty, les sourcils froncés.

— Ça a été la fin des haricots.

Il l'étudia un moment, puis se mit à rire. D'un rire fort, tonitruant. Sans retenue.

— Vous voyez, je vous avais dit que c'était bizarre. Je ne saurais pas l'expliquer.

Elle se retint de prendre une autre serviette en papier pour lui épargner une mort violente.

— Il ne doit pas être aussi épouvantable que ça si vous aviez tant envie de collaborer avec lui. Il a été grossier ?

— Non. Mais il n'est pas ce que j'attendais. J'avais une vision différente de lui dans ma tête. Je voulais travailler avec lui parce qu'il est le meilleur, et qu'il a publié quantité d'articles sur la recherche neurologique dont j'ai besoin. Et pour réaliser l'objectif d'une vie, on veut le meilleur, non ? J'ai essayé de l'intéresser à mon projet durant des mois, mais il m'a dédaignée. Puis on s'est rencontrés, et il a été...

Elle remonta ses lunettes sur son nez.

— Il est arrogant, condescendant, sarcastique. Avec lui, j'ai l'impression d'être une collégienne stupide... Et puis je suis arrivée finaliste de cette compétition que je dois absolument gagner..., dit-elle en passant les doigts dans ses cheveux bouclés. Il a enfin daigné lire mon mémoire de recherche, et maintenant il veut qu'on travaille ensemble et que je l'appelle par son prénom...

Elle s'abstint de le citer nommément devant cet inconnu. Ce serait aller trop loin.

— Bref, j'ai le sentiment qu'il a sali mon moment de gloire. Et je lui en ai trop dit. Il m'agace... Non, le mot est trop faible. Il... il me tape sur le système !

Matty rit si fort qu'il faillit s'étouffer dans son chili.

— Alors, envoyez-le balader, dit-il, reprenant son souffle.

— Je ne peux pas, gémit-elle. Il est le meilleur dans sa partie. J'ai besoin du soutien du doyen, et pour l'obtenir je dois avoir ce type, même s'il me coûte de l'admettre.

— Eh bien vous avez votre réponse. Vous êtes aussi au top, alors ? Félicitations ! dit-il, levant sa bouteille de jus d'orange pour trinquer avec son gobelet de café à moitié vide.

— Merci, répondit-elle en souriant. Pourquoi « aussi » ?

— Oh ! un de mes proches a également bien réussi. Un sauvage. Je suis content de vous avoir rencontrée. J'espère que tout marchera selon vos vœux.

— Moi aussi. Merci de m'avoir écoutée. J'avoue me sentir un peu mieux.

— Bon, dit-il avec un petit rire. Moi aussi... Je ne dis pas ça pour vous draguer, mais je déjeune ici le lundi, le mercredi et le vendredi, si vous avez encore envie de parler.

— Merci, répondit-elle en souriant, contente d'être sortie de son cher labo, pour une fois. Même chose pour vous.

— Allez, mangeons. Vous allez avoir besoin de toute votre énergie pour affronter votre bête noire.

Ils finirent de déjeuner dans un silence agréable. Plus tard, alors qu'elle grignotait une barre chocolatée dans son laboratoire, Harper prit conscience que son nouvel ami Matty avait peut-être raison. Dominic était sa bête noire, il la rendait folle, mais elle allait probablement devoir travailler avec lui. Le projet Well-Walk avait besoin du meilleur, et c'était lui. Grincheux et tout le toutim. Elle n'avait pas d'alternative, à moins d'un miracle. Têtue, elle avait tendance à juger les gens sur la première impression. Et la deuxième. Et la troisième, en l'occurrence. Leur étroite proximité lors de leur chute idiote l'avait choquée plus qu'elle n'aurait cru. Et elle devait comprendre pourquoi.

Le lendemain, Harper se leva avec l'alouette, messagère de l'aube. En réalité, l'oiseau ronflait encore dans son nid quand elle arriva au laboratoire. Elle glissa la clé dans la serrure, mais la porte était déjà ouverte.

— Qu'est-ce que... ?

De la musique lui parvenait de l'intérieur, un rock soft diffusé par la radio locale. Elle chercha dans son sac une arme potentielle. Elle ne trouva qu'un parapluie Hello Kitty qu'elle brandit furieusement en s'engouffrant à l'intérieur.

— Sortez ! hurla-t-elle comme une furie, tenant son arme de fortune devant elle en tremblant.

Assis au second bureau, Dominic bondit de son fauteuil.

— Vous ! cria-t-elle, outragée, le parapluie pointé vers son visage suffisant.

— C'est bien moi, répondit-il, impassible. Hello, Kitty.

Elle remit son parapluie dans son sac.

— Comment êtes-vous entré ? J'ai la seule clé.

Elle n'invitait même pas Trevor dans son labo.

— Nigel, le concierge, adore les chocolats. Il m'a donné un double. Désolé de vous avoir surprise, je ne m'attendais pas à voir quelqu'un arriver si tôt. Je constate que Jonathan n'est pas encore là. Son bureau était un vrai foutoir... Trevor a des messages pour vous, je les ai posés sur votre bureau.

Elle retira son manteau qu'elle suspendit à la patère derrière la porte, où pendait déjà le pardessus de créateur de Nash. Elle avait acheté le sien des années plus tôt dans une boutique de seconde main. Il était d'un beau rouge magenta, mais faisait pâle figure à côté de l'élégant cachemire gris.

— Vous semblez obsédé par Johnny, nota-t-elle, contrariée de devoir l'affronter avant de se mettre au travail.

— Je pense juste que quand quelqu'un travaille pour vous, il doit être à son poste. J'ai demandé autour de moi, personne ne le connaît.

— Vous avez demandé autour de vous ? répéta-t-elle, furieuse qu'il se soit montré aussi intrusif. Quelles autres questions avez-vous encore posées ?

— Aucune. Qu'est-ce que vous avez ce matin ? Vous vous êtes levée du mauvais pied ?

— Non. Non !

Elle devait lui dire la vérité, avant qu'il aille aux Ressources Humaines déposer plainte contre un employé fictif. Elle enleva le drap qui recouvrait Johnny.

— Dominic, je vous présente Johnny.

Elle avait éteint le bras articulé la veille, mais avait oublié qu'elle l'avait figé dans un geste insultant avant de partir.

Bah ! tant pis !

— Sachez qu'il déteste qu'on l'appelle Jonathan. Je lui ai donné ce nom en hommage au guitariste John 5.

Pendant un moment, Dominic ne dit rien. Il regardait fixement la main, et Harper s'efforçait de ne pas rire devant son visage de marbre. Il était entré tout seul, il pouvait ressortir tout seul. Une fois encore, il gâchait sa bonne humeur. Elle allait devoir contacter un autre spécialiste pour l'assister dans son projet. À défaut du meilleur, elle devrait se contenter d'un deuxième choix.

— Vous avez fabriqué ça ?

Il se pencha vers Johnny qu'il étudia en détail. Harper en profita pour l'observer de près, et elle constata qu'il n'avait pas de queue fourchue.

Il n'avait pas fini de l'étonner.

— Bien sûr. Avec mes petites menottes de femme.

Il ignora le sarcasme.

— Qu'est-ce qu'il fait ? demanda-t-il.

Harper pianota sur des touches, et Johnny s'anima.

— Dis bonjour, Johnny.

La main articulée changea de position et salua d'un côté et de l'autre. Harper éprouva une bouffée de fierté en voyant s'illuminer le visage de Dominic.

— Il est équipé de la reconnaissance vocale ?

— Il travaille sur des commandes de reconnaissance vocale, mais est aussi programmé pour répondre à ma voix. À son ton, à mes changements d'humeur. Il apprend et emmagasine des informations basées sur nos interactions, qui le rendent plus intelligent. Il ne fait pas partie du projet, il...

Que dire ? Que Johnny était une création secondaire destinée à lui faire oublier l'agonie de sa mère ? Qu'il lui tenait compagnie quand elle n'avait personne d'autre ?

Elle l'avait créé pour s'occuper les mains quand elle était trop lasse pour travailler, lire ou dormir. Johnny était là, et elle l'aimait pour ça. C'était un ami, pas un gadget.

— Je l'ai conçu et construit. Soyez gentil avec lui, d'accord ?

Cet instinct de protection pour un robot pouvait sembler bizarre, mais pas pour elle. Et Dominic regardait Johnny comme s'il était précieux aussi à ses yeux.

— Vous avez ma parole. Il est remarquable. Montrez-moi.

— Quoi donc ? demanda-t-elle, impassible.

— Montrez-moi ce que fait Johnny.

— Johnny, que penses-tu du Dr Nash ?

La main de Johnny pivota, le pouce vers le bas. Dominic la regarda, et elle ne put cacher un sourire satisfait.

— Sympa. Mes oreilles auraient dû me siffler, on dirait.

— Johnny, dit-elle, que penses-tu de Meghan Perry ?

Le pouce pivota vers le haut.

— Est-ce que nous aimons les barres chocolatées aux cacahuètes ?

Les doigts métalliques formèrent le signe universel pour dire OK, et Dominic éclata de rire. Ce rire alluma en Harper une étincelle qu'elle ne chercha pas à analyser. C'était curieux de le voir presque... heureux.

Il alla s'appuyer à la table de Johnny.

— Je n'ai jamais rien vu de pareil... Qui est Meghan ?

— Une amie à moi. Vous ne la connaissez sûrement pas.

Il pinça les lèvres.

— Harper, pardonnez mon comportement désagréable lors de notre rencontre. Je peux être... difficile.

— J'avais remarqué.

— Harper.

Alertée par son ton, elle le fixa.

Je ne suis pas facile, moi non plus. Ce serait moche de ma part d'humilier quelqu'un qui est peut-être juste mal à l'aise en société.

Avec son TDAH, elle savait d'expérience comment ça pouvait se passer.

— Désolée, je ne voulais pas être méchante. Si vous me connaissiez, vous sauriez que je suis une personne plutôt sympa. C'est vrai. Seulement, je ne crois plus que ce soit une bonne idée de travailler ensemble.

Il croisa les bras, tendant sa chemise bleue sur son buste athlétique.

Qui aurait cru que ce ponte de la neuro avait des biceps et un torse musclé ?

Elle ne l'imaginait pas aussi costaud.

— Non, reprit-elle, se ressaisissant. Ce n'est absolument pas une bonne idée. J'espère que vous comprenez.

Il haussa les épaules.

— Je comprends.

— Bon.

— Mais ça ne change rien, pour nous.

Elle se mit à tripoter le jouet antistress sur son bureau.

— Je ne vous suis pas.

— Le doyen a déjà validé notre collaboration. Il prépare probablement un communiqué de presse à l'heure qu'il est.

Elle pétrit fébrilement l'écureuil en mousse dans sa paume, sans calmer sa frustration.

— Il a signé quoi exactement ?

— L'accord stipulant que nous travaillerons ensemble sur le projet Well-Walk. Vous aviez besoin de mes compétences universitaires, et j'ai accepté de vous en faire bénéficier. Je dois encore finaliser quelques dossiers, puis je serai libre.

— Vous avez fait quoi ? s'écria-t-elle en se levant brusquement, envoyant valser son fauteuil contre le poste de travail derrière elle. Vous n'aviez aucun...

— Vous vouliez le meilleur, c'est moi, dit-il, les mains sur les hanches. Vous avez sollicité mon aide, j'ai accepté.

— Mais... mais... non !

Avec un soupir excédé, il attrapa sa veste sur le dossier de son fauteuil.

— Je vois que vous avez besoin d'un peu de temps pour digérer la bonne nouvelle. Je vais nous chercher des cafés.

Il avait atteint la porte avant qu'elle ait pu formuler une objection cohérente sans jurer comme un charretier.

— Je vais au café du coin. Vous avez une préférence ?

— Je ne veux pas de café, cracha-t-elle, tremblante de colère. Je dirai au doyen que j'ai changé d'avis.

— Vous pouvez essayer, mais il était plutôt emballé par la perspective d'une réussite sans précédent. La collaboration d'un neuroscientifique extérieur à l'université risque de mal passer étant donné que vous voulez une source de financement sans condition. Vous aimez l'amande ?

— Non.

— Avoine ? Vanille ?

— Caramel ! s'écria-t-elle avant de secouer la tête. Non au café, et non à... ça ! dit-elle, pointant son index vers lui. Nous ne pouvons pas travailler ensemble.

— Pourquoi ? Je vous ai présenté des excuses. Je serai bientôt disponible, et nous pourrons commencer immédiatement en utilisant les ressources ici même.

— Je ne veux plus. Plus maintenant.

— Pour quelle raison ?

— Vous m'énervez.

Ce petit sourire narquois... C'était de pire en pire. Il ressemblait à un chat repu gavé de crème.

— Je vais prendre la route panoramique pour aller au café. Ça vous laissera le temps d'appeler le doyen, dit-il avant de disparaître.

Grognant de frustration, elle lança l'écureuil de toutes ses forces contre la porte, qui se rouvrit une seconde après.

— Manqué, dit-il en souriant malicieusement. Je vais aussi prendre des viennoiseries. À moins que vous préfériez des beignets ?

6

— Salut, vieux. Comment était ta journée ?

— Nulle, dit Dominic, sortant deux bières du réfrigérateur et en décapsulant une. Elle a mal débuté, et ça a été de pire en pire. Et la tienne ?

— J'ai envoyé ma candidature pour des emplois de bureau à mi-temps dont je n'entendrai plus jamais parler, je me suis lamenté sur mon sort, et j'ai commandé des plats chinois.

— Il y en a pour moi ?

Matty désigna des boîtes en carton sur la table basse.

— Fais-toi plaisir.

Il prit la bouteille que lui tendait Dominic et regarda son cadet vider la sienne avant d'aller en chercher une autre.

— Des nems ? demanda Dominic, dénouant sa cravate et se laissant choir dans son fauteuil.

Matty lui montra une boîte, et il se jeta dessus. Sa cravate pendait sur l'accoudoir, et il rit en ouvrant le carton.

— Tu aimes mes cravates ? demanda-t-il.

Haussant les épaules, Matty mit sur pause le documentaire historique qu'il regardait à la télévision.

— Bien sûr.

— Ce n'est pas une réponse.

— C'est une cravate. Tu veux que je disserte là-dessus ?

Dominic lui lança un regard noir, et Matty éclata de rire.

— C'est à cause de ta nouvelle associée ? Elle a touché un point sensible chez toi, on dirait.

— Qui, Harper ? Pas du tout.

Il avala la moitié d'un nem sans la mâcher, manquant s'étouffer.

— Selon elle, mes cravates ont l'air de sortir d'un vieux catalogue de Laura Ashley. « Une insulte à la couleur », ce sont ses mots pour décrire ma cravate. Quant à celle que je portais l'autre jour, elle a prétendu qu'elle me donnait l'air d'un entrepreneur de pompes funèbres…

Matty pouffa, et Dominic lui lança sa cravate.

— Et plus précisément, à un entrepreneur déjà mort, et qui ne le sait pas.

Matty n'essaya plus de contenir son hilarité.

— Elle a de l'esprit.

— Oui, et ses piques sont autant de coups de poignard. Et elle sait parler ! Ses vêtements à elle devraient s'accompagner d'une recommandation sanitaire. Aujourd'hui, elle avait l'air d'être sous l'influence de substances hallucinogènes.

— C'était votre premier jour ?

— Oui, et elle refuse toujours de travailler avec moi, mais je sais qu'elle ne trouvera pas mieux.

Matty fit une boule avec la cravate et la lui renvoya.

— Tu ne lui as pas dit ça, si ?

— Non, mais j'ai failli. Elle a appelé le doyen qui a joué la carte de la publicité. Elle est coincée, et ça ne lui plaît pas. C'est pourquoi je ne collabore plus. C'est trop…

— Stimulant socialement ?

— Arrête de plaisanter ! J'allais dire énervant, épuisant, frustrant, mais oui, c'est stimulant – non qu'elle me parle beaucoup. Et son partenaire Johnny ? C'est une foutue main robotisée qu'elle considère comme un ami. Ça dit quoi d'elle ?

— Qu'elle est super intelligente et un brin excentrique. Ça me rappelle quelqu'un… Tu devrais peut-être l'amener à te considérer comme un ami, toi aussi. Ça te ferait du bien.

— De quel côté es-tu ?

— Je n'ai pas encore décidé, répondit Matty en haussant les épaules, jugeant visiblement la situation très divertissante.

— Une façon de ne pas prendre position, frérot.

— Dom, je suis du côté des avancées scientifiques. J'ai lu son projet sur ton ordi... Ce mode de pensée, c'est inédit.

Il se pencha vers ses jambes étendues devant lui dans le fauteuil inclinable.

— Tu vas participer à quelque chose de révolutionnaire, tu peux passer sur ces menus inconvénients, non ? Tu vis presque en reclus. Quand je me suis installé avec toi dans ton ancien logement, j'ai dû être le premier à mettre les pieds chez toi. Tu n'invitais personne.

Dominic regarda l'espace trop ordonné autour de lui. Hormis les plats chinois, rien n'était exposé. Tout était rangé, stérile. Il s'efforça de voir son intérieur à travers les yeux de son frère. La maison de Matty avait toujours été trop chaotique à son goût, entre les amis qui entraient et sortaient, et le désordre ambiant. Il aimait son espace nu, clinique.

Il songea à la tête de Harper quand elle avait fait irruption au laboratoire ce matin-là en brandissant son parapluie ridicule. Il avait peut-être dépassé les bornes, provoquant ses sarcasmes. Après tout, il était dans son espace à elle.

Il consulta son téléphone pendant que Matty regardait son documentaire à la télévision. Une demi-heure plus tard, il était un peu calmé. Il allait la jouer différemment le lendemain.

Matty avait raison. Ce projet en valait la peine. Il l'avait su dès qu'il l'avait lu, et la passion de Harper à la conférence avait conforté sa conviction. Il pouvait avoir un impact réel.

Quand il se coucha ce soir-là, ses vêtements soigneusement pliés et rangés, il se sentait mieux en songeant au lendemain. Il avait aussi commandé une demi-douzaine de nouvelles cravates. Pas des cravates de croque-mort. Il allait donner une leçon au professeur Arc-en-Ciel.

7

Harper observait avec fascination les mains habiles de Dominic. Ils se trouvaient dans le laboratoire principal de robotique et travaillaient sur des modèles de cerveau en 3D. Pendant qu'il opérait, il levait occasionnellement les yeux de ses instruments. Il était flanqué de deux de ses internes, et Trevor se tenait derrière elle. En parfait enseignant, il leur détaillait l'intervention. Quand le capteur fut prêt à être placé, il écouta Harper décrire le dispositif. Il s'était investi dans la recherche et avait posé des questions, fait des suggestions.

Dans son élément, même sans patient sur la table d'opération, Dominic était parfait. Il comprenait Well-Walk. Il avait posé capteur après capteur, perfectionnant sa technique. Parlant aux internes, leur posant des questions. Répondant aux leurs pendant que ses mains s'affairaient. Il était différent. Plus doux.

— Le dispositif est en place, docteur Wilson.

Il était courtois maintenant. Elle l'avait imaginé plus condescendant qu'allié en salle d'opération. Il était décidément plein de contradictions.

Harper réalisa le test de connexion nerveuse pour lequel elle avait créé une simulation.

— Test n° 12. Terminé.

Les internes applaudirent.

— Beau travail, dit Harper à Dominic avant de se tourner vers les internes. Merci à tous. Rangez tout, et reposez-vous.

Quand ils furent partis, elle s'assit sur un tabouret. Les cerveaux tests étaient posés sur des tables, chacun étant une version unique imprimée en 3D de celui d'un patient.

— On se croirait dans un vieux film de science-fiction en noir et blanc.

Dominic leva les yeux de son écran.

— C'est vrai. J'adore ce genre cinématographique.

— Moi aussi, dit-elle en s'approchant du cerveau n° 12, modelé sur celui de Henrik Capal, un patient de l'essai clinique. C'est surréaliste de les voir exposés ainsi. Dire que mes capteurs vont être implantés sur de vraies personnes. Ça peut sembler stupide, mais...

— Je comprends. Ça se réalise enfin, et vous en avez rêvé si longtemps que vous avez du mal à croire que c'est vrai.

Penchés sur le cerveau test, ils tournèrent la tête en même temps et se retrouvèrent nez à nez. Ils reculèrent d'un même élan, et faillirent entrer en collision en voulant quitter la pièce.

— Pardon, je...

— Non, vous d'abord...

— Je vais rentrer chez moi, bredouilla-t-elle, troublée par leur bref contact. Bonne nuit, Dominic. Merci pour aujourd'hui.

Une main sur la hanche, il paraissait un peu distrait.

— Bonne nuit, Harper.

8

— J'ai un compte à régler avec toi !

— Salut, marmonna Harper sur le seuil. Il est quelle heure ?

Pénétrant dans l'appartement, Meghan lui fourra une feuille imprimée dans la main.

— Tu as du fromage à tartiner ? demanda-t-elle, la tête dans le réfrigérateur de Harper.

— Heu… non… Pour quoi faire ?

Harper regarda la page froissée qu'elle tenait, où s'affichait le visage de Dominic.

— Où as-tu déniché ça ?

— Sur Internet. Pas de fromage à tartiner, sérieusement ?

Meghan commença à sortir des bagels de son sac.

— J'aurais dû en apporter. Tout le contenu de ce frigo est moisi, on dirait les restes d'une vieille expérience… Pourquoi tu ne m'as pas dit que le Dr Jekyll était super canon ?

Harper s'appuya au comptoir de la cuisine et prit un bagel.

— J'ai du beurre de cacahuète à tartiner, dit-elle en sortant un pot du placard. Au moins, le Dr Jekyll était contrebalancé par Mr Hyde, il était donc moitié moins exaspérant…

Meghan brandit sous son nez la photo imprimée.

— Qu'importe combien de moitiés il a, s'il ressemble à ça ! Mais regarde-moi cette tête ! Tu prétends qu'il a une face de granit, mais elle est sculptée dans le marbre, oui ! Intelligent, sexy, allons, Harper, dit-elle en montrant la photo d'un ongle manucuré, tu l'as forcément remarqué !

Puis Meghan la regarda vraiment pour la première fois depuis qu'elle était entrée dans l'appartement.

— Qu'est-ce que c'est que cette tenue ?

Harper baissa les yeux sur son ample pyjama rose imprimé de petits tubes à essai blancs et ses chaussettes mauves en forme de pattes de chat.

— Quoi ? C'est confortable. Tu m'as tirée du lit, et on est dimanche, je te rappelle. Tu n'as pas une star à ramasser à la petite cuillère ce matin ?

Meghan lui tira la langue.

— C'est déjà fait. Pendant que tu te vautrais dans ta litière.

— Miaou. Dis-moi, pourquoi tu cherchais Dominic sur Internet ?

— Ah ? Alors c'est Dominic maintenant ? Qu'est-il arrivé au Dr Nash Face de Pierre ?

Harper étala du beurre de cacahuète sur deux bagels et prit un chouchou pour attacher ses boucles folles.

— Face de *Granit*, et il veut que je l'appelle Dominic. Qu'importe qu'il soit beau ou pas, je ne veux toujours pas travailler avec lui. Il est le pire choix possible. Il faut que ce projet avance. Or, dernièrement, je ne fais que fantasmer…

— Oh oh !

— … sur comment l'empêcher de me distraire pour que je puisse travailler. J'ai pensé monter un canular, mais les Ressources Humaines n'apprécieraient pas.

— Eh bien, c'est vraiment dommage. Si je peux me permettre, dit Meghan en désignant ses chaussettes-chat, Minou devrait sortir plus souvent.

— Meghan !

— Harper ! s'écria Meghan en riant. Vis ta vie pour une fois ! Il ne peut pas être aussi terrible, et tu l'as dit toi-même, tu as besoin de lui. Tu as supplié son assistante pendant des mois pour obtenir ce que tu as maintenant. Mieux encore, tu pourras garder la subvention totalement pour toi ! Et si tu le conviais à la soirée de gala dont je t'ai parlé ?

— Je croyais que c'était moi qui t'accompagnais ? Et ce n'est pas avant plusieurs semaines, si ?

— Oui, mais je t'ai invitée avant d'avoir un cavalier – une relation de travail, en fait –, et il y aura des tas de gens fortunés. Des investisseurs, des stars de cinéma... Tu pourrais obtenir des financements supplémentaires.

— Oui, mais tu sais que je déteste ce genre d'événements !

— Pas ton partenaire de labo !

Le déclic se fit chez Harper. Elle frissonna, horrifiée.

— Hors de question. Tu plaisantes, j'espère ?

Meghan eut une mimique familière, qui incitait généralement Harper à sortir de sa zone de confort. Sauf que là, c'était pire. Sa soi-disant amie prétendait lui faire faire une chose qu'elle refuserait toujours. Toujours.

— Il n'en est pas question, Meg. Je préférerais renoncer au projet et devenir strip-teaseuse.

— Tu n'as pas les compétences pour, rétorqua Meghan du tac au tac. Je t'ai vue sur une piste de danse, tu te dandines comme un poulet. Tu viendras à ce gala. Je lui ai déjà envoyé une invitation à ton labo, et à moins que tu traques le facteur pour intercepter le courrier, il saura tout sur cette soirée.

— Je te déteste ! Sors d'ici ! Mais où vas-tu ? cria Harper en la voyant pénétrer dans sa chambre, un morceau de bagel dans la bouche. La porte est de ce côté !

Meg rattrapa in extremis le bout de beignet qui faillit tomber quand elle découvrit la chambre ; elle était bouche bée.

— *Star Wars ?* Sérieux ? Tu as la trentaine, Harper, tu n'as jamais songé à te débarrasser de ça ?

Harper tira sur son couvre-lit imprimé sur lequel figuraient des *stormtroopers* et lissa le tissu froissé.

— Je n'aurais jamais dû te laisser entrer.

— Ça fait beaucoup, commenta Meghan, avalant le reste de son bagel avant d'attaquer l'inventaire de la penderie. J'ai l'impression d'être dans une boutique de seconde main...

Elle s'assit sur le lit, et Harper sourit méchamment en voyant ses épaules se voûter sous sa veste de designer.

— Les seins exceptés, tu as tout de ces types qui tiennent des blogs sur les extraterrestres et vivent dans le sous-sol de leur mère.

— La vérité est ailleurs ! s'exclama Harper en riant. Allons, tu devrais savoir que je n'ai pas de robe de bal cachée quelque part. Je ne dépense pas d'argent en vêtements. Je préfère les livres, la nourriture. Le loyer.

— Oui, oui. Très bien, je te louerai une robe. On a pratiquement la même taille. Le hic, c'est la longueur.

— Louer une robe ? Vraiment ?

— Ouais, respectueuse de l'environnement, bien sûr, encore mieux que ta récup de mode éphémère. Tu veux réaliser ton projet, n'est-ce pas ? Si toi et le Dr Craquant...

— Dominic, la corrigea Harper.

— Si toi et Dominic ne vous entendez pas, ça se verra dans votre travail. Amène-le à la soirée, étale tes compétences devant les invités, crée des liens ! Il est riche, non ?

— Eh bien, il est neurobiologiste et neurologue.

— Alors, prouve-lui que tu sais te défendre dans une salle pleine de personnes de *son* monde. Montre-lui que tu n'as rien à voir avec *My Fair Lady* et trouve-toi du soutien !

— Tu marques un point. Si je pouvais obtenir un financement indépendant, je pourrais même engager un autre neurochirurgien que le doyen approuverait.

Meghan grimaça.

— Non, Harper ! Tu as dit qu'il était le meilleur, et tu travailles déjà avec lui ! Cesse de faire ta tête de mule. Concentre-toi sur l'objectif ultime. Si tu n'obtiens pas la subvention finale, les trois prochaines années de ta vie seront très dures. Et je ne te ramasserai pas à la petite cuillère.

Elle s'adossa à la tête de lit, à côté de son amie.

— Je t'adore, mais je l'ai déjà fait à la mort de ta mère, et c'était affreux de te voir souffrir comme ça. Je ne veux pas revivre ça. Tu mérites de gagner, et perdre te détruirait. Je m'inquiète assez de ce que tu feras quand ce sera terminé. Focalisée sur un seul but, tu ne t'es jamais arrêtée après ce drame. Je refuse de te voir t'effondrer de nouveau.

Elles s'étreignirent au souvenir de cette triste période. Harper non plus n'avait pas envie de repasser par là. Et un homme ne serait certainement pas la cause de sa chute.

— Très bien, dit-elle, le moment d'émotion passé. J'essayerai de travailler avec lui. Je l'accompagnerai même au gala de bienfaisance, mais je veux avoir le dernier mot concernant ma robe. Et si beau soit-il, il est juste un collègue. D'accord ?

— D'accord. YES ! s'écria Meghan en sautant triomphalement sur le matelas. Je m'occupe de tout. Mais tu n'auras pas le dernier mot pour la robe. Lady Gaga dans sa robe en viande avait plus de style que toi.

— Tu avais donné ton accord ! protesta Harper, indignée.

— Mais on ne s'est pas serré la main. Je trouverai la robe, sans trop de décolleté ni de froufrous, promis. Tu auras l'air d'une déesse.

— Ouais...

— Une déesse, je te dis. Ces boucles, cette silhouette... je dénicherai la tenue parfaite pour toi.

— Bien, dit Harper dans un soupir. Je te demande juste de ne pas me déguiser en chou à la crème.

L'entrée était allumée quand Dominic arriva au laboratoire. La phase de tests qu'ils avaient entreprise n'avait été qu'un avant-goût, et il était impatient de commencer le véritable travail. Il avait été occupé à réorganiser son planning, et après avoir passé près d'une semaine avec ses patients pour alléger son emploi du temps, il se sentait mieux ce matin-là. Il avait hâte de s'immerger dans le projet et espérait secrètement que Harper s'était un peu détendue.

Ils avaient eu des échanges strictement professionnels par mail, les réponses de Harper étant précises, lapidaires. Depuis qu'ils s'entendaient mieux au laboratoire, il avait souvent pensé à elle. Quand ils étaient ensemble, il était distrait. Voire étourdi. Et il espérait que leur séparation de quelques jours avait un peu calmé leurs ardeurs belliqueuses.

Il ouvrit la porte, mais tout était silencieux. Johnny était immobile sur son socle. Une odeur de cacahuètes flottait dans l'air. Avec autre chose. Peut-être le parfum de Harper, léger, floral, qui lui allait si bien. Mais les effluves détonnaient avec la scène qu'il avait sous les yeux. La pièce était sens dessus dessous. Les corbeilles débordaient d'emballages et de gobelets usagés, et des papiers griffonnés roulés en boule jonchaient le sol.

Il regarda autour de lui, et c'est alors qu'il la vit. Affalée sur son bureau, elle dormait, sa tignasse bouclée brillant à la lueur de l'unique lampe. Elle avait une part de mystère qui l'intriguait. Il avait du mal à la cerner, et cela l'irritait.

La pièce était sombre, lugubre. Harper avait fermé tous les stores occultants, et on se serait cru dans l'antre de Dracula. En neurologie, il avait un bureau clair, organisé, bien rangé. Tout le contraire de ce bazar. Elle avait dû se terrer ici toute la semaine pour travailler.

Il se remémora le début de son dernier essai clinique. Durant des semaines, il n'avait rien fait d'autre, ne dormant et mangeant que lorsque son corps l'exigeait.

Peut-être avons-nous plus en commun que je ne pensais.

Il s'avança lentement dans la pièce. Harper ne bougea pas. Sa tête reposait sur ses mains sur le bureau, et il voyait l'empreinte des touches du clavier sur sa joue. L'écran de son ordinateur affichait des recherches cohérentes avec leur projet. L'une d'elles semblait en rapport avec les cacahuètes, et il étouffa un petit rire. Il ne voulait pas la réveiller, elle aurait risqué de le prendre pour un pervers en le voyant l'observer. Elle était adorable ainsi, et il répugnait à l'arracher au sommeil. Alors il tourna les talons et quitta la pièce, refermant doucement la porte derrière lui.

Quand il revint quelques minutes plus tard, elle n'avait pas bougé. Avait-elle seulement dormi la nuit dernière ? Était-elle vraiment restée ici toute la semaine à travailler d'arrache-pied ? À cette pensée, il ressentit une étrange brûlure à la poitrine. Allant jusqu'au bureau dont il se servait, il vit qu'il n'avait pas été épargné par le carnage. Cela aurait dû l'irriter, mais il remarqua qu'elle lui avait laissé des notes sur des post-it. Certaines étaient incompréhensibles. Du code informatique, sans doute. Elle connaissait son affaire, il ne pouvait le nier.

Un post-it rose attira son attention. Une question.

Reçu mail d'un psychiatre ?

Un psychiatre ? Était-ce une pique sarcastique ou une vraie question relative au projet ? De fait, leur travail aurait des implications psychologiques pour les patients qui bénéficieraient de ses créations, mais elle n'avait pas parlé de faire appel à un spécialiste dans ce domaine.

Il sentit de nouveau cette brûlure à la poitrine, plus fort cette fois. Peut-être avait-il faim. Impatient de venir ici, il n'avait presque rien mangé au petit déjeuner. Il dégagea un peu de place sur son bureau et entreprit de vider le grand sac en papier qu'il avait apporté de la cantine. Les cafés allaient refroidir, il fallait la réveiller.

Il s'assit dans son fauteuil et grimaça au contact du dossier dur. Il ne voulait pas la surprendre, ou elle allait encore lui lancer à la tête une de ses bestioles en mousse. Il sourit en voyant l'écureuil posé sur son bureau, avec toute une nouvelle ménagerie.

Son petit râtelier d'armes personnel.

— Harper ?

Silence. Il recommença, un peu plus fort.

— Harper ?

— Un instant, Meghan… et pas de tissu brillant, d'accord ?

Il ne put s'empêcher de sourire.

— Je vous ai apporté du café, Harper.

La chevelure bouclée se souleva du bureau, et Harper se retourna lentement, l'empreinte du clavier sur la joue.

La pensée qu'elle était restée seule ici le tracassait. Mais il n'y avait pas que ça. Et il ne put détourner le regard de ses grands yeux bruns qui le fixaient comme si elle voyait un fantôme. Ses pupilles s'adaptaient peu à peu à la lumière. À sa présence. Il en profita pour l'étudier. Elle était adorable, ébouriffée ainsi. Détendue, contrairement à d'habitude. Ils étaient comme deux aimants qui se repoussent, se heurtent, se séparent. C'était déconcertant. Quoi qu'il se passe sous ces boucles folles, il n'arrivait pas à le comprendre.

— Depuis… depuis combien de temps êtes-vous là ?

Il haussa les épaules et se détourna. Il n'avait pas réalisé qu'il la fixait.

— Je viens d'arriver. J'ai apporté le petit déjeuner. Café ?

À l'évocation de la caféine, la stupeur fit place au soulagement sur le visage de Harper. Elle s'étira et leva les bras pour passer les doigts dans ses cheveux. Il regarda ailleurs, non sans avoir remarqué le galbe de ses seins.

— Ce serait génial, merci, dit-elle, prenant le gobelet qu'il lui tendait avoir d'en boire une longue gorgée.

Elle se réveilla lentement sous l'effet du café.

— Vous vous êtes souvenu de mes préférences en matière de café, murmura-t-elle. Merci.

Il frissonna. Il était observateur, voilà tout. Il avait vu comment elle pouvait descendre un double expresso.

Il ne s'attarda pas sur le sujet. Ses yeux glissèrent sur elle, notant la façon dont elle se détendit quand le liquide toucha ses lèvres charnues. Il se surprenait souvent à l'observer malgré lui. Il faudrait qu'il se surveille.

Il porta son double café noir à ses lèvres.

— J'ai deviné. On dirait que vous avez eu des journées bien chargées, dit-il en désignant la pièce autour de lui.

Elle parut prendre conscience de son environnement et s'empourpra. Elle était pâle. Fatiguée. Il serra les mâchoires. Il détestait avoir envie de prendre soin d'elle. Mais ils n'iraient jamais au bout du projet si elle flanchait en route. Sa bonne santé bénéficierait à tous.

— Oui, désolée pour ça. Je n'ai pas l'habitude de partager mon espace. Trevor et vos internes ont finalisé l'accueil des patients toute la semaine. Je voulais m'assurer que tout était prêt avant qu'on commence. Je nettoierai.

— Ça ne me dérange pas, prétendit-il.

Il aurait voulu désinfecter la pièce, mais se garda de le préciser. Matty lui répétait sans cesse qu'il était trop maniaque. Quelques semaines ici lui feraient peut-être du bien. Une déplaisante session de thérapie par immersion.

— Comment ça s'est passé de votre côté ?

— Plutôt bien, répondit-il avec un sourire. J'ai pu venir à bout de mon programme. J'ai transmis des cas à d'autres consultants, et je serai tranquille un moment. Je tiens à vous donner – à donner à ce projet – mon attention pleine et entière.

Elle acquiesça et bâilla à s'en décrocher la mâchoire, réveillant l'instinct de protection de Dominic.

— Je suis allé me chercher un petit déjeuner, et j'en ai pris un pour vous.

Elle pencha la tête de côté, et ses boucles roulèrent sur son épaule. Cela le déconcentra. Elle aurait dû attacher ses cheveux, cela aurait peut-être été plus simple pour lui.

— Vous n'étiez pas obligé de faire ça.

— Il faut que vous mangiez, non ?

Le contenu du sac fut bientôt disposé entre eux sur une table.

Elle avait opté pour un très sucré pain au chocolat, Dominic préférant les fruits rouges, le muesli et le yaourt nature, plus diététiques. Elle prit juste quelques fraises pour accompagner sa viennoiserie. En le voyant scruter ce qu'elle mangeait, elle haussa les épaules.

— Heureusement que vous n'êtes pas chirurgien cardiaque, vous auriez trouvé à redire sur mes choix.

— J'ai fini par comprendre que vous étiez un peu plus gentille à côtoyer avec du sucre dans le sang.

Elle éclata de rire et lui tira la langue. Elle avait une trace de chocolat à la commissure des lèvres.

Je pourrais l'essuyer avec le doigt... Stop ! arrête !

— Merci pour le petit déjeuner. Je mourais de faim. Je suis partie après 23 heures hier soir, et j'étais réveillée à six heures et demie ce matin. Je suis revenue, mais j'ai dû m'assoupir.

— Ça vaut mieux que de conduire en pleine nuit.

De nouveau cette brûlure incompréhensible à la poitrine. C'était peut-être lui qui avait besoin d'un chirurgien cardiaque.

— Si nous travaillons tard ensemble, ça ne me gênera pas de vous déposer chez vous. Sauf si quelqu'un vient vous chercher.

Il faisait preuve de curiosité mal placée, mais c'était plus fort que lui. Elle secoua la tête un peu trop fort et ôta ses lunettes pour les nettoyer. Il avait le tournis rien qu'à la regarder.

— Pas vraiment, dit-elle.

Une réponse qui n'en était pas une.

Qu'est-ce que tu en as à faire ?

Peut-être les taquineries de Matty l'affectaient-elles. Toute la semaine, il l'avait questionné sur ce qu'il allait faire au sujet du « problème Harper ». Matty voulait savoir comment il allait s'y prendre pour que leur collaboration fonctionne, insistant sur les avantages qu'il avait à s'entendre avec elle.

Dominic l'avait aperçue dans les couloirs la semaine précédente. Elle était différente. Elle ne plaisantait pas en affirmant se comporter différemment en sa présence. Quand il l'avait vue, elle fredonnait, riait. Elle était pétillante, lumineuse. Matty y avait fait allusion, mais quand il l'avait questionné, il avait changé de sujet. Dominic détestait qu'il fasse ça.

— Vous avez trouvé un psychiatre ? demanda-t-il.

Le sourire de Harper s'évanouit.

— Quoi ?

Il sortit le post-it rose de la pile sur son bureau.

— Dans la note, vous parliez de recevoir un mail. Je pensais que nous travaillerions juste tous les deux, sans personne d'autre. Pour l'instant, du moins.

— Oh ! Non, ça n'a rien à voir avec notre étude. C'était destiné à mon amie Meghan, qui travaille dans un cabinet privé... Au fait, elle vous a envoyé une invitation à un gala de bienfaisance, dit-elle vivement.

Il recevait souvent des invitations à de grands événements mondains destinés à collecter des fonds, où on lui demandait de prendre la parole.

— Je vérifierai. Pourquoi ?

— Eh bien, elle pensait que vous aimeriez peut-être venir avec nous, pour trouver de possibles financements pour le projet. Je lui ai dit que vous ne seriez pas intéressé, et je vous conseille de l'ignorer. Mon amie est un vrai rouleau compresseur quand elle veut quelque chose, je peux lui dire que vous êtes occupé.

— Vous allez à ce gala ?

— Oui, dit-elle, levant les yeux au ciel. Je me suis fait avoir.

— Alors j'irai.

Elle le fixa, interloquée.

— Oh non ! vous n'êtes vraiment pas...

— Vous ne voulez pas que je vienne ? Je croyais qu'on collaborerait un peu mieux ensemble maintenant. J'en déduis que vous ne vous êtes pas calmée cette semaine.

— *Calmée* ?

— Oui, répliqua-t-il en la défiant du regard, les bras croisés.

Il semble que je fasse ressortir le pire en vous. Mais le doyen tient à ce que ce projet aboutisse, et pour nos départements...

Elle poussa un profond soupir, et il sut qu'il avait gagné. Son frère le harcelait pour qu'il sorte davantage. En outre, il avait envie d'en savoir plus sur l'univers de sa compagne de laboratoire. Quel meilleur moyen que passer par sa meilleure amie pour ça ?

— Très bien, dit-elle avec un sourire timide.

— Oui ?

— Oui, on pourrait tenter d'obtenir des soutiens financiers supplémentaires, au cas où on ne gagnerait pas le concours.

Il prit une fraise et en arracha la queue.

— Oh ! Harper, je sais être charmeur quand je veux. Nous gagnerons, c'est certain.

— Hum ! oui..., marmonna-t-elle en se retournant vers son bureau. À condition de ne pas nous entretuer d'ici là...

9

Harper se dirigeait vers sa table habituelle avec son plateau, heureuse de la trouver libre, quand elle repéra Matty. Il triturait le contenu de son assiette avec sa fourchette d'un air bizarre. Elle s'approcha.

— C'est de la tourte au poulet, dit-elle comme il grimaçait en découvrant la farce sous la pâte.

— Dans quel univers ?

Elle rit. Il était drôle. Il lui rappelait quelqu'un, mais elle ne trouvait pas qui.

— Le personnel évite en général d'en manger, car la viande est tendineuse, remarqua-t-elle en savourant des yeux la salade composée qu'elle avait choisie. Manger peu de viande a ses avantages, surtout ici.

Il rabattit la pâte et, poussant la tourte au bord de son assiette, piqua un bâtonnet de carotte.

— Eh bien moi, j'aime trop le steak. Je suis carnivore, j'en ai peur. Asseyez-vous, déjeunez donc avec moi.

Elle accepta volontiers et prit place en face de lui.

— Merci. Ma mère était une végétarienne pure et dure, et ne m'imposait pas ses choix, mais j'ai fini par aimer ce qu'elle se préparait. Ça m'est resté, j'imagine.

Il désigna les rondelles d'œuf dans son assiette.

— Vous n'êtes pas végétalienne.

— Grands dieux, non ! Je me vois mal vivre de fruits et de

barres chocolatées aux cacahuètes... J'oublie de déjeuner la moitié du temps, et je mange peu de viande. Mais j'adore un bon hamburger de temps en temps, généralement quand je suis coincée trop longtemps au labo. Comment s'est passée votre séance de kiné ?

Pas bien, à en juger par la façon dont il s'acharnait impitoyablement sur le contenu de son assiette.

— Ça s'est passé.

— Désolée. Je ne prétends pas savoir ce que vous traversez, mais je suppose que ça craint.

Les lèvres de Matty se crispèrent, et elle eut une curieuse sensation de déjà-vu.

— Ça craint, en effet ! On ne sait jamais quoi me dire, et vous faites partie des rares personnes à se comporter normalement en ma présence.

Elle avala une bouchée de salade et s'essuya la bouche.

— Je vous comprends, croyez-moi. Quand je sortais avec ma mère en fauteuil roulant, bien des gens l'ignoraient. Ils me parlaient tranquillement en faisant comme si elle n'existait pas, et ça la rendait furieuse. Mais ils ne le faisaient pas deux fois...

Elle rit en se rappelant la fois où une vendeuse avait eu ce comportement. Sa mère lui avait « accidentellement » roulé sur le pied en sortant de la boutique.

Matty souriait.

— Elle semble géniale. Est-elle encore en convalescence, comme moi ?

Harper revit soudain sa mère alitée dans leur ancienne maison. Toute petite, noyée entre les draps. Elle avait paru rétrécir à la fin. Rapetisser, mentalement et physiquement. Le sourire de Harper s'effaça, le chagrin lui comprima la poitrine.

— Euh... non. Non. Elle est morte il y a quelques années.

Cette déclaration plomba l'ambiance.

— Pardon, je l'ignorais, dit Matty d'une voix triste. Il n'est jamais facile de perdre un parent.

Elle lui adressa un sourire désenchanté.

— Ça va. Elle avait la maladie de Charcot. Nous avons passé beaucoup de temps ensemble avant que son état se détériore.

— Je suis navré. Je comprends pourquoi vous voulez tant aider les gens à améliorer leur mobilité. C'est bien.

Ils mangèrent dans un silence paisible, détendus. Elle se sentait portée par son compliment, et un peu triste en songeant à sa mère. Parler d'elle était souvent doux-amer, lui rappelant qu'être proche de quelqu'un finissait toujours par faire souffrir, lui remémorant ce qu'elle avait perdu. Elle l'évoquait rarement, et seulement avec Meghan, qui avait tendance à la considérer comme une patiente quand elles abordaient le sujet, ce qu'elle avait un peu été lorsqu'elle avait pleuré sa mère. Mais cela faisait du bien d'en parler avec quelqu'un d'autre.

— C'était aussi une scientifique. Elle avait une spécialisation différente, mais c'est d'elle que je tiens ma passion, dit-elle, retrouvant lentement le sourire. Elle travaillait dans la recherche pharmaceutique. Elle disait qu'elle changeait le monde un tout petit peu chaque jour.

— Je parie qu'elle le changeait. Et qu'elle serait très fière de ce que vous faites.

Le sourire de Harper s'épanouit. C'était bon d'entendre ça. Parfois, sans sa mère pour la guider, elle se sentait perdue. À la dérive.

— Merci. Vous savez, je commence à apprécier nos petits repas en tête à tête.

Matty leva sa bouteille de jus d'orange.

— Moi aussi.

— Ça veut dire que vous devez continuer la rééducation, mon nouvel ami.

Il leva les yeux au ciel d'un air théâtral.

— Comment savez-vous que j'envisageais d'arrêter ?

Elle haussa les épaules.

— Quand je préparais mon doctorat, je travaillais comme

assistante en physiothérapie lorsque je n'étais pas avec ma mère. Et j'ai appris à quel point ça pouvait être épuisant. Bien des patients abandonnent à cause de la douleur, ou parce qu'ils perdent courage. Je ne voudrais pas que ça vous arrive.

Il parut un peu gêné.

— On ne renonce pas dans ma famille. Mon frère ne me laisserait pas faire.

— Il est intransigeant ?

Il rit.

— Honnêtement, on est pareils, tous les deux. Mais c'est bon d'avoir quelqu'un pour surveiller ses arrières.

Harper ne répondit pas. Il avait raison. Elle-même avait Meghan, mais un jour son amie rencontrerait l'âme sœur. Alors elle se retrouverait seule. À défaut de chercher un petit ami, elle devrait commencer à s'ouvrir aux autres. Avoir un partenaire de laboratoire, même pénible, serait peut-être un bon test. Dominic avait fait un pas vers elle en lui apportant son petit déjeuner. Elle pourrait peut-être le lâcher un peu.

En regagnant le laboratoire, elle commanda des produits d'entretien. Elle commencerait par faire un peu de ménage pour que son bureau ne ressemble plus à un dortoir d'adolescents. Elle n'était pas sale, mais quand elle était focalisée sur son travail, le nettoyage passait aux oubliettes.

En récurant les lieux, elle pourrait réfléchir à de bonnes reparties à l'intention de Dominic. Des piques bien senties. Au cas où elle en aurait besoin. Ils allaient bientôt travailler sur de vrais patients, et il fallait qu'elle garde l'esprit affûté. Qu'elle se concentre sur l'objectif final.

10

Harper n'aimait pas particulièrement les trucs de filles. Mais elle adorait les vêtements, et aussi les couleurs. Et elle aimait les fleurs qu'elle faisait pousser sur son balcon, pas les bouquets hors de prix offerts par des soupirants. Elle portait peu de maquillage en dehors de gloss à lèvres et de crème solaire teintée. Et en regardant les ongles manucurés de Meghan fouiller les présentoirs de vêtements, elle soupirait, songeant à sa confortable blouse de laboratoire. Johnny se moquait bien de ce qu'elle portait, et Dominic... Elle ne voulait pas penser à Dominic pour l'instant.

Le fait qu'il allait la voir en tenue de soirée la faisait complètement paniquer. Elle agrippait le tissu moelleux du canapé de la boutique comme si sa vie en dépendait. Meghan l'avait arrachée à son labo en plein nettoyage pour l'amener ici sous prétexte que la boutique ouvrait tard spécialement pour elles. Dominic était déjà parti, mais elle était gênée de s'en aller en laissant le ménage en plan. Elle avait l'impression que son traitement faisait plus d'effet aujourd'hui. Et elle avait bien mangé. Dominic avait pris l'initiative de lui apporter son repas, ainsi que des en-cas. Elle avait tenté de protester, mais quand il avait posé devant elle ses sushis préférés, elle avait abdiqué.

— Que dis-tu de celle-ci ? demanda Meghan en soulevant une pièce de tissu doré qui chatoyait sous la lumière.

— On dirait une boule à facettes !

— Très drôle. Tu es pleine d'humour aujourd'hui. Il faut que tu choisisses une robe. Qu'est-ce que Dom va porter ?

— Aucune idée, et ne l'appelle pas Dom.

— Pourquoi ? Il préfère Dominic ou Dr Craquant ?

— Je m'en vais.

Harper se leva, et Meghan la repoussa sur le divan d'une pichenette.

— Pas sans une robe sexy pour le gala. Tu as dit toi-même que vous vous entendiez mieux, tous les deux.

— On travaille dans bureau minuscule, on est bien obligés. On va manger quelque chose ? J'ai repéré un stand de tacos au coin de la rue.

Meghan désigna sa propre tenue, jean de créateur moulant, top en soie ivoire et escarpins *nude* aux talons vertigineux.

— Pas de tacos pour ce corps de rêve. J'ai déjà ma robe, et je ne peux pas me permettre de la faire retoucher.

— Très bien. Je mangerai les tiens.

— D'accord, dit Meghan en la traînant vers les portants. En attendant, remue-toi et fais des essayages. Il faut qu'on soit belles, le gala est dans trois semaines.

Pendant l'heure qui suivit, Harper eut l'impression d'être dans un film. Un navet, où une intello maussade essayait une demi-douzaine de tenues avec des résultats du plus haut comique. Elles avaient fait presque tous les rayons de la boutique, et même Meghan commençait à fatiguer. Harper le comprit en voyant son amie agitée de tics alors qu'elles étaient assises par terre dans le salon d'essayage.

— On ne trouvera pas. Ces robes ne sont pas pour moi. Il faut que je sois à mon aise. Ces tenues doivent pratiquement être cousues sur le corps, comment vais-je manger ? Tu sais que j'adore les petits canapés qui circulent dans ces soirées.

— Ce n'est pas un repas assis, tant mieux pour nous, commenta Meghan avec un soupir en écartant le rideau de velours du salon d'essayage. Helen ?

La propriétaire du showroom, une créatrice de talent nommée Helen Armitage, passa la tête dans le salon.

— Oui ? Oh ! vous semblez abattues, toutes les deux, dit-elle en voyant Meghan affalée contre le mur, ce qui ne lui ressemblait pas du tout.

— Nous le sommes, Helen. Je crois qu'il est temps de sortir votre arme secrète.

Le grand sourire complice échangé par les deux femmes échappa complètement à Harper.

— Vous allez abréger mes souffrances ? Mais ne tardez pas. Mon estomac va vous faire honte si ça s'éternise.

Helen pouffa et scruta Harper, les yeux plissés.

— J'ai peut-être ce qu'il vous faut, dit-elle, songeuse. Vous faites un 40, c'est ça ?

— Euh... oui, répondit Harper.

Elle sursauta quand son amie applaudit en poussant un cri de triomphe. Helen disparut par une porte dérobée.

— Qu'est-ce que tu viens de faire ? demanda-t-elle avec angoisse, redoutant de tomber de Charybde en Scylla. Elle est partie à Narnia ou quoi ?

— Hein ?

— CS Lewis, ça te dit quelque chose ?

Meghan secoua la tête, et ses boucles blondes ne bougèrent pas, impeccablement coiffées comme toujours.

— Jamais entendu parler de ce créateur, non. Mais fais-nous confiance, Helen aura quelque chose. Raconte-moi comment ça se passe vraiment à ton travail.

— En un mot, c'est bizarre.

— Et qui est ce type de la cantine ? Tu n'aurais pas préféré l'inviter au lieu de Dom ?

— Dominic. Et non, c'est juste un ami. Il est gentil. Nous déjeunons ensemble trois fois par semaine, mais il n'y a rien entre nous. On s'entend bien, c'est tout.

— Il te fait manger *et* quitter ton labo, ce n'est pas rien pour moi. Je l'aime déjà.

Harper faillit lui parler des repas que Dominic lui avait apportés. De son stoïcisme devant son bazar. Elle sentait qu'il aurait voulu enfiler une combinaison de protection et désinfecter les lieux, mais il n'avait pas cédé à son impulsion. Il avait rangé son bureau et vidé les corbeilles. Puis il lui avait pris les sacs-poubelle qu'elle allait jeter dans la benne et était sorti sans un mot, revenant les mains vides quelques minutes plus tard.

— Et ça me plaît qu'il ne soit pas médecin, reprit-elle. Il travaillait dans la construction, et il a une perspective différente sur les choses. C'est rafraîchissant.

— Travaillait ? Qu'est-ce qu'il fait maintenant ?

Harper pinça les lèvres. Elle n'avait pas envie de parler de son nouvel ami, mais Meghan savait faire preuve de discrétion.

— Il a eu un accident dont j'ignore les détails. Il est en fauteuil roulant et a des séances de kiné trois fois par semaine.

La main de Meghan se posa sur la sienne.

— Il doit en baver. Je me réjouis qu'il ait une amie comme toi. Si tu n'arrives pas à le dérider, personne ne le pourra.

Harper s'appuya contre elle et lui pressa la main.

— Oui, la vie est cruelle parfois, hein ? Je suis contente de le connaître.

Meghan pouvait paraître superficielle, et elle jouait volontiers les blondes écervelées quand cela lui convenait, mais elle était profonde, sérieuse, intelligente.

— Il est beau au moins ?

— Aucune idée, répliqua Harper en riant. Je n'ai pas remarqué, c'est juste un ami.

Curieux, j'ai remarqué à quel Dominic était beau l'autre jour…

Elle haussa les épaules.

— D'ailleurs, c'est un patient.

Helen ne tarda pas à reparaître, portant une housse à

vêtement comme si c'était le Saint-Sacrement. Meghan se leva précipitamment.

— Vous avez trouvé ?

Helen ouvrit la fermeture Éclair avec un sourire radieux.

— C'est *la* robe. Attendez de la voir, Harper.

— Vous croyez vraiment que ça va marcher ?

Le visage de Heather Ford était presque aussi blanc que son oreiller. Elle semblait effrayée. Pis, elle donnait l'impression d'avoir perdu espoir.

— Absolument, affirma Harper en s'efforçant de juguler son émotion. Vous répondez à tous les critères. Les analyses de laboratoire sont complètes. Le Dr Nash implantera le capteur sous le crâne, et le matériel sera calibré avant l'installation. Nous avons les schémas du modèle 3D. Nous pouvons le faire, madame Ford. Votre prothèse de jambe vous permettra d'avoir une bien meilleure qualité de vie, et…

— Je pourrai jouer au football ? la coupa Heather, le regard allant de Harper à Dominic. Ça peut paraître idiot, mais depuis ma chute… mon petit garçon me le demande. Son père travaille loin, et tout ce qu'on peut faire ensemble, c'est regarder la télé et faire des puzzles.

Elle se redressa dans son lit d'hôpital, les mains crispées sur le drap.

— Je veux juste pouvoir jouer au foot avec mon fils. L'emmener à l'école sans avoir besoin d'aide.

— Vous désirez retrouver votre vie, acquiesça Dominic en lui tapotant la main. Nous le voulons aussi, madame Ford. C'est pour ça que nous sommes là.

Les deux médecins laissèrent Trevor se charger des papiers de consentement et allèrent voir le patient suivant.

— M. Yoshida, trente-cinq ans. Accident de moto il y a dix-huit mois. Amputation nette du bras gauche, lésions nerveuses minimes. Il a eu trois opérations post-amputation pour retirer le tissu nécrosé, et le mois dernier une intervention a réparé les connexions nerveuses de son épaule.

Harper lisait la fiche placardée devant la chambre. Dominic regarda à travers la vitre. M. Yoshida était assis avec Suri, son épouse enceinte.

— Je hais les motos, déclara Dominic. Vous n'imaginez pas les blessures que je vois sur ma table d'opération. Il portait un casque ?

Harper acquiesça.

— Il avait tout l'équipement de sécurité. M. Yoshida était cascadeur professionnel avant l'accident. Sa femme a arrêté de travailler pour s'occuper de lui. Ça a été dur pour eux. Ils ont dû vendre leur maison.

— Et un bébé est en route, murmura Dominic, les yeux fixés sur le couple. Le chemin ne sera pas facile pour eux.

Harper leva le menton, étrangement protectrice vis-à-vis des patients qu'elle avait sélectionnés.

— Ils peuvent y arriver. Ils sont ensemble, et ils ont de la famille ici. Le système de soutien est en place, ils ont juste besoin d'une pause. Quoi ? dit-elle, voyant qu'il l'observait.

— Rien. Vous vous souciez vraiment d'eux, vous prenez le temps d'apprendre leur histoire, de connaître leurs raisons d'être là.

— J'aime aller au fond des choses. Je sais que vous autres, chirurgiens, vous détachez de l'aspect personnel, mais pour moi ces individus comptent, comme leur histoire. Et je veux croire que nous faisons infiniment plus que les guérir.

Elle se rapprocha de la vitre et observa le couple.

— Si nous pouvons rendre leur monde meilleur, changer vraiment les choses, tout ça en vaudra la peine.

Dominic prit son temps pour répondre.

— Ça en vaudra la peine, Harper.

M. Yoshida les avait repérés, et Suri leur fit signe d'entrer.

— Venez, allons répandre la joie.

— Je suis bloquée.

Dominic leva les yeux de son travail, l'air interrogateur.

— Sur quoi ?

— La connexion bidirectionnelle. La technologie est là, mais les récepteurs musculaires ne collent pas.

— Ne collent pas ? C'est le terme technique en robotique ?

Elle lui jeta un regard noir.

— Vous voyez ce que je veux dire. Il faut les placer correctement, mais le trauma n'est pas le même chez les patients. On fait des scanners et des radios pour chaque patient de l'essai, mais leurs blessures, leurs lésions, sont toutes différentes. J'ai essayé d'en tenir compte du mieux possible pendant le test, mais le cerveau humain est plus complexe qu'un modèle 3D. C'est dur de quantifier ces variations. Si les récepteurs nerveux sont endommagés, le signal pourrait ne pas arriver là où il doit être reconnu. Je ne veux pas en implanter un et ne pas avoir les résultats escomptés.

Fixant l'écran, elle ôta ses lunettes et se pinça l'arête du nez.

— Je suis peut-être bloquée là-dessus depuis trop longtemps. Je ne sais pas...

Elle regarda par la fenêtre qui donnait sur le parking bas de l'université, qu'on appelait le sous-sol. Elle en avait vu des choses sur ce parking, depuis des médecins qui se bécotaient sur le capot d'une voiture à des passants ivres qui vomissaient sur des pigeons. Cette nuit-là, il était pratiquement vide. Elle n'osait pas penser à l'heure qu'il était, n'ayant pas le courage de consulter sa montre.

— Vous ne devriez pas être ailleurs ?

— Non, pas ce soir, répondit-il, et sa voix était proche. Montrez-moi.

Elle le sentit derrière elle. Si près qu'elle aurait pu lui écraser le pied sous les roues de son fauteuil.

— Vous voyez ?

Elle désigna le modèle humain qu'elle avait créé, qui montrait comment la prothèse se connecterait aux récepteurs implantés dans le crâne.

— Pour avoir la sensibilité nécessaire, les récepteurs doivent être à la bonne place. J'ai fait une simulation sur Johnny, les différences sont énormes. Quand les récepteurs sont bien placés, Johnny peut prendre un gobelet en carton plein de liquide chaud sans écraser le gobelet ni le lâcher. Quand ils sont mal placés, ou posés là où les nerfs ne communiquent pas avec eux, Johnny lâche le gobelet, ou le renverse en tentant de le prendre, ou encore l'écrase. Ça veut dire qu'un utilisateur pourrait avoir un accident et s'ébouillanter. Si vous appliquez ce scénario à autre chose, comme tenir un enfant ou diriger une machine, ce serait la catastrophe.

— Donc, les protocoles et les critères doivent être renforcés, au moins pour le premier essai, jusqu'à ce qu'on ait des données pratiques de vrais patients, c'est ça ?

— C'est ça, et je pense que nous devrions doubler le test nerveux post-op.

Elle se tourna vers lui et s'aperçut qu'il était là. Si proche qu'elle voyait ses yeux en gros plan. Elle avait toujours cru qu'ils étaient vert jade, mais elle distinguait des nuances plus claires près de ses pupilles. Des petites taches vert électrique. Une merveille de la nature, ce vert.

— Bioluminescent, marmonna-t-elle.

— Quoi ?

— Rien ! répliqua-t-elle, retournant à son écran.

Qu'est-ce que c'était que ça ?

Elle était vraiment épuisée.

— Je m'acharne sur le problème depuis trop longtemps...

— Et si nous les placions plus loin des nerfs endommagés chez les patients traumatisés ? suggéra-t-il, les yeux sur l'écran. Ça ne réglerait pas tout, mais ça réduirait le taux d'échec. Il faudrait poursuivre les recherches, mais je pourrais voir ça dans mon service. Charger des internes de tester des scénarios.

— Merci, dit-elle, distraite par le parfum boisé de son après-rasage. J'apprécie votre aide.

Elle aurait aussi apprécié qu'il s'écarte. Elle avait l'impression qu'il l'enveloppait, et elle se sentait... en sécurité. Elle captait sa chaleur, comme s'ils se touchaient. Son corps en manque d'affection en tremblait. Être proche des autres était contraire à sa nature inconsolable, mais chaque jour qu'ils passaient ensemble brouillait un peu plus ses règles. Il lui avait envoyé des mails chez elle au sujet du travail. Il était dans son appartement, dans sa tête, dans son labo. Meghan la questionnait constamment sur lui, et Matty jugeait qu'il n'était pas un collaborateur si désagréable. Et elle ne savait plus où elle en était.

Sa proximité n'aidait pas non plus. Quand il penchait sa haute silhouette au-dessus d'elle pour consulter un dossier ou étudier une prothèse, elle ressentait le besoin de se rapprocher un peu plus de lui. Elle avait de moins en moins la force de lutter. À chaque café qu'il lui apportait le matin, à chaque friandise qu'il déposait sur son bureau, à chaque petite attention qu'il avait pour elle.

— Je serai ravie de briefer les internes, si ça vous va, dit-elle avec un grand sourire pour reporter son attention sur le travail. C'est peut-être la solution dont nous avons besoin.

— Doucement, Harper, observa-t-il, taquin. Je pourrais croire que vous ne me méprisez plus, si vous continuez comme ça.

— Je ne vous méprise pas, rétorqua-t-elle en se retournant. Je ne méprise personne.

— Alors vous m'aimez bien ? demanda-t-il avec un sourire en coin.

— Je n'irais pas jusque-là.

Il se pencha plus près. Ses yeux verts brillaient plus que jamais, et elle décida qu'ils étaient couleur chartreuse.

— Vous me tolérez alors ?

Elle fit semblant de réfléchir.

— Oui, on va dire ça.

Ses lunettes avaient glissé sur son nez, et il les lui retira.

— Qu'est-ce que vous faites ? bredouilla-t-elle.

— Je vérifie un truc. Vous avez les yeux d'un brun plus foncé que je ne croyais. Parfois, ils paraissent presque noirs.

Elle laissa échapper un rire rauque, grisée par l'examen dont elle était l'objet. Comme s'ils étaient dans une bulle enchantée et ne voulaient pas rompre le charme.

— Comme ceux d'un requin, dit-elle. J'aime l'analogie. Vous regardez beaucoup mes yeux, on dirait.

Il pencha légèrement la tête et acquiesça.

— Juste pour m'assurer qu'ils ne risquent pas de vous sortir de la tête.

Elle ouvrit la bouche pour répliquer, mais il fut plus rapide.

— Ils ne sont pas noirs. Plutôt moka, couleur café peut-être. Ça vous va bien.

— C'est la seule chose que j'ai héritée de mon père.

Sa façon de la regarder lui fit baisser la garde.

— Jade.

— Quoi ?

Elle déglutit.

— Les vôtres ont une nuance vert jade.

— Pas couleur de marécage ni de morve, j'espère ?

Elle gloussa malgré elle.

— Non. Résolument vert jade.

— Et un peu luminescents.

Elle baissa la tête, et ses boucles roulèrent sur son visage.

— J'ignorais que vous m'aviez entendue.

— J'entends tout ce que vous dites, Harper, dit-il en écartant délicatement ses mèches. Vous ne devriez pas vous cacher derrière vos cheveux.

— Je ne… Bon, d'accord, ça m'arrive peut-être parfois.

— Vous n'en avez pas besoin.

— Non ? Et pourquoi ça ? bredouilla-t-elle comme leurs regards se soudaient.

— Parce que vous êtes superbe. Dedans comme dehors.

Quoi ? Il a vraiment dit ça ?

Son expression… Elle n'avait pas de mots pour la décrire. Elle n'arrivait pas à en détourner le regard.

— Qu'est-ce qui se passe ? demanda-t-elle enfin. Sommes-nous en train de… flirter ?

Il fronça les sourcils, et son visage normalement impénétrable trahit sa confusion.

— Je ne sais pas, dit-il, repoussant ses cheveux et caressant sa joue. J'essaye moi-même de le comprendre depuis un moment. Avez-vous envie que je flirte avec vous ?

Elle se mordilla la lèvre. Elle voulait répondre non, mais ça ne sortait pas. Pour quelqu'un qui parlait toujours trop, elle était sans voix.

— Harper, insista-t-il, sa main caressant lentement sa joue. Vous voulez que j'arrête ?

Il posa les yeux sur ses lèvres charnues.

— Est-ce juste moi ?

Tu le détestes, rappelle-toi. Enfin, pas complètement. Bien sûr, il t'irrite, mais il te lance aussi des défis. Tu as cherché la teinte exacte de ses yeux sur Internet… Ça ne marcherait jamais. Nous n'avons rien en commun. Nous finirions par nous haïr.

— Non, murmura-t-elle.

— Non quoi ? demanda-t-il, ses yeux verts flamboyants.

— N'arrêtez pas.

Il prit sa bouche pour un baiser chaste, très doux. Tendre. Puis sa lèvre frôla la sienne en s'écartant. Il parut retenir son souffle, ses yeux se rouvrirent lentement.

— Harper, je...

Elle lui tendit les lèvres, avide du contact des siennes. Elle aurait dû lui demander de partir, ou s'enfuir pour échapper à son emprise. Mais elle n'en fit rien.

Elle n'entendait que son démon intérieur qui la poussait à l'embrasser au mépris des conséquences.

Il inclina la tête et l'embrassa. Elle entrouvrit la bouche, et leur baiser se fit plus intense. Il avait la main dans ses boucles, elle avait les bras autour de son cou. Les cheveux de Dominic avaient un peu poussé et bouclaient sur sa nuque. Elle y glissa les doigts et l'attira à elle.

— Plus près, souffla-t-il contre sa bouche.

L'instant d'après, ses bras musclés la soulevaient de son fauteuil. Elle étouffa un cri de surprise quand il la déposa sur le bureau, sans détacher les lèvres des siennes.

Leurs yeux se rencontrèrent une seconde, et Harper s'arracha à la torpeur où elle était plongée.

— Qu'est-ce qu'on est en train de faire ?

Il fronça les sourcils, et son beau visage se troubla. La confusion le rendait adorable.

— Dominic...

— Vous ne pouvez pas me poser cette question, puis prononcer mon prénom comme ça.

— On est en train de s'embrasser.

— On *était*, la corrigea-t-il, planté entre ses jambes.

— On ne peut pas faire ça. Je ne vous plais même pas.

Il parut surpris, et secoua la tête.

— Faux.

— On se tape mutuellement sur les nerfs...

Mais les bras qui l'enveloppaient faisaient chanter son corps. Elle avait l'impression qu'il était en feu.

— Vous me déstabilisez, Harper. Et je ne trouve pas que ce soit une mauvaise chose là, tout de suite.

— Je sais, mais...

Il recula et se redressa. Il respirait fort, avait les cheveux ébouriffés et le pantalon tendu par une érection, et sa chemise blanche immaculée pendait, toute froissée. Il surprit son regard sur lui et se rajusta.

— Ressentez-vous la même chose ? demanda-t-il, insistant. J'ai l'impression que ça couve depuis un moment.

Elle tarda à répondre et vit son visage se fermer.

— Je devrais m'en aller.

Comme il se détournait, elle le retint. Il ne la regarda pas, les yeux fixés sur sa main qui glissa sur son bras jusqu'à ce que leurs doigts se touchent et s'enlacent.

— Dites-moi de partir, Harper. Si vous n'éprouvez rien, dites-moi de partir, et je n'en parlerai plus jamais.

Il la désirait.

Doux Jésus, moi aussi..., réalisa-t-elle avec stupeur.

— Harper, murmura-t-il, dites-moi ce que nous devons faire. Je suis perdu, là. Je ne fais jamais ça. Dites-moi que c'est une mauvaise idée, car je jure que je ne pourrais pas vous désobéir, même si ma vie en dépendait.

— C'est une mauvaise idée, répondit-elle dans un murmure. Une très, très mauvaise idée.

Elle se mordit la lèvre, et quand leurs yeux se rencontrèrent, elle ne vit plus que du vert et oublia tout le reste. Elle s'agrippa désespérément à lui. Mais il n'avait pas besoin d'encouragements. Il la souleva contre lui et se tourna vers le mur. Des jambes, elle entoura sa taille pendant qu'il la plaquait contre la cloison et l'embrassait éperdument, ses grandes mains viriles plaquées sur ses fesses.

— Harper... Oh Seigneur ! Harper ! grogna-t-il, s'arrachant à sa bouche pour couvrir son cou de baisers.

Elle gémit et se pressa contre lui, resserrant les jambes autour de lui tandis que sa langue parcourait son cou.

— Dominic, souffla-t-elle, les doigts dans ses cheveux, le corps parcouru de pulsations de désir.

Elle sentit ses doigts passer sous son chemisier, toucher sa peau douce. Il écarta son soutien-gorge, et son pouce taquina la pointe d'un de ses seins, qui durcit sous cette caresse.

Elle voulait encore plus. Elle voulait que ses mains expertes parcourent le moindre centimètre de sa peau. Elle avait la tête dans son cou, enivrée par son parfum.

— J'ai envie de vous, murmura-t-il, la main sur la ceinture de sa jupe. Harper, je peux... ?

— Oui...

Ses doigts se glissèrent sous son string et effleurèrent sa peau tendre.

— Oui, Dominic. Touche-moi.

Il la fixa, ses yeux verts flambant de désir.

— Tu es si sexy, gronda-t-il sourdement. Je n'arrête pas de penser à toi. Sais-tu à quel point ça a été bizarre de travailler ici avec toi ? On a fait du chemin depuis le distributeur. On est ensemble chaque jour, on déjeune ensemble. Travailler en étroite collaboration avec toi est le plus grand défi que j'aie jamais eu à relever. Et je passe mes week-ends à ronger mon frein en attendant le lundi.

— Moi aussi, répondit-elle, excitée par ses paroles.

C'était vrai. Elle sortait avec Meghan uniquement pour ne pas penser à lui. Pour ne pas fabriquer un Dominic en version robotisée à qui elle pourrait parler quand il n'était pas là.

— Moi non plus je n'arrête pas de penser à toi. Tu n'es pas celui que je croyais, devant le distributeur.

Il reprit sa bouche avec fièvre. Il embrassait comme aucun homme qu'elle avait connu. Comme s'il n'avait attendu qu'elle toute sa vie. Il changea de position pour atteindre son entrejambe et caresser son clitoris.

— Tu es si douce, dit-il avec un frisson. Pourquoi diable avons-nous perdu tout ce temps à nous bagarrer ?

Son doigt entra en elle pendant que son pouce traçait de délicieux cercles sur le bouton sensible qui palpitait au creux de ses cuisses. Il lui chuchotait des mots doux, lui disait qu'elle était belle. Elle sentait le plaisir enfler en elle.

— Dominic, je vais...

— Viens, dit-il en mordillant la peau de son épaule. Je veux que tu jouisses sous mes mains.

Elle trouva son sexe et se frotta sans pudeur contre lui pendant qu'il accélérait le rythme de ses caresses. Elle s'agrippa à lui en sentant venir l'orgasme, le dos plaqué contre le mur.

Elle murmura son prénom et se cambra sous ses doigts. Il l'embrassa et continua à la caresser tendrement pendant qu'elle émergeait lentement du plus fabuleux orgasme qu'elle ait jamais connu.

— C'était..., souffla-t-elle, incapable de trouver les mots.

— Chaud comme l'enfer, dit-il avec un sourire sexy, les paupières lourdes. Je n'ai jamais été aussi excité.

Il se tourna, et elle sentit son érection contre elle. Enhardie par ses paroles et son regard ardent, elle défit la ceinture de son pantalon, et il gémit quand elle toucha sa verge durcie.

— Harper, si tu ne veux pas...

— Chut ! dit-elle, étouffant ses protestations sous ses lèvres brûlantes.

Sur le bureau, le téléphone de Dominic sonna soudain, les faisant sursauter. Il se figea, et le charme se rompit. Harper s'arracha à lui.

— Tu ferais mieux de répondre.

— N'y prête pas attention, dit-il, furieux de cette interruption.

Elle le repoussa doucement.

Elle était pratiquement en train de s'envoyer en l'air contre le mur de son labo ! Elle avait le visage en feu, et le sang pulsait dans ses veines, embrasant son corps. Comble de l'ironie, elle avait l'impression d'avoir reçu un seau d'eau froide sur la tête. Et si on les voyait fricoter sur leur lieu de travail ? Elle recula et rencontra son regard.

— Tu devrais décrocher, dit-elle doucement. C'est peut-être important.

Elle baissa les jambes et reposa les pieds par terre. Embarrassée, elle n'osait pas le regarder.

La voix de sa mère résonna dans sa tête.

Que rien ni personne ne te détourne de tes objectifs, Harper. Tu es née pour réaliser de belles choses.

— Harper, ne fais pas...

La sonnerie s'arrêta, puis recommença. Dominic soupira. Les yeux baissés, elle rajustait ses vêtements. Il s'approcha du bureau et prit l'appel.

— Quoi ?

— ...

— Hein ?

— ...

— Non, rien. Tu appelles à un mauvais moment. Je te rappellerai. Très bien, très bien. Au revoir.

Elle avait presque atteint la porte quand elle sentit sa présence derrière elle. Comme elle allait ouvrir, il posa la main sur le battant.

— Harper, qu'est-ce qui ne va pas ? C'était juste mon frère. Ne pars pas.

— Il le faut, dit-elle, n'osant pas se retourner de peur de céder. Il est tard.

— Je te raccompagnerai chez toi... Tu ne peux pas t'en aller comme ça. Il faut qu'on parle de...

Elle se retourna, et faillit craquer. Il était si sexy avec ses cheveux hirsutes et ses vêtements de travers. Elle savait qu'elle n'avait rien à lui envier avec ses lèvres gonflées par les baisers et ses mèches folles. Elle tremblait encore du plaisir qu'il lui avait donné.

Elle avait commis un beau gâchis. Quel cliché ! Elle devait se concentrer sur son travail, pas fricoter avec le seul homme dont elle avait vraiment besoin pour son projet. Un homme qu'elle n'aurait jamais imaginé embrasser une demi-heure plus tôt. Mais en le regardant, elle prenait conscience qu'elle avait été attirée par lui depuis le début. C'était un très bel homme. Il fallait être aveugle pour ne pas le voir. Mais ils avaient franchi les limites. Elle devait arranger les choses, et vite.

Avec un sourire forcé, elle saisit la poignée derrière elle.

— Il n'y a rien à en dire, docteur Nash. Ce n'était rien, vraiment. Une erreur. Nous travaillons beaucoup ensemble… les repères se brouillent. Il y a eu des études sur le sujet.

La fureur empourpra le visage de Dominic, ses mâchoires se serrèrent.

— Rien ? Vraiment ? Et ne m'appelle pas docteur Nash, Harper. Il ne s'agit pas du syndrome de Stockholm. Je doute qu'une étude puisse quantifier ce qui vient de se passer.

— Nous… C'était juste une erreur. Nous devons travailler ensemble. Je te l'ai dit, je veux me consacrer au projet sans que quiconque se mette en travers de mon chemin. Ça n'aurait jamais dû arriver.

— Je suis le premier venu, c'est ça que tu veux dire ? s'écria-t-il, le visage congestionné par l'indignation. Je sens encore ton odeur sur moi, et ce n'était rien ?

Elle sentit son estomac se soulever. Elle aussi avait encore son parfum sur sa peau.

— Dominic, je ne veux pas me battre. Nous avons beaucoup travaillé, nous sommes stressés, fatigués. Dans ces conditions, on peut faire des erreurs, voir des choses qui n'existent pas vraiment.

— Harper, dit-il, se passant la main dans les cheveux avec frustration. Je travaille comme ça depuis des années. Il ne s'agit pas d'une amourette de bureau. Ça ne m'est jamais arrivé avant. Tu sais que ce n'est pas rien. La situation me choque autant que toi, mais je ne mentirai pas en prétendant que c'était juste une stupide erreur de jugement.

— Eh bien, ça ne mène à rien, et il vaut mieux le savoir

maintenant pour éviter que ça se reproduise. Nous nous sommes emballés, voilà tout. Je n'ai jamais voulu que ça arrive. Je dois partir à présent.

Il tapa du poing sur la table près de la porte.

— Emballés ? Si mon téléphone ne nous avait pas interrompus, je serais probablement en toi en ce moment. C'est là depuis le début, je le sais. Je ne comprenais pas pourquoi tu m'irritais tant. Personne ne m'a jamais exaspéré comme toi. Je ne m'attendais pas à ça, mais je suis content que ce soit arrivé. Et tu penses la même chose. Je te vois m'observer, Harper. À l'hôpital, au labo. Je sens ton regard sur moi. Tu essayes de me cerner, comme je le fais pour toi.

Elle déglutit, incapable de nier. Leurs regards se croisaient souvent au labo parce qu'ils avaient envie l'un de l'autre, tout simplement. Elle était encore si excitée qu'il n'en faudrait pas beaucoup pour qu'elle le supplie de la prendre, ici, maintenant. Mais c'était la suite qui la tourmentait.

Elle n'avait jamais eu de relation amoureuse sérieuse, et n'imaginait pas ce bel homme qui avait chamboulé son univers se blottir sous sa couette *Star Wars* après une séance de sexe marathon. Il devait avoir des draps en soie, une chambre stérile. Cela ne marcherait jamais, et alors quoi ? Il reprendrait sa vie, et elle retrouverait sa solitude. Mais elle l'aurait connu, et cela changerait tout. C'est pourquoi elle ne se laissait pas approcher.

Quand on possédait quelque chose de précieux, on le perdait fatalement tôt ou tard. Elle ne voulait pas ouvrir son cœur meurtri pour qu'on le piétine. Elle imaginait le scandale.

> *Une pionnière de la robotique couche avec un collègue et ruine un projet capable de changer le monde.*

Sa mère se retournerait dans sa tombe. Elle n'avait simplement pas la force de surmonter une autre perte. Elle savait qu'elle ne s'en remettrait pas. Tout avait été tellement plus facile tant qu'ils s'étaient détestés.

Elle tenta une autre approche.

— Nous aurions fait une grossière erreur, dit-elle. Nous travaillons ensemble uniquement à cause du projet Well-Walk. Quand ce sera fini, nous retrouverons nos anciennes vies, Dominic, et nous ne nous verrons même plus.

— Aucun risque, protesta-t-il d'une voix tendue, l'air bouleversé, tandis qu'elle tournait la poignée de la porte. J'ai changé, Harper, tu dois t'en rendre compte. Tu t'es engouffrée dans ma vie comme une tornade. Je ne veux pas retrouver mon ancienne vie. Tu m'as changé. Ces dernières années, j'ai failli perdre mon frère, qui est malade et qui souffre. Longtemps je me suis isolé, sauf pour travailler et soigner mes patients. Il n'y avait que mon frère et moi. Jusqu'à toi... Je ne veux plus être seul. Et toi ?

Ses paroles sincères étaient comme des échardes de verre qui faisaient saigner le cœur de Harper, et elle savait qu'elles la hanteraient le reste de ses jours.

— Ça passera, prétendit-elle, les lèvres tremblantes. Nous sommes trop différents. Tu m'auras oubliée dans un an. Quand le projet sera finalisé, nous aurons de quoi nous occuper.

— Foutaise, gronda-t-il. Tu as la trouille, Harper. Ce n'est pas moi qui fuis. Je suis là et ne m'en irai pas. Nos accrochages te rassurent, et le rapprochement te fait fuir.

— Oui, admit-elle d'une voix qui se brisa. C'est vrai... Bonne nuit, Dominic.

Elle se retourna, prit son sac et sortit. Dès qu'elle entendit la porte se refermer, elle se mit à courir et ne s'arrêta qu'une fois dehors. Elle bloqua toute émotion tant qu'elle ne fut pas rentrée chez elle. Dominic essaya de l'appeler trois fois, mais elle laissa sa messagerie vocale répondre pour elle. Quand elle s'endormit enfin, épuisée par les larmes, l'odeur de Dominic imprégnait encore ses cheveux.

— Qu'est-ce qui t'arrive ? demanda Matty comme Dominic n'arrêtait pas de souffler.

— Rien, grommela-t-il. Regarde le match.

Matty lança un regard perplexe à la télévision où un présentateur sportif se livrait à une analyse d'avant match.

— Il commence dans une demi-heure. Tu ne manges rien ?

En survêtement, ils étaient installés dans leurs fauteuils, des cartons à pizza sur les genoux. Dominic n'avait pas touché au sien. Depuis la fuite de Harper la veille, il étouffait de colère. Contre Harper, et contre lui-même. Il n'avait pas eu l'intention de lui avouer ce qu'il ressentait, mais elle lui retournait le cerveau. En travaillant près d'elle, il avait découvert une autre Harper. Désormais, il aimait ses journées, il adorait évoluer dans son espace de travail en perpétuel désordre, voir son visage s'illuminer quand il lui apportait son café. Il avait même demandé au gestionnaire du distributeur de prévoir davantage de ses chères friandises aux cacahuètes. Ce jour-là au laboratoire, comme il s'inclinait vers elle pour l'embrasser, ses sentiments lui étaient apparus comme une évidence. Tout s'était mis en place. Et il ne pouvait plus revenir en arrière. Elle avait brisé sa carapace.

Comble de malchance, cette scène passionnée avait eu lieu le vendredi soir. Et il allait passer le week-end seul à se demander quelle mouche avait piqué le destin pour qu'il leur offre ce moment de délice et le reprenne aussi vite.

— Je n'aurais rien commandé si c'était le cas, dit-il, conscient que Matty attendait une réponse.

— Tu es comme ça depuis ton retour hier soir. Ça va durer tout le week-end ? Si c'est le cas, je vais aller chez un pote jusqu'à lundi. Tu t'es disputé avec Harper ?

— Je ne veux pas en parler, je te l'ai dit.

Matty mit la télévision sur pause, figeant l'image.

— Et moi, je ne voulais pas passer mon samedi à marcher sur des œufs, mais nous y voilà. Qu'est-ce qui s'est passé ?

— Rien.

— Dominic…

Avec un soupir, Dominic referma son carton à pizza. Il se sentait comme un ado transi d'amour. Il n'avait presque rien avalé de la journée et n'avait pas fermé l'œil de la nuit.

— Bon, mais pas de sermon, d'accord ?

— Je ne peux rien te promettre, dit Matty.

— J'ai embrassé Harper, avoua Dominic. Elle m'a rendu mon baiser et… c'est devenu chaud.

Il revit le visage empourpré de Harper, ses boucles brunes danser pendant qu'ils se caressaient… Non, ce n'était pas une bêtise. Pas pour lui.

— Et puis tu m'as appelé, ajouta-t-il.

— Eh bien, je ne m'attendais pas à ça, admit Matty, jetant un morceau de croûte dans son carton. Je croyais que vous vous étiez brouillés.

— Oh ! nous l'avons fait, juste après. Elle a prétendu que c'était une énorme erreur et est partie en courant. Quand tu m'as appelé, tu nous as… interrompus.

— Oh ! Dom ! Désolé.

— Tu ne pouvais pas savoir. En tout cas, ça m'a fait réfléchir, et quand j'ai raccroché, j'ai su. J'ai vu qu'elle était en panique. Elle m'a dit d'oublier tout ça et s'est sauvée.

— Et c'était ça ?

— Quoi donc ?

— Une erreur ? Vous ne vous entendiez pas particulièrement bien au début.

— Je sais, mais elle est différente de toutes les femmes que j'ai connues, Matty. Tu as dû t'en rendre compte.

— Eh bien, tu es beaucoup moins revêche ces temps-ci.

— Exactement. Je sais que c'est dingue, mais je n'ai pas envie d'oublier. C'est compliqué, mais… ça vaut peut-être le coup de prendre le risque.

— Waouh ! Dominic Nash, prendre un risque ! dit Matty en

riant. Je crois qu'elle te fait du bien. Et le projet ? Que pensera le doyen ?

— J'avoue ne pas y avoir songé. Ce... ce n'était pas qu'un baiser, Matt. Je n'avais rien planifié, mais je tiens à elle.

— Hum ! C'est la première fois que je t'entendis dire ça. Tu n'as jamais voulu d'aventures. Vous êtes à part, tous les deux.

Dominic fronça les sourcils. Étaient-ils si différents ? Il n'était pas comme ses collègues, et elle non plus. Ils étaient obsédés par le travail, mais avaient leurs propres spécificités. Il adorait ses bizarreries qui faisaient partie d'elle. Elle vivait dans les détritus comme un raton laveur et ne prenait pas bien soin d'elle, et il était coincé et maniaque de l'organisation, mais cela les empêchait-il d'être en couple ?

Au fond, ils croyaient aux mêmes choses et voulaient changer la vie des patients qu'on leur confiait. Il avait déjà travaillé en étroite collaboration avec d'autres professionnels de santé. Mais il n'avait jamais ressenti cette envie passionnée qui l'animait avec Harper. Elle le dopait, et la voir le stimulait durant des heures.

— Nous nous entendons beaucoup mieux maintenant. Elle me lance des défis. J'adore être avec elle. Tu crois que je l'ai mal jugée ?

— Je n'étais pas là, mais sa fuite n'est pas bon signe. Quelle raison t'a-t-elle donnée ?

— Juste qu'on retrouverait nos vies après le projet. Elle est fermée aux autres.

— Ça me rappelle quelqu'un.

— Je ne suis pas si mauvais que ça... Elle n'a rien voulu entendre. Elle a déclaré que c'était une bêtise et que nous devions oublier ce qui s'est passé.

— Et qu'as-tu répondu ?

Dominic rencontra le regard de son frère.

— Que je n'étais pas d'accord. Elle m'a trop changé pour que j'en sois capable, même si je le voulais... Oh mince ! on a ce gala demain soir. Et elle refuse de prendre mes appels.

— Tu as essayé de la joindre aujourd'hui ?

— Non, mais je l'ai appelée trois fois hier.

— Essaye au moins de lui envoyer un texto. Pour savoir si elle veut toujours que tu viennes au gala.

Hochant la tête, Dominic dévisagea son frère.

— Tu as peut-être raison… Tu n'as pas beaucoup mangé non plus. Tu n'as pas l'air bien.

Matty considéra sa pizza et la repoussa.

— Je dois couver quelque chose. Je vais me coucher tôt.

Il était pâle, en sueur, et Dominic résista à l'envie de l'ausculter. Matty recula dans son fauteuil et lui tapa dans le dos en se dirigeant vers la porte.

— Rappelle-la. D'après ce que je sais d'elle, elle n'est pas du genre à renoncer. Son amie veut que tu sois là, non ?

— Oui, répondit Dominic en prenant son téléphone. Merci, Matty. Tu as besoin de quelque chose ? Tu veux que je… ?

— Ça va. J'ai dû attraper un microbe. Tout ira bien après une bonne nuit de sommeil… Au fait, je suis fier de toi.

Dominic s'esclaffa.

— Pourquoi ?

— Pour ton courage, répliqua Matty avec un sourire malicieux. Je désespérais de te voir admettre que Harper te plaisait. J'ai cru que j'allais devoir l'écrire sur la porte du frigo pour te faire ouvrir les yeux.

— Très drôle. Pour ce que ça a changé… Elle a filé comme si elle avait le diable à ses trousses.

Matty avait presque atteint sa chambre.

— Ouais, en tout cas, tu dois préparer ton smoking. Quelque chose me dit que tu n'as pas encore jeté l'éponge. Nous autres, Nash, n'abandonnons jamais quand on s'est fixé un objectif. Relance-la, frérot.

À peine la porte de la chambre se fut-elle refermée sur Matty que Dominic chercha le numéro de Harper pour lui envoyer un texto. Son frère avait raison. Il n'était pas encore prêt à baisser les bras, mais il allait devoir prouver à Harper qu'ils n'appartenaient pas à des mondes si différents.

11

Meghan avait insisté pour venir chercher Harper et pour qu'elles se préparent ensemble. Harper savait qu'elle voulait la maquiller, consciente qu'elle se serait contentée d'un gloss pour tout artifice. Elle aurait dû être irritée, mais quand leur voiture de location s'arrêta devant l'immeuble où se tenait le gala, elle se félicita de ne pas arriver seule. Elle se sentait bien. Confiante. Meghan l'appréciait comme elle était, sans vouloir la changer. Et elle savait que son soutien parfois envahissant était motivé par l'affection. Avec juste un soupçon d'ingérence.

Harper ne lui avait pas dit ce qui s'était passé entre elle et Dominic. Elle savait que Meghan lui aurait passé un savon, arguant qu'elle ne devait pas se décourager juste parce qu'ils étaient différents.

Harper n'en était pas persuadée. Elle n'avait pas prévu ce qui été arrivé, et sa raison et son cœur se livraient un combat sans merci. Elle avait tout ce dont elle avait besoin. Elle ne voulait plus perdre un être cher. Tout plutôt que se retrouver encore sur le carrelage de la salle de bains, brisée par le chagrin. Son partenaire allait devoir couper court à son offensive de charme et cesser de la distraire. Elle redoutait maintenant de voir ses doigts experts implanter ses capteurs. Elle craignait de le voir autrement, et cela l'effrayait.

Ce soir-là, en tout cas, elle se sentait différente de d'habitude. La touche Meghan en plus. Elle était contente de ne pas s'être braquée en insistant pour se préparer seule. D'autant que la première personne qu'elles virent devant l'entrée de l'immeuble fut Dominic.

— Waouh ! s'écria Meghan, le docteur est là, et il est drôlement canon.

On avait sorti le grand jeu pour la réception. Un tapis rouge conduisait les invités jusqu'en haut des marches de pierre de l'entrée, flanqué de cordons rouges fixés sur des piliers argentés. Dominic Nash se tenait près d'un agent de sécurité au visage impassible. Comme elle regardait par la vitre, il posa les yeux sur elle.

— Il t'a vue. Tu descends, ou quoi ? demanda Meghan.

Une voiture klaxonna derrière elles, et Harper se décida à bouger. La portière s'ouvrit, et Dominic lui tendit la main, s'inclinant pour la regarder.

Elle se figea, glacée. Le texto qu'il lui avait envoyé la veille était bref et concis.

À demain soir, Harper. On se retrouve là-bas.

Il n'avait pas demandé si elle tenait toujours à sa présence. Et il se tenait là, scandaleusement séduisant dans son smoking, une pochette verte dépassant de sa poche de poitrine. Elle entendit le rire de Meghan, accompagné d'une voix masculine. Son cavalier, sans doute. Les oreilles bourdonnantes, elle ne distinguait pas leurs propos, les yeux fixés sur la main tendue vers elle.

— Tu comptes descendre ou pas ? demanda-t-il d'une voix sourde.

— Je réfléchis.

Elle vit sa mâchoire se crisper.

— Allez, Harper, je ne vais pas te mordre.

Elle eut l'image furtive de sa bouche sur la sienne quand il lui avait mordillé la lèvre, et elle frissonna.

— Il fait plus chaud à l'intérieur, dit-il, se méprenant sur sa réaction. Tu ne veux pas attraper un rhume, si ?

Des coups de klaxon impatients retentirent, insistants.

— C'est ridicule. On nous regarde, dit-elle avec un soupir, et elle glissa la main dans la sienne.

Elle sentit un courant électrique la traverser à son contact.

Elle n'avait pas cessé de penser à lui depuis leurs baisers. Comment allait-elle supporter toute une soirée en sa présence ? D'autant qu'il ressemblait à une gravure de mode. Sa main était chaude et forte alors qu'il l'aidait à descendre de voiture. Elle posa le pied sur le tapis rouge, et ses talons s'enfoncèrent dans le revêtement moelleux.

— Tu vois ? murmura-t-il avec douceur, ce n'était pas si dur.

Elle leva la tête. Ses beaux yeux verts semblaient peinés. Elle sentit son haleine mentholée sur sa joue. Et autre chose.

— Tu as commencé sans moi ? Je détecte une odeur de whisky.

Il esquissa un sourire.

— J'en ai peut-être bu un, pour me donner du courage. Je craignais que tu me fasses faux bond ce soir.

— Je ne pouvais pas laisser tomber Meghan.

— En effet. Je suis content que tu sois là, dit-il, son regard la parcourant de la tête aux pieds.

Elle portait une robe du soir près du corps qui épousait harmonieusement ses formes et lui allait comme un gant. Une robe dans laquelle elle pouvait respirer. Le décolleté généreux mettait en valeur sa peau d'albâtre, et le tissu vert chatoyait en bougeant avec elle. Elle adorait sa couleur.

— Tu es magnifique.

— Merci, répondit-elle, pressant ses doigts dans les siens.

De son autre main, elle effleura sa pochette, exactement du même vert que sa robe.

— Nous sommes assortis… Coïncidence ?

Il étouffa un petit rire.

— Meghan m'a un peu renseigné. Elle est gentille. Elle t'aime vraiment beaucoup.

Les joues de Harper s'empourprèrent sous son regard.

— Elle t'a dit ce que je porterais ?

— Juste la couleur, répondit-il avec un sourire craquant. Aucune description de cette robe ou de ta manière de la porter n'aurait pu me préparer à ce charmant spectacle.

Il prit sa main et la porta à sa poitrine. Elle sentit son cœur battre fort sous sa chemise.

— Une combinaison de bioluminescence et de beauté dans une délicieuse enveloppe charnelle nommée Harper.

Harper bénit l'arrivée de Meghan, accompagnée d'un bel homme en smoking.

— Docteur Nash, ravie de vous rencontrer enfin ! Je vous présente Samuel, mon cavalier d'un soir, psychiatre au centre de désintoxication.

Les deux hommes se serrèrent la main et échangèrent des plaisanteries, sous le regard amusé de Meghan. Harper voulut s'écarter, mais Dominic resserra les doigts autour des siens.

Elle le regarda, et il lui sourit, les yeux brillants.

— Reste avec moi, lui chuchota-t-il. Faisons une trêve ce soir.

— D'accord.

Il porta sa main à ses lèvres et la baisa. Elle vit que Meghan les observait du coin de l'œil. Les deux couples montèrent les marches sous les flashs des photographes postés à l'entrée.

Dès qu'ils furent à l'intérieur, Meghan endossa son rôle de parfaite hôtesse et les présenta à tout le gratin en parlant de leur essai clinique très prometteur. Harper hochait la tête mécaniquement devant ces nouveaux visages, oubliant immédiatement les noms qu'elle entendait. Dominic avait lâché sa main, mais restait à côté d'elle, indifférent à ce tapage.

Chaque fois qu'on essayait de l'entraîner pour lui parler en tête à tête, il emmenait Harper avec lui. La main au creux de son dos, il fit le tour de la salle de réception avec elle. C'était étrangement rassurant. Elle songea à toutes ces soirées auxquelles elle avait accompagné Meghan. Son amie était alors sollicitée de toutes parts, et elle se retrouvait seule à faire tapisserie au bord de la piste de danse, grignotant des canapés présentés par des serveurs stylés ou consultant sa montre en attendant de s'éclipser discrètement pour rentrer chez elle regarder des séries télévisées et arroser ses plantes.

Ils bavardèrent un moment avec un homme à la tête d'une affaire d'un million de livres sterling qui vendait en ligne des suppléments vitaminés végétaliens pour chiens, puis Harper fila vers une des tables dressées dans la salle. S'affalant sur une chaise, elle frictionna ses pieds douloureux.

— Tu n'en peux plus, hein ? observa Dominic, s'asseyant près d'elle et étendant devant lui ses longues jambes musclées. Tiens, tu en as bien besoin, dit-il en lui tendant un verre de jus d'orange.

— Je ne bois pas, en général. Je ne peux pas avec mes…

Elle s'interrompit, réticente à parler de ses médicaments.

— Je sais, dit-il calmement. C'est juste du jus de fruits.

— Tu sais quoi ?

Il parut pris au dépourvu.

— Eh bien, je sais que tu es sous traitement. Je n'ai pas fouiné, tint-il à préciser devant son expression. Tu laisses des indices dans tout le laboratoire. Je sais que tu ne peux pas boire.

Elle but une gorgée pour apaiser sa gorge desséchée.

— Rien d'autre à dire ?

Il porta sa flûte de champagne à ses lèvres.

— Je suis neurologue… j'ai compris tout seul. Et non, je n'ai rien à ajouter. Pourquoi le ferais-je ?

Hum ! Il sait donc que j'ai un TDAH. Étonnant.

Elle ne s'en cachait pas, cela faisait partie d'elle, et elle n'en était ni gênée ni honteuse. Passionnée de sciences, elle savait que la stigmatisation faisait souffrir. Les gens avaient tendance à rejeter ce qui ne leur était pas familier, ce qu'ils ne comprenaient pas. Une idée traversa l'esprit de Harper. Il connaissait peut-être déjà son état cette nuit-là.

— Depuis quand es-tu au courant ?

Il posa sa flûte.

— Environ une semaine. Pourquoi ? Je ne voyais pas l'utilité d'en discuter.

— Alors, tu savais quand… ? Rien. Peu importe.

Il couvrit sa main de la sienne sur la table. Elle retint son souffle, les yeux fixés sur son verre.

— Oui, je savais. Tu n'as vraiment pas une haute opinion de moi… Cette maladie fait partie de toi. Il n'y a rien qui me déplaise en toi, déclara-t-il, les yeux glissant ostensiblement sur elle avec chaleur.

— Arrête, dit-elle. On est partenaires de labo.

— Comment pourrais-je l'oublier ? Tu t'es enfuie comme si tu avais le diable à tes trousses.

— Tu sais pourquoi. Ça ne marcherait pas.

— Je ne suis pas d'accord. Nous ne sommes pas si différents, Harper.

Elle ne voulait pas se moquer, mais un grognement lui échappa.

— Quoi ? Allez, dis-moi, Porcinette.

Elle retira vivement sa main et essaya de le frapper, mais il lui saisit le bras avec ce petit sourire narquois qu'elle se détestait d'aimer autant. Il aurait été si facile de lâcher prise. De voir ce qui arriverait. Mais l'amour faisait mal, et elle ne voulait plus courir ce risque.

Voir sa mère l'abandonner peu à peu l'avait brisée. Elle était fissurée, et ne tenait debout que par sa détermination à atteindre son objectif : mener à bien le projet Well-Walk. Imaginer un monde où sa défunte mère saurait que sa fille avait réussi. Elle ne s'était jamais projetée au-delà. Jusqu'à Dominic. À présent, l'avenir lui paraissait effrayant, incertain. Instable. Sans échéance, ni garantie.

Un jour, il la quitterait peut-être aussi. Dans six mois, ou plus tard, quand elle serait profondément attachée à lui. Harper ne voulait plus jamais revivre ça. Son travail était son ambition ultime. Elle devait s'en tenir à son plan.

— Tu n'arrêtes pas de répéter que nous sommes différents.

Comme si j'allais m'envoler vers un nouvel objectif une fois le projet lancé. Nos univers ne sont pas si dissemblables. Tu crois que ma place est parmi eux ? demanda-t-il, désignant les invités d'un mouvement de tête.

Harper regarda autour d'elle. Une star du rock riait avec un top model, des types élégants bavardaient avec la vedette d'une série télé historique qui avait fait la plus grosse audience de l'année. Ils semblaient tous si confiants, si raffinés. Arrogants même, parfois. Elle en avait vu certains traiter de haut le personnel de service, comme s'il était transparent.

— En tout cas, la mienne ne l'est assurément pas.

Il serra les mâchoires.

— En te voyant dans cette robe, on ne le dirait pas. Tu es de loin la plus belle femme de la soirée.

Les boucles de Harper étaient bien définies ce soir, moins ébouriffées. Meghan les avait enduites d'une crème parfumée qui les disciplinait à la perfection.

— Je ne crois pas, non.

— Moi, je le sais. Tu sembles appartenir à ce monde. Qu'est-ce qui t'aigrit ? Si tu laissais juste faire...

— Vous vous amusez ? les interrompit gaiement Meghan en surgissant devant eux, les joues roses, épanouie.

— Oui, répondit Dominic. Merci de m'avoir invité.

— Oh ! avec plaisir. Je suis venue vous dire que vous avez fait grosse impression, dit Meghan en tapotant son petit sac du soir. J'ai un paquet de cartes de visite de types qui attendent impatiemment le résultat de la compétition. Je crois que même si vous ne l'emportez pas, vous n'aurez plus à vous inquiéter pour le financement de votre projet.

La musique douce diffusée en fond sonore se tut, et l'animateur monta sur l'estrade pour prendre la parole.

— Bonsoir à tous, il ne reste plus qu'une heure pour l'enchère muette, et vos offres sont plus que généreuses. Le moment est venu pour vous de montrer vos talents de danseurs !

Des serveurs ouvrirent deux grandes portes latérales donnant sur la salle de bal illuminée.

— La piste de danse est maintenant ouverte !

— Génial ! s'écria Meghan. Viens, Harper, allons perdre quelques kilos.

— Meghan, je peux te parler ? demanda un homme séduisant en posant la main sur son bras.

Elle se dégagea et lui tourna le dos.

— Meg, s'il te plaît.

— Tout va bien, Meg ? demanda Harper, surprise par cette incivilité qui ne ressemblait pas à son amie.

— Très bien. Je vous laisse, je n'en ai pas pour longtemps. C'est un client, chuchota-t-elle à l'oreille de Harper.

Elle se redressa et afficha son masque de parfaite hôtesse qu'elle avait gardé toute la soirée.

— Si vous voulez bien m'excuser, docteur Nash, j'ai été ravie de vous rencontrer. Passez une bonne soirée.

Elle pressa l'épaule de Harper et se tourna pour partir. Le beau type était plus qu'un client, son amie le sentait, ce qui se confirma quand il voulut prendre la main de Meghan et qu'elle le repoussa d'une tape sèche.

— Je sens qu'il y a un problème, ça va aller pour ton amie ? demanda Dominic comme le couple s'éloignait.

— Ça ira. On a un mot de passe en cas de souci. Elle ne l'a pas dit.

Il hocha la tête.

— Vous l'avez utilisé pour moi ce soir ?

Ils se regardèrent, et elle ne put s'empêcher de rire.

— Non, elle n'est pas au courant pour nous.

— Je croyais qu'il n'y avait rien à savoir, nota-t-il comme elle frottait son pied douloureux. Laisse-moi faire, je vais te masser. Quelque chose me dit que tu n'as pas l'habitude de porter des talons aussi hauts.

Elle fit le tour de la salle des yeux. La fête battait son plein. Il tendit la main sous la table, et elle y glissa le pied sans réfléchir. Ses joues s'empourprèrent quand elle pensa à ses grandes mains qui la caressaient.

— Qu'est-ce qui m'a trahie ?

— Tu préfères les bottes, les souliers plats. Je ne t'ai jamais vue porter des talons. Tu avais des bottes bordeaux à la conférence.

— Je...

— Excusez-moi... docteur Wilson ?

Elle sursauta en voyant surgir Samuel.

— Bonsoir, euh..., dit sèchement Dominic, les lèvres pincées. Pardon, quel est votre nom, déjà ?

— Samuel. Je suis... je travaille avec Meg. Vous voulez danser, docteur Wilson ?

— Avec vous ? demanda-t-elle sottement, distraite par les poings crispés de Dominic.

Les sourcils froncés, Samuel regardait à l'autre bout de la salle où Meghan riait à gorge déployée avec son « client » qui ne semblait pas partager son hilarité.

— Oui, répondit-il en lui tendant la main. On y va ?

Il ne quittait pas Meghan des yeux, et Harper sentit que quelque chose lui échappait. Elle revit la façon dont il avait regardé Meghan un peu plus tôt. Son amie captait l'attention des hommes malgré elle.

Dominic bondit de sa chaise.

— Désolé, Samuel, mais Harper m'a déjà promis cette danse. On y va, Harper ?

Il lui tendit la main sous le nez de Samuel, elle y glissa la sienne, et il l'attira à lui.

— Pardon, mon vieux, dit-il, donnant une tape sur l'épaule du psychiatre avant d'entraîner Harper.

— Je ne crois pas qu'il voulait vraiment m'inviter à danser, lui chuchota-t-elle.

— Je sais, grogna-t-il à son oreille, mais je ne voulais pas courir le risque.

On jouait *Murder on the Dancefloor*, et elle lui jeta un coup d'œil à la dérobée. Il la fit tournoyer vers lui.

— On joue notre chanson, Harper, dit-il, éclatant de rire.

Elle joignit son rire au sien pendant qu'il la faisait tourner autour de lui. Il s'écarta et se mit à dessiner des formes bizarres avec les bras en agitant les mains. Elle s'esclaffa de plus belle. Ils attiraient l'attention.

— On nous regarde, Travolta.

Pour toute réponse, il imita la célèbre figure de *Saturday Night Fever*, bras levé et doigt pointé vers le plafond, en tortillant les hanches. Elle rougit au souvenir de son corps pressé contre elle ce fameux soir.

— Qu'est-ce que tu fais ?

— Je m'amuse ! cria-t-il, attrapant sa main et l'attirant vers lui. Qu'ils regardent. Ils ne sont pas de notre monde. Laisse tes boucles voler, Harper !

Ses yeux verts étincelaient de défi. Alors, elle se laissa aller. Ils pouffèrent comme deux adolescents en dansant ensemble, et elle se livra à une démonstration de rock robotisé qui amusa beaucoup Dominic. Il la fit virevolter autour de lui, la soulevant dans les airs jusqu'à ce qu'elle ait le tournis. La chanson s'acheva, remplacée par une douce ballade. Harper voulut regagner leur table, mais il la ramena à lui et l'enlaça. Elle s'abandonna, et blottit la tête contre sa poitrine. Il commença à se balancer au rythme de la musique, et elle se laissa porter.

— Alors, tu crois toujours qu'on est si différents ?

— Il n'y a pas que ça...

— Dis-moi ce qu'il y a. Je suis sûr que je te plais.

— Vraiment ? Je vois que tu n'as rien perdu de ton arrogance.

Il s'écarta et lui releva le menton.

— Vraiment. Je te trouve époustouflante. Je ne te plais pas ?

— Si, mais... j'avais envie de te tuer il y a un mois. Je ne peux pas me fier à ce que j'éprouve quand je suis près de toi. Nous devons travailler ensemble, et le projet est prioritaire. Il est toute ma vie depuis des années, Dominic. Je n'ai pas la place pour autre chose. Tu as ébranlé mon esprit, chamboulé mon calendrier. Quand tout ça sera fini, qu'est-ce qui se passera ?

— On peut se concentrer sur Well-Walk aussi longtemps qu'il faudra, pour que le monde entier en profite. Je n'ai pas de limites non plus pour ce qui nous concerne. Et je ne suis pas du genre à m'en aller. Ne peux-tu le croire ? demanda-t-il, scrutant son visage.

— Travailler dans un laboratoire, ce n'est pas la vraie vie. On ne sait pas si ces sentiments dureront. Nous n'avons jamais passé une nuit ensemble. J'ai suffisamment perdu, Dominic… Je ne veux pas souffrir davantage. Qu'est-ce qu'on va faire, d'après toi ? Nous installer ensemble et vivre heureux jusqu'à la fin des temps ? Sans plus jamais se disputer ?

— Non, bien sûr. Les couples se querellent, Harper. Les plus belles histoires d'amour sont forgées dans le feu de la passion. Je me battrais volontiers avec toi si ça nous permettait de mieux nous connaître.

— Il y a autre chose. Je ne sais rien de toi. Où tu vis, qui sont tes amis. En dehors du travail, qu'est-ce que tu fais ? Quels sont tes hobbies ? Que fait ton frère ?

— C'est vraiment ce qui te tracasse ? demanda-t-il, les sourcils froncés. C'est à ça que servent les sorties en couple. Je veux tout apprendre sur toi. Ce que tu aimes, qui compose ta famille.

— Je n'ai plus de famille, je n'ai plus que Meg.

Il savait que sa mère était morte. Mais elle lui avait caché sa peine, comme elle l'avait cachée à tout le monde.

Il y eut une vibration dans sa poche de poitrine, et il jura.

— Je dois répondre. Je ne suis pas de garde, mais…

Elle acquiesça et se sentit un peu perdue quand il la lâcha.

— C'est l'hôpital… Cette conversation n'est pas terminée.

Il quitta la bruyante salle de bal, et elle sortit derrière lui pour se mettre en quête de Meghan et voir si tout allait bien.

En pénétrant dans le grand salon silencieux, elle entendit la voix affolée de Dominic.

— C'est grave ?

— ...

— D'accord, d'accord... J'arrive.

Il coupa la communication, et elle le vit essayer de composer un numéro d'une main tremblante.

— Qu'est-ce qui ne va pas, Dominic ?

Il se retourna, le portable à l'oreille.

— C'est mon frère. Il est à l'hôpital. Je dois y aller... je suis désolé.

Il commanda un taxi en précisant que c'était urgent.

Son frère ?

Il rangea son téléphone, et elle s'approcha.

— Tu veux que je vienne avec toi ? demanda-t-elle.

Elle se rappela les moments passés à attendre dans des services hospitaliers quand l'état de sa mère s'aggravait. C'était terrifiant, et elle s'était sentie terriblement seule. Elle n'aimait pas imaginer Dominic patientant seul dans une de ces salles lugubres dans l'attente de nouvelles.

Il inclina la tête, les yeux radoucis.

Enlaçant ses doigts, il déposa un baiser sur sa tête.

— Allons-y, dit-il.

Elle prit son portable pour laisser un message à Meghan, et ils sortirent en courant dans la nuit.

Harper connaissait Dominic dans tous ses états. Elle avait été confrontée à son côté arrogant, distant. À son comportement apparemment insensible. Elle l'avait vu entrer dans une pièce et inspirer le respect dès la première seconde. Elle l'avait vu danser en riant comme un idiot. Elle l'avait vu excité, enivré par ses baisers.

Mais le Dominic assis à côté d'elle dans la salle d'attente était un frère effrayé, rongé par l'inquiétude.

Les médecins s'étaient entretenus avec lui pendant que Harper avait été chercher des cafés. À son retour, elle le trouva assis sur une chaise, sa veste jetée en travers du dossier, la chemise sortie du pantalon. Elle s'assit et lui tendit un gobelet.

— Avec deux sucres. Tu veux manger quelque chose ?

Secouant la tête, il prit le café, et sa main chercha la sienne. Elle la serra, et il sourit faiblement.

— Merci, dit-il, s'adossant à sa chaise avec un soupir. Ces sièges sont aussi inconfortables que ceux de ton labo.

Elle rit, attendant qu'il soit prêt à parler. Redoutant ce qu'il allait dire.

— J'aurais dû savoir qu'il n'allait pas bien. Il force trop ces derniers temps. J'aurais dû l'ausculter avant de partir.

Elle se serra contre lui. Elle sentait son angoisse de manière presque palpable.

— Il ne faut pas te faire de reproches. Qu'ont dit les médecins ?

Il lui caressait doucement la main, et elle se concentra là-dessus quand il commença à parler.

— Il a une infection sévère. Il n'avait pas l'air bien et dormait toute la journée. Il m'a dit qu'il avait attrapé un microbe, mais... il est en fauteuil roulant.

— Oh ! je l'ignorais.

— Je n'en parle pas. Il a passé sa convalescence dans un autre hôpital et vient ici pour sa rééducation, mais on ne l'a pas ébruité. Pour éviter les ragots.

Elle hocha la tête. Elle comprenait. Peu de gens savaient pour sa mère, ignorant ce qu'elle avait vécu entre ces murs.

— Que s'est-il passé ? demanda-t-elle.

— Il dirigeait sa propre entreprise de construction depuis des années, avec son équipe. Un soir, il rentrait chez lui au volant de son camion quand il a dérapé sur du verglas. Il s'est écrasé contre le terre-plein central de l'autoroute et s'est fracturé le bassin. Il a perdu toute sensation dans le bas du corps. Au début, il avait ses deux jambes, mais l'infection s'est nichée dans la gauche, et on a dû l'amputer... Il a des séances de rééducation trois fois par semaine, mais il n'est pas encore tiré d'affaire. Il figure sur la liste des bénéficiaires potentiels d'une prothèse, et il doit subir de nouvelles opérations.

La mâchoire de Dominic se serra.

— Son chirurgien a fait de son mieux, mais le travail était peu soigné. Mon frère est encore sujet aux infections, et celle-ci a l'air grave. Il est sous antibiotiques puissants, et devra rester hospitalisé plusieurs jours. Ça aurait pu être bien pire. Mais j'en suis malade pour lui. Il a pris sa vie en main ces dernières années...

— Docteur Nash ? demanda une infirmière sur le seuil. Il est réveillé, si vous voulez le voir.

Ses yeux se posèrent sur Harper.

— Les heures de visite sont passées, et je vous conseille de rentrer dormir ensuite. Il réagit bien au traitement, mais il a besoin de repos, ajouta l'infirmière.

Dominic se leva. À mi-chemin de la porte, il s'arrêta net.

— Tu ne viens pas, Harper ? demanda-t-il doucement.

— Je ne crois pas que ton frère apprécierait la présence d'une inconnue en un pareil moment.

Amputé. Trois séances de rééducation par semaine. Était-il possible que ce soit Matty ?

Elle ne se rappelait pas avoir jamais entendu son ami prononcer le prénom de son frère.

Mais ce rire. Ces yeux verts.

— Il sait qui tu es pour moi. Tu viens ?

Il lui tendit la main. Ses yeux avaient pris une teinte émeraude, marqués par la fatigue.

L'infirmière les laissa à l'entrée des soins intensifs. Le patient serait transféré dans une chambre le lendemain matin, quand il serait stabilisé et que son état le permettrait. Harper regarda Dominic pénétrer lentement dans la salle.

— Salut, petit frère, dit une voix rauque. Comment s'est passé le bal ? Tu n'as pas perdu une pantoufle de vair, j'espère ?

Dominic ricana, et Harper vit ses épaules se détendre.

— Tu aurais adoré. Le petit peuple était bien représenté, répondit-il en allant s'asseoir à son chevet.

Harper étouffa alors une exclamation.

— Matty, murmura-t-elle. C'est vous son grand frère ?

Le trajet de retour en taxi se déroula en silence. Dominic semblait en pleine réflexion, et les pensées se bousculaient dans la tête de Harper. Matty, son copain de table, était le frère aîné de Dominic Nash. Ils déjeunaient ensemble trois fois par semaine depuis un moment maintenant, et il avait souvent parlé de son cadet. Mais jamais elle n'avait fait le lien. Elle venait de passer une heure à son chevet, à regarder bavarder les deux frères.

Matty avait paru content de la voir mais pas surpris. Il savait, bien sûr. Elle avait critiqué Dominic sans retenue devant lui, et elle grimaça au souvenir des noms d'oiseau dont elle l'avait gratifié. À son crédit, Matty n'avait jamais rien dit. Il lui avait prodigué des conseils, et l'avait écoutée parler de sa mère. Et il lui avait confié que son frère et lui n'avaient pas eu une vie facile, sans plus de détails.

Matty étant encore faible, ils l'avaient laissé se reposer.

Dominic avait donné des instructions strictes à ses soignants. Il leur avait demandé de l'appeler au moindre problème. Il était presque redevenu le Dominic sûr de lui et pragmatique auquel tout le monde était habitué.

Le taxi roulait à la lueur des réverbères dans des rues presque désertes à cette heure de la nuit. Les yeux fixés sur la ville endormie, Harper songea à l'expression de Dominic quand il avait réalisé que son frère et elle se connaissaient.

— Ouais, avait commenté Matty. Je risque de manquer nos prochains déjeuners. Désolé d'avoir gâché votre soirée.

— Ne dites pas de bêtises, l'avait-elle réprimandé en s'asseyant en face de Dominic. Nous nous sommes rencontrés à la cantine, précisa-telle à son intention.

— Oui, dit Matty en riant, j'ai vite compris qui vous étiez.

— Et vous m'avez laissée continuer mes bavardages...

Matty haussa les épaules.

— Vous aviez besoin de parler, dit-il avant de se tourner vers son frère. Elle est brillante, et elle t'a très bien cerné.

— Elle le croit, du moins.

Harper rencontra le regard de Dominic. Il ne semblait pas contrarié qu'elle ait parlé de lui à Matty et qu'il ait gardé ça pour lui, probablement amusé par la situation.

— Il y a encore des choses qu'elle ignore.

La glace étant rompue, Harper les avait observés avec fascination. Dominic était aux petits soins pour Matty, tapotant ses oreillers et arrangeant son lit. Matty l'envoyait gentiment promener, mais un lien fort les unissait. Ils vivaient ensemble et étaient visiblement très proches. Elle aurait du mal à être froide avec Dominic après l'avoir vu aussi attentionné avec son frère.

Quand le taxi s'arrêta devant l'immeuble de Harper, Dominic sauta sur le trottoir. Il régla la course au chauffeur, et se tenait près d'elle lorsqu'elle descendit de voiture.

— Quelle nuit ! Merci de m'avoir ramenée.

— Avec plaisir. Je te raccompagne jusqu'à ta porte.

Elle sortait ses clés de son sac quand le taxi redémarra. Ils se retournèrent et le virent disparaître au coin de la rue.

Dominic jura.

— Pourquoi est-il parti ? demanda Harper, réalisant qu'ils étaient seuls devant chez elle au beau milieu de la nuit.

— Je l'ai réglé et l'ai prié de m'attendre, dit-il piteusement. Désolé. J'appelle un autre taxi. Entre, il fait froid.

Comme elle montait les marches de l'entrée, elle l'entendit

grommeler au téléphone. Apparemment, aucun taxi n'était libre pour le moment.

— Tu veux entrer en attendant d'avoir une voiture ?

Il remit son téléphone dans sa poche.

— D'accord.

Harper se félicita de s'être préparée chez Meghan. Si elle s'était pomponnée chez elle, son appartement serait sens dessus dessous. En l'occurrence, il était plutôt ordonné, pour une fois. Sans doute parce qu'elle avait passé le week-end à se morfondre au sujet de Dominic. Et le ménage était sa façon de vaincre son stress. Quand elle n'était pas focalisée sur un projet scientifique, en tout cas.

— Entre, dit-elle, s'effaçant pour le laisser passer et se débarrassant des escarpins qui lui meurtrissaient les pieds. Tu bois quelque chose ?

Il paraissait incongru au milieu de son espace personnel. Immense, il prenait toute la place, même penché pour examiner la collection de photos au mur.

— C'est ta mère ? J'ai vu sa photo sur ton bureau.

— Oui. Elle avait une sclérose latérale amyotrophique. La maladie de Charcot.

Elle le scruta en quête de sa réaction et ne fut pas déçue. Matty ne lui avait donc rien dit. Elle eut un élan d'affection pour son ami qui avait gardé son secret.

— Je suis navré.

— Moi aussi, dit-elle, avant de se diriger vers le salon en souriant. Elle était à la fois ma plus grande admiratrice et ma meilleure amie.

— Ça a dû être affreux de la perdre.

— En effet, répondit-elle, s'asseyant sur le canapé et massant ses pieds douloureux. Elle a été malade longtemps. Ce mur est en quelque sorte la chronologie de tout ce que nous avons réussi à faire ensemble.

Il était couvert de photographies de la mère et de la fille

s'étreignant, souriant, riant devant l'objectif. Quand sa mère avait connu le diagnostic, elle avait touché à une partie de ses économies, et ensemble elles avaient réalisé tout ce dont elle avait rêvé. Toutes les expériences qu'elles avaient envisagé de faire un jour. Et comme ce jour n'arriverait pas, elles avaient profité pleinement du moment présent.

— Elle me manque énormément.

Il vint s'asseoir à côté d'elle.

— Tu n'as pas de famille quelque part ?

— Non. Je n'ai que Meg. Nous nous sommes connues à l'université, et elle m'a aidée à tenir quand ma mère est morte... Qu'est-ce qu'elle avait ce soir, d'après toi ?

— Je pense que c'est à elle de te le dire, répondit-il avec son petit sourire narquois.

— Tu sais quelque chose ?

Il s'adossa au canapé, et elle sentit le parfum de son after-shave flotter jusqu'à elle.

— Je sais beaucoup de choses. J'ai vu un truc ce soir, mais je ne crois pas qu'il y ait lieu de s'inquiéter. Elle semblait contrôler la situation. Tu n'avais pas parlé de boire quelque chose ?

— Oh oui ! pardon !

Elle voulut se lever, mais sentit sa main tiède sur sa cuisse. Il la retira lentement.

— Je m'en occupe. Repose tes pieds.

— Au-dessus du four à micro-ondes, dit-elle comme il se dirigeait vers la cuisine.

Dès qu'il fut hors de vue, elle se pencha pour scruter son reflet dans l'écran de télévision. Ses boucles frisottaient un peu, mais elle n'était pas trop laide. Du pied, elle approcha le pouf et y étendit ses jambes.

Il revint avec une bouteille de whisky à moitié pleine et deux verres à liqueur.

— Je ne t'imaginais pas boire de l'alcool fort.

— Je bois de temps en temps. L'effet de mes médicaments s'est dissipé à cette heure-ci.

Hochant la tête, il remplit les deux petits verres.

— Merci.

Il vida la moitié du sien, puis le remplit de nouveau, jusqu'au bord.

— Tu as besoin de ça ? dit-elle en l'observant.

— J'aurais dû être là pour Matty.

— Tu l'as été.

— Pas quand ça comptait, rétorqua-t-il avec un rire amer. Il m'a élevé, je ne sais pas si je te l'ai dit.

Elle secoua la tête.

— Nos parents n'étaient pas précisément des modèles du genre, déclara-t-il, les traits crispés. En fait, j'irai jusqu'à dire qu'ils étaient le contraire de ta mère. Ils s'intéressaient trop à eux-mêmes et à leurs propres besoins pour s'embêter à s'occuper de nous. Nous étions mis à l'écart à l'école, mais on était au-dessus de tout ça. En tout cas, Matty. Dès qu'il a été assez grand, il nous a éloignés d'eux. Depuis, ça a toujours été nous deux contre le monde. Matty a créé son entreprise et m'a aidé à payer mes études. Il n'a même pas eu cinq ans de liberté avant son accident…

Il but une autre gorgée de whisky.

— La vie est injuste parfois.

— Oui. Pas étonnant que vous soyez si proches.

— Il a été comme un père pour moi, quand il aurait dû profiter de sa jeunesse. Nous n'avons pas vraiment été enfants. Pas assez longtemps, en tout cas.

— Je comprends, répondit-elle simplement.

Sa propre enfance avait aussi été écourtée pour diverses raisons, mais elle savait le vide que pouvait laisser un parent absent.

— Peut-être ne sommes-nous pas si différents.

Il eut un sourire forcé. Ses yeux verts l'étudiaient comme s'il avait pris une décision, et Harper refoula un brusque sentiment d'appréhension.

— Je dois y aller, déclara-t-il en posant son verre sur la table basse. Merci pour le verre. Et pour m'avoir accompagné au gala.

Il l'embrassa sur le front, et elle le regarda partir.

Et c'était chaque fois plus difficile.

12

— Meghan ! Rappelle-moi quand tu auras ce message ! J'ai essayé de te joindre toute la matinée, et tu n'as pas donné signe de vie hier soir. Rappelle-moi. Je serai au labo.

Harper râla quand elle fut interrompue par le bip de la boîte vocale. C'était son troisième message, et Meghan gardait le silence radio depuis la veille au soir. Elle lui envoyait toujours un texto en rentrant chez elle, règle à laquelle elles n'avaient jamais dérogé depuis leurs années d'études. L'humeur de Harper s'assombrissait d'heure en heure, et l'irritation la gagnait.

Elle avait besoin de Meg. Elle se terrait quelque part, et une longue semaine attendait Harper au laboratoire. L'admission des patients pour l'essai clinique avait commencé, et des capteurs avaient été implantés dans les délais prévus. Elle devait prendre le contrôle sur sa vie amoureuse, et s'assurer que l'essai pouvait supporter les absences de Dominic au chevet de son frère. Ce matin-là au réveil, elle lui avait écrit une douzaine de SMS et les avait tous effacés. C'était l'occasion de prendre du recul, pour qu'ils se concentrent sur le nécessaire. Cela lui donnerait le temps d'y voir plus clair. Elle envoya « 911 » en texto à Meghan, leur code pour qu'elle laisse tout tomber et la rappelle illico.

En arrivant au laboratoire, elle s'attendait à tout sauf à entendre de la musique rock. Une musique forte, assourdissante. Elle ouvrit lentement la porte.

Dominic était assis à son bureau, devant une pile de dossiers de patients.

Il se retourna quand elle baissa le volume de la sono.

— Bonjour.

— Bonjour. Tu es encore arrivé avant moi.

Il étira les bras derrière lui, et elle remarqua son nouveau fauteuil. Et le sien.

— D'où viennent ces sièges ?

Il se frotta le visage, et elle vit qu'il avait le teint pâle, les traits tirés, comme s'il n'avait pas fermé l'œil de la nuit.

— Je les ai apportés. Mon dos ne pouvait plus supporter la torture du bois, et ton fauteuil ne tenait plus que par quelques bouts de scotch et beaucoup d'espoir.

— Comment les as-tu payés ?

Il avait pris sa tasse à café et, se dirigeant vers le coin consacré aux boissons, il alluma une magnifique machine à café, nouvelle elle aussi.

— Et ça ? Nous n'avons pas le budget pour ça.

— La machine est à moi, elle était en trop quand Matty a apporté la sienne au moment de l'achat de la maison. Et j'ai pris les fauteuils dans mon service. Aucune dépense. Tu veux une tasse ?

— Bien sûr.

Elle se laissa choir dans son nouveau fauteuil et eut l'impression de s'enfoncer dans un morceau de nuage douillet d'un confort indicible.

— Divin, Batman. Ce siège est incroyable !

— J'en suis ravi, Robin.

Elle lui jeta un regard à la dérobée. Il la dévisageait, amusé. Bien. La folie des derniers jours était peut-être en train de retomber. Matty devait aller mieux.

— Dans ce labo, je serais plus Batman que Robin, dit-elle.

— Parce que tu aimes te planquer dans ta cave ?

— Ah ah ah ! Avec des blagues aussi médiocres, tu tiendrais davantage du Joker que de Robin.

Il lui apporta son café, agrémenté d'une goutte de sirop au caramel.

— Ton péché mignon. Et pour ta gouverne, je préférerais être l'Homme-Mystère.

Elle plongea son regard dans ses yeux verts.

— Tu es assurément une énigme.

Le sourire espiègle de Dominic s'évanouit.

— Eh bien, heureusement que nous ne faisons que travailler ensemble, et pas autre chose, hein ?

Elle sentit son corps brûler sous son regard.

Faisait-il marche arrière, ou attendait-il un signe qu'elle tenait à lui ?

— Oui, c'est beaucoup moins compliqué.

Les sourcils froncés, il s'assit à son bureau et lui tourna le dos.

— Comment va Matty ? demanda-t-elle.

— Bien. Je l'ai vu ce matin. Il a passé une bonne nuit et répond bien au traitement. Il râlait après ses oreillers et m'a envoyé lui acheter des livres, alors il est en voie de guérison.

— Bon. Euh... dis-lui bonjour de ma part.

— Préviens-moi quand tu seras prête.

— Prête ?

— À passer en revue les dossiers des patients, pour les essayages de prothèses. Nous avons beaucoup de travail à faire. Je serai très pris les prochains jours, car quand Matty sera de retour à la maison, je devrai rentrer plus tôt.

— Bien sûr, répondit-elle avec un frisson d'appréhension.

Quel que soit le sujet qu'il avait voulu aborder avec elle au gala, il était manifestement passé au second plan. Il était redevenu l'homme froid du début.

Tant mieux, songea-t-elle en allumant son ordinateur.

Mais elle avait l'impression d'avoir reçu un coup de poignard dans le ventre.

Maintenant qu'elle connaissait son histoire, elle se rendait compte qu'elle l'avait jugé sans le connaître. Elle l'avait même condamné pour l'avoir jugée, elle. Ils étaient semblables et avaient les mêmes priorités. Ils avaient eu une enfance difficile dont ils étaient sortis plus forts. Peut-être juste un peu abîmés. Et maintenant ils réalisaient ce dont ils avaient longtemps rêvé. Mais Dominic était une distraction et la perturbait.

Elle but une gorgée de son *latte* au caramel et lui tapa sur l'épaule. S'il était prêt à travailler, elle aussi.

— Passez-moi des dossiers... je suis prête.

— Merci, monsieur Sharma. À bientôt, dit Harper en raccrochant le téléphone. M. Sharma est tout excité. J'ai hâte de voir son expression quand il aura son nouveau bras. C'est une bonne journée, finalement.

— Tu n'es pas censée avoir des favoris, fit remarquer Dominic d'un ton égal.

— Je n'ai pas de chouchou, je suis une professionnelle.

— Le fait qu'il galère avec une petite fille à charge n'a rien à voir avec ton enthousiasme ? observa-t-il, narquois.

Il fait ça pour me tourmenter. Il doit savoir ce que ça me fait maintenant.

— J'aime aider les gens, c'est le but de ce projet, non ?

— Oui. Désolé.

— C'est bon, déclara-t-elle avec toute la nonchalance dont elle était capable. J'ai l'habitude...

— J'ai entendu, précisa-t-il sans se retourner.

Elle avait aussi l'habitude de voir l'arrière de sa tête. En s'efforçant de deviner ce qu'il pensait, et se le reprochant. Ils tournaient l'un autour de l'autre depuis le gala. Il lui avait parlé du travail, avait répondu à ses questions sur Matty. Son frère aîné était rentré chez lui maintenant, et Dominic avait engagé une infirmière. Elle sentait que c'était un sujet de discorde entre eux, car elle avait entendu leurs échanges téléphoniques tendus. Matty lui en voulait pour différentes raisons, semblait-il. Cela expliquait probablement l'humeur de dogue de Dominic. Elle essayait d'être compréhensive, mais ça commençait à faire beaucoup.

— C'était voulu, dit-elle d'un ton acide. Tu es d'une humeur massacrante depuis des jours.

— Pas du tout.

— Si, et c'est horripilant.

Il jeta sur le bureau le dossier qu'il tenait à la main.

— Pardon si je ne vois pas la vie en rose, comme toi. Certaines personnes ne savent pas refouler leurs sentiments.

— Quelle délicatesse...

— Attention, gronda-t-il, se retournant pour la fusiller du regard. Nous devons travailler ensemble. Ne dis rien que tu pourrais regretter. Pas de sujets personnels, rappelle-toi.

— Ah ! s'écria-t-elle avec un rire sans joie. Des regrets ? C'est pour ça que nous en sommes là maintenant ?

Il se pencha vers elle, et elle se redressa.

— Tu sais ce que je veux dire, Harper. Ne joue pas les idiotes, ça ne te va pas du tout.

— Quels regrets aurais-je ? J'ai la chance d'obtenir des grognements de ta part quand on ne parle pas travail !

La mâchoire de Dominic se serra.

— Je croyais que c'était ce que tu voulais ! Tu répétais sans cesse que nous étions de deux mondes différents, non ? Tu m'as repoussé, alors je reste professionnel.

— Eh bien, tu fais une tête d'enterrement, et tu te comportes la plupart du temps comme si je n'existais pas. Et ce visage de marbre ! Sais-tu comment je te surnommais au début ? Face de Granit !

— Oh ! je le sais ! C'était dans ton mail. Celui où tu me parlais comme à un moins que rien.

— Enfin, pourquoi n'arrives-tu pas à me parler ? C'est assez embarrassant comme ça.

— Je... Non, rien. Peu importe.

Il replongea dans son travail, la laissant abasourdie. Comme elle se ressaisissait et composait le numéro du prochain patient, Dominic coupa la communication.

— Je n'arrête pas de penser à toi, c'est pour ça que je suis distant ! Je m'inquiétais pour Matty, mais maintenant tu me manques, tout simplement.

Il lui prit l'appareil qu'il reposa sur son support et enveloppa sa main dans les siennes.

— C'est ça que tu veux entendre ? Je n'ai jamais voulu de relation amoureuse, jamais ! C'était moi, mon frère, ma carrière. Ça suffisait. S'ouvrir aux autres... mène à *ça*. Après le gala, je me suis senti coupable de ne pas avoir été là pour Matty. C'est après que j'ai réalisé que ce n'était pas ma faute si je voulais avoir une vie, Harper. Et je crois que tu le veux aussi.

Elle tenta de s'écarter, mais il fut plus rapide.

— Mon frère a tout sacrifié pour moi. Il m'a pris avec lui et nous a éloignés de parents toxiques. Il m'a élevé, faisant des heures supplémentaires pour pourvoir à mes besoins. Il voulait que je devienne médecin encore plus que moi. Notre plan était censé fonctionner. Il ne sortait pas avec des filles comme les gars de son âge. Il était trop occupé à élever un gamin intello, alors que ça aurait dû être son moment à lui. Ce que je veux dire, c'est que j'ai pris conscience que la vie était courte et cruelle. Mais ça ne doit pas nous empêcher de vouloir être heureux.

Ses yeux verts plongèrent dans les siens, et elle se sentit nue sous son regard. Il n'y avait pas si longtemps, elle avait envie de lui tordre le cou, et maintenant...

— Tu es dans mes pensées depuis notre rencontre, reprit-il. Travailler sur ce projet m'a rendu plus heureux que je ne l'ai été depuis bien longtemps. Depuis l'accident, en fait. Je m'étais coupé des autres pour m'occuper de mon frère et n'avais qu'un seul but.

— Il n'y a pas de mal à ça.

— Vraiment ? dit-il avec son sourire narquois. Eh bien, je crois que tu me tapais sur les nerfs parce que tu me dérangeais. Je ressens un besoin étrange de veiller sur toi. Je m'inquiète constamment pour toi. Pourquoi crois-tu que je t'apporte de quoi manger ? Je veux m'occuper de toi, savoir que tu es heureuse. Quand tu déambules dans le labo en fredonnant, je veux en connaître la raison.

Il posa l'index sur le front de Harper.

— Je veux savoir ce qui se passe derrière ces belles boucles. Ce que tu penses de moi, ce qui t'intéresse. Cet endroit, c'est toi, dit-il en désignant leur environnement. Je viens ici pour toi, Harper. J'ai envie que ton projet décroche le premier prix, qu'il se développe. Pour l'unique raison que je suis totalement obsédé par toi.

Il parut blessé qu'elle garde le silence.

— Tu ne vois pas ? Je devrais me sentir coupable d'être heureux alors que mon frère a une vie aussi triste. Je devrais culpabiliser parce que tu bouleverses mon petit monde ennuyeux et ordonné. Mais non. C'est la vie, Harper. On le voit chaque jour avec nos patients. Ils connaissent la souffrance, mais ne se ferment pas et continuent à se battre. Je ne veux pas revenir en arrière. J'ai été égoïste toute ma vie, car il le fallait. Je ne veux plus être cette personne. Laisse-moi veiller sur toi, Harper. J'en ai envie. L'infection de Matty m'a clairement montré ce qui était important.

Harper frissonna. Elle avait eu la même révélation à la mort de sa mère. Elle se rappela son éclair de lucidité. Finir le projet. Faire que chaque minute compte. Après toutes ces heures passées au chevet de sa chère mère à travailler et à lire. Espérant un miracle impossible.

Une bouffée de chaleur l'envahit soudain.

— Tu veux veiller sur moi ? répéta-t-elle bêtement.

Elle était un peu dépassée. Il *avait* veillé sur elle, et n'avait jamais jugé son excentricité. Bien sûr, ils s'étaient titillés l'un l'autre, mais ils se défiaient et se rendaient mutuellement plus forts, meilleurs.

Ils furent interrompus par un coup sec à la porte. Ils se séparèrent en voyant le doyen passer la tête dans la pièce.

— Bonjour, content de vous voir tous les deux !

— Neville, le salua Dominic en s'approchant.

Harper en profita pour se remettre de ses émotions, déplaçant des objets sur son bureau pour se donner l'air désinvolte. Les deux hommes parlaient boutique, mais les paroles de Dominic retinrent son attention.

— J'ai déjà expliqué que le service neuro n'avait pas besoin des fonds, et que le projet devait rester financièrement indépendant de l'université.

Le doyen Hodge secoua sa tête chauve.

— Je comprends, mais..., dit-il, regardant autour de lui. Ce sous-sol est très bien, mais vous conviendrez avec moi que vous seriez plus confortablement installés en neurologie...

— Pardon, le coupa Harper. Excusez-moi, monsieur Hodge, mais je ne saisis pas. Vous voulez déménager le projet en neurologie ?

— Eh bien, oui. J'ai discuté de cette possibilité avec Dominic l'autre jour.

— Pas exactement. Je vous ai dit que...

— Quand vous aurez gagné la compétition, il faudra utiliser la presse pour mettre en lumière le travail de l'université, dit le doyen. Avoir deux départements qui collaborent sera très lucratif, et des publications prestigieuses ont déjà pris contact avec nous pour parler de vos plans futurs.

Il glissa le doigt sur la surface d'un classeur.

— Le département de neurologie est beaucoup plus... agréable. Pour les photos, les interviews, ce genre de choses.

Le doyen joignit les mains et se pencha en avant, faisant crisser ses chaussures en cuir.

— Je pense que partager le financement entre les deux

départements serait plus bénéfique, et vous pourrez utiliser les installations de neuro quand vous en aurez besoin pour voir et opérer des patients, et pour les entretiens presse.

— Ce n'est pas que ce que je veux, désolée, déclara-t-elle, les yeux fixés sur Dominic.

— Vous avez votre réponse, dit-il au doyen.

Hodge ne parut nullement troublé.

— Évidemment, il y aura peut-être quelques problèmes en cours de route. Je vous laisse discuter des détails, tous les deux. Vous pourrez lui expliquer, Dominic.

Il leva un chapeau imaginaire en direction de Harper qui ravala son agacement.

Pourquoi les hommes font-ils ça ? Pourquoi me parlent-ils comme à une faible femme, avec courbettes et manières d'un autre temps ?

Elle lui retourna son salut en faisant mine de soulever un chapeau, et le doyen grimaça un sourire.

— Bon, très bien. Nous en reparlerons.

Il sortit, les laissant seuls. Pétrifiés.

Dominic alla refermer la porte et s'y adossa.

— C'était limite. Je ne crois pas qu'il ait entendu ce que nous disions quand il est entré.

— Limite, oui, répondit-elle amèrement. J'ai failli m'y laisser prendre.

— Je ne l'attendais pas... Un instant, te laisser prendre à quoi ?

— À ta comédie du gars sympa. Pourquoi ne m'as-tu pas dit que le doyen voulait partager la subvention avec la neuro ?

— Eh bien, il m'en avait touché un mot. Mais je t'ai déjà dit que le financement serait entièrement pour toi. C'est ton bébé.

— Tu le lui as dit ?

— Oui, répondit Dominic, venant s'accroupir près de son fauteuil. Il s'agit de ton projet. Ta subvention.

— Et je devrais te faire confiance ? Tu aurais dû m'en parler.

Elle avait conscience d'être glaciale, mais entendre le doyen évoquer un partage de sa subvention lui avait fait mal. Elle avait besoin de cet argent pour faire avancer son projet, à sa façon. Enfin, à leur façon.

Dominic faisait un parfait partenaire de laboratoire. Elle avait besoin de lui pour le travail. Pour elle. Comment renoncer, alors que tant de choses étaient en jeu ? Elle ne pouvait pas le perdre, et elle ne savait pas comment s'appuyer sur lui sans se perdre elle-même.

Elle le regarda, s'efforçant de prendre une décision. Son regard fut attiré par la photo sur son bureau. Sa mère, souriante. Elle avait été si fière de ce que faisait Harper. Elle ne devait pas l'oublier. Ne pas perdre de vue l'objectif final. En proie à un tourbillon d'émotions depuis sa rencontre avec Dominic, elle avait oscillé entre l'exaspération et l'excitation sexuelle. Elle sentit qu'il l'observait, une main sur l'accoudoir de son fauteuil.

— Je ne pensais pas que c'était un problème. J'aurais probablement dû te le dire, mais ces dernières semaines ont été… mouvementées pour nous. Mais il n'a jamais été question de l'argent. Bien sûr, au début, cette compétition ne m'intéressait pas, mais tu m'as défié, réveillé. Je ne faisais que travailler et prendre soin de Matty et j'étouffais…

Il se pencha vers elle et frotta le nez contre sa joue.

— Je n'avais pas réalisé que je ne vivais plus, avant de te rencontrer, murmura-t-il, baisant le coin de sa bouche. Tu m'as ramené à la vie et je te désire tant… Je suis tout à toi, Harper, dit-il, les lèvres contre les siennes.

Son visage était si près qu'elle ne voyait plus que le vert de ses yeux.

— Alors, vas-tu m'arracher à ma détresse et accepter de sortir avec moi ?

Grands dieux, oui ! Je veux sortir avec toi. Me perdre en toi pour toujours…

Le cerveau engourdi de Harper se réveilla soudain. Le projet. Son travail. La compétition qu'elle devait à tout prix gagner. Pour les femmes STIM du monde entier. Pour *elle*. Mais ils étaient si différents. Allait-elle aller jusqu'au bout pour voir son projet échouer ? Alors quoi ? Et si le doyen arrivait à ses fins et que la moitié de son projet était réalisé ailleurs que dans son labo ?

Les gens découvriraient qu'ils étaient ensemble. Il y aurait plus de pression. Plus de monde. Et si ça ne marchait pas entre eux ? Elle devrait continuer à travailler étroitement avec lui. Une torture. Être si proche sans pouvoir être avec lui. Sans pouvoir le sentir.

— Je ne peux pas, bredouilla-t-elle, une larme glissant sur sa blouse. Je dois me concentrer sur le projet pour le moment.

Il releva la tête.

— Quoi ? Harper, non. Je t'en prie.

— Je ne peux pas faire ça. Je sais que nous sommes pareils. Nous avons tous deux travaillé très dur, même quand nos situations familiales étaient difficiles. Nous nous sommes sentis coupables de survivre, de réussir. Le problème est de savoir pourquoi nous avons décidé d'unir nos efforts et pourquoi ça a marché alors que nous n'étions même pas amis.

— Nous n'avons jamais été amis.

— Je dois finir ce travail. Si le doyen parvint à ses fins, ça ne marchera pas.

— Je ne le laisserai pas faire, ça n'arrivera pas.

— Et s'il apprend la vérité sur nous ?

— Je peux en parler aux Ressources Humaines. Informer la direction. Ce n'est pas une raison pour se séparer.

Elle voulait le croire, mais que deviendrait-elle dans cette relation ? C'était beaucoup de pression. Et puis il devait s'occuper de Matty. Elle ne voulait pas ajouter à son stress. Ce serait trop dur. Elle devait mettre tant d'elle-même dans ce projet, elle n'avait pas assez à lui offrir.

Elle nageait dans la confusion depuis des semaines, s'efforçant de démêler ses sentiments. Dominic l'avait déconcentrée de son projet, la distrayant et lui brouillant l'esprit. Il y avait tant à faire, et si le doyen apprenait ce qu'il y avait entre eux, il pourrait leur imposer ses vues. La frontière entre l'amour et la haine était ténue. Ils pourraient se brûler les ailes dans un cas comme dans l'autre. Qu'adviendrait-il alors de son projet, de ses patients... et d'eux ?

Le projet ne pouvait pas échouer. Ce serait comme perdre une seconde fois sa mère.

— Harper, tu es bien silencieuse. Parle-moi.

— Ce projet compte tant pour moi. Ma mère savait qu'il aboutirait. Toutes ces heures de travail... Je suis si près du but. Je ne peux pas me permettre une nouvelle distraction.

— Une distraction ?

— Je ne peux pas échouer. Je dois aller au bout.

— Je le souhaite aussi, tu le sais. Je ne veux pas entraver ton travail, mais t'encourager.

— Alors, finissons-en.

— Finissons-en avec quoi, Harper ? Le projet ou nous ?

— Les deux, répondit-elle, les jambes flageolantes. Les deux, Dominic. Il le faut.

Elle ouvrit sa boîte mail et garda les yeux fixés sur l'écran.

— Alors, partenaires de labo, c'est tout ?

— C'est tout, murmura-t-elle en entrant des données, les doigts tremblants.

Il resta un moment à la regarder, puis gagna la porte.

— Je dois aller voir Matty.

— Dominic, je...

— Je reviendrai plus tard, partenaire, la coupa-t-il sans la regarder. J'enverrai les internes.

Le claquement de la porte la fit tressaillir.

— C'est la chose la plus courageuse et peut-être la plus stupide que j'aie jamais faite, murmura-t-elle, décrochant le téléphone qui s'était mis à sonner. Meg, c'est toi !

— Salut, Harper ! Désolée de ne pas t'avoir appelée... j'ai rencontré quelqu'un. Il s'est passé un truc l'autre soir. Je ne peux pas te donner de détails maintenant, mais je passerai te voir. Je m'absente pour deux ou trois jours…

Harper entendit une voix masculine en arrière-plan et Meg y répondre par un juron.

— On va embarquer. Je t'appelle quand on atterrit. Je serai de retour pour t'applaudir après ta présentation !

La communication fut coupée, et Harper lâcha le téléphone. Tourné vers elle, Johnny la salua en ronronnant. Elle l'avait mis en marche. Le seul être qu'elle allumerait dans un avenir proche, songea-t-elle amèrement.

— Tu crois que j'ai bien fait, Johnny ? Il vaut mieux s'éloigner, non ? Se focaliser sur le travail.

La réponse de Johnny ne tarda pas. Le pouce vers le bas ne choqua pas Harper. Le robot était programmé pour capter ses émotions, non ? Il l'avait percée à jour au son de sa voix.

— Ouais, dit-elle dans un sanglot. C'est bien ce que je pensais. Je crois que je viens de laisser partir la meilleure chose qui me soit arrivée dans la vie.

Johnny tourna le pouce vers le haut, et elle fondit en larmes.

13

Le col empesé de Harper la grattait, et elle aurait donné cher pour troquer son haut contre un vêtement plus confortable. Sentant le regard du doyen sur elle, elle se redressa de toute sa taille.

Il *n'est pas là*.

Sa présence n'était pas nécessaire, il n'avait pas à prendre la parole. C'était son département *à elle*, son projet.

Ils n'avaient pas prévu qu'il serait sur ce podium ce jour-là, la priorité étant donnée aux prothèses. Et, plantée là dans son tailleur-pantalon de femme de pouvoir, Harper n'aspirait à rien d'autre. Mais l'absence de Dominic lui assénait le coup de grâce. C'était fini. Si elle décrochait le financement, elle serait à l'abri pour les trois années à venir. Mais elle devrait trouver un autre partenaire.

Elle se tenait un peu à l'écart, attendant la fin de la dernière présentation. Espérant avoir enfin sa chance en gagnant la compétition. Tous les candidats avaient soumis leur travail, et les juges connaissaient le projet de chaque participant.

Les implantations de capteurs avaient réussi au-delà de leurs espérances, et elle déplorait que cela n'apaise pas son anxiété. Elle avait du mal à respirer, la poitrine comprimée par des sentiments qu'elle ne pouvait pas exprimer.

Pour la centième fois, elle relut les aide-mémoire qu'elle connaissait déjà par cœur.

Le projet Well-Walk dépassait ce qu'elle avait pu imaginer. Ils avaient une liste fournie de patients qui répondaient tous aux critères physiques et mentaux pour participer aux premiers essais. La technologie était là, les prototypes fonctionnaient. Les semaines précédentes étaient passées à la vitesse de l'éclair.

Dominic avait été parfait pour le job. Il avait soutenu le projet dès qu'il avait compris en quoi il consistait. Il était tout ce qu'elle avait imaginé. Et infiniment plus. Elle avait attendu ce jour qui couronnait le travail de toute sa vie. Et elle était incapable d'en apprécier une seconde sans lui.

Ils avaient travaillé ensemble chaque jour depuis qu'elle l'avait repoussé. Elle l'avait souvent surpris en train de l'observer, la mine indéchiffrable.

Meg était amoureuse. En amie fidèle, elle avait écouté des heures durant Harper pleurer au téléphone, ou tenter de se convaincre qu'elle avait pris la bonne décision en faisant passer son travail en priorité. Elle avait entendu les larmes, les crises de frustration quand Dominic se montrait particulièrement glacial au laboratoire.

Matty avait repris ses séances de rééducation. Il avait subi une autre opération, et on prévoyait de lui poser une prothèse. Peut-être serait-il un jour un patient de Well-Walk.

Ils avaient recommencé à déjeuner ensemble à la cantine, mais ne parlaient jamais de Dominic. Ils avaient retrouvé leurs vieilles habitudes de l'époque où elle ignorait qui était Matty pour l'homme qu'elle n'arrivait pas à oublier. Elle ne rêvait plus de capteurs la nuit. Même dans le sommeil, toutes ses pensées tournaient autour de lui. Elle revivait la scène brûlante au laboratoire et se réveillait trempée de sueur.

La tension était encore palpable entre eux. Quand il se penchait par-dessus son épaule pour regarder quelque chose sur l'écran. Quand elle riait avec un patient et croisait son regard à l'autre bout de la pièce. Son petit sourire narquois était toujours là. Elle savait ce qu'il signifiait maintenant. C'était sa façon de la jauger. Le signe qu'il était toujours là, comme s'il attendait.

Le soir avant la présentation, ils étaient ensemble au laboratoire. Il lui avait souhaité bonne chance pour la finale, comme s'il ne comptait pas y assister, et elle en avait eu le cœur brisé.

— Merci, avait-elle répondu. Je t'appellerai pour te dire comment ça s'est passé.

Le doyen avait gardé ses distances et lui avait envoyé des mails, attendant des mises à jour. Il n'avait pas reparlé de son plan, mais elle était anxieuse chaque fois que son nom apparaissait dans sa boîte de réception.

Elle avait regardé Dominic partir, la veste jetée en travers de son épaule. Elle avait vu sa voiture quitter le parking depuis la fenêtre, ses phares disparaître dans la nuit. Elle l'avait perdu. Comme toujours, elle avait paniqué et s'était accrochée à son travail, son filet de sécurité. Elle était seule ce jour-là par sa propre faute, et se détestait pour ça. Et le chagrin l'enveloppait comme un linceul.

Elle s'adossa au mur à côté de l'estrade en s'efforçant de maîtriser une sensation de vertige.

Il n'est pas trop tard... Il peut encore venir... On pourrait clarifier la situation...

La pensée qu'ils allaient se séparer et retrouver leurs anciennes vies lui était insoutenable. Affronter seule la finale du concours lui avait enfin ouvert les yeux. Elle n'aurait pas pu réussir sans lui, et elle savait maintenant qu'elle ne le souhaitait pas. Plus maintenant.

Son beau visage lui manquerait. Sa musique rock, sa manie de faire le ménage au laboratoire. Sa façon de la regarder. Elle adorait sentir ses yeux verts sur elle, et la pensée de ne plus les voir au quotidien lui brisait le cœur.

Elle sortit son portable et chercha son nom. Son doigt hésita au-dessus de la touche d'appel. Il pouvait encore venir. Elle pourrait le revoir. S'expliquer. Peut-être saurait-elle quoi dire, quoi faire, en posant les yeux sur lui. Il n'était peut-être pas trop tard pour changer le cours des choses...

— Merci, chers collègues ! dit l'animateur, de retour sur l'estrade sous les applaudissements. Une présentation remarquable, vous en conviendrez. Et maintenant, de notre département Robotique, voici la très talentueuse Harper Franklin Wilson !

Le temps est écoulé.

Elle rangea son téléphone et s'avança sous les projecteurs.

— On arrive aujourd'hui ou demain ?

L'impatience de Matty n'était rien comparée à celle de son frère. Leur taxi se traînait, des travaux sur la chaussée obligeant les véhicules à circuler sur une seule voie. Les coups de klaxon résonnaient autour d'eux. Leur chauffeur avait déjà eu une prise de bec avec deux autres conducteurs. Ils n'étaient plus loin de leur destination, et Dominic apercevait la façade du centre de conférences.

— Vous ne pouvez pas prendre un raccourci ?

— Même si je pouvais, j'ai besoin de place pour installer la rampe d'accès pour le fauteuil roulant.

Matty grogna de frustration.

— Descends, ordonna-t-il à Dominic.

— Quoi ?

Matty le poussa.

— Allez, descends ! Tu vas tout manquer, dit-il, pestant en voyant l'heure sur sa montre. Sa présentation commence *maintenant* ! J'arriverai quand je pourrai, mais tu dois te bouger. Va retrouver ta chérie.

— Elle n'est pas ma...

— Si. Elle l'est depuis votre rencontre. Tu l'as dans la peau et tu n'arrêtes pas de penser à elle. Bon sang ! pour un type brillant, tu es vraiment stupide ! Tu aurais dû aller avec elle !

— Je sais ! Mais je ne peux pas te laisser ici...

— Je serai avec toi. On a eu assez de galères dans notre vie, Dominic. Quand on a une chose belle et heureuse à portée de main, on ne peut pas juste attendre et voir ce qui se passe.

Il frappa à la vitre pour attirer l'attention du chauffeur.

— Attendez deux secondes, mon vieux, mon frère va descendre.

Dominic dévisagea son aîné. Matty avait raison. Harper était la chose plus belle et la plus heureuse chose qui lui soit jamais arrivée.

Il attira Matty dans ses bras et lui tapa dans le dos.

— Je t'aime, frérot.

— Moi aussi. Et maintenant file avant que je te jette dehors.

Dominic ouvrit la portière et courut vers le centre de conférences.

Vers *elle*.

— En résumé, comme vous pouvez le voir sur l'écran, la technologie du projet Well-Walk pourra être adoptée par les systèmes de santé du monde entier. De l'utilisation de matériaux recyclables achetés pour nos besoins, au coût de l'accès aux prothèses dans les pays…

La porte du fond de la salle s'ouvrit soudain, faisant sursauter Harper. Une onde de surprise balaya le public, mais elle n'entendit rien. Elle posa les yeux sur Dominic, et plus rien d'autre n'exista.

Immobile, il la fixait, et la foule murmurait son nom. Puis il afficha son sourire narquois et avança.

Il traversa la salle sous les yeux d'une assistance médusée. Il monta les marches du podium deux par deux et vint se placer à côté de Harper.

Couvrant le micro de la main, il se pencha vers elle. Elle sentit son nez frôler son oreille, son parfum l'envelopper. Et son corps reprit vie, la chaleur inonda son ventre.

— Désolé d'être en retard, Harper. Je me suis un peu fourvoyé, mais je suis là maintenant.

Elle leva la tête et se trouva face à l'homme qu'elle aimait autant qu'elle avait envie de le bourrer de coups de poing.

— Tu es pardonné, dit-elle dans un murmure.

Ils se sourirent, et elle vit ses yeux étinceler quand il ôta la main du micro.

— Pardonnez mon retard, dit-il, s'adressant à l'assistance. Mais je tenais à être ici aujourd'hui.

Il salua de la tête le doyen qui les observait avec attention.

— Notre doyen avait très envie que ce projet aboutisse, et je dois dire qu'avec le Dr Wilson à la barre nos attentes ont été largement dépassées. Si nous obtenons la subvention aujourd'hui, la totalité de l'argent sera allouée au département Robotique. Le service de Neurologie fera toujours partie du programme, mais le département Robotique et son estimée directrice ici présente tiendront les rênes. Son département a rendu possible ce formidable projet, et la Neurologie est impatiente de la soutenir en répondant à tous ses besoins.

Les spectateurs applaudirent, et les hourras fusèrent, tandis que l'enthousiasme montait en puissance dans le vaste auditorium.

— Tu es venu, murmura-t-elle.

— Bien sûr, dit-il, penché vers elle. Je n'aurais manqué ça pour rien au monde.

Le doyen lui tapa sur l'épaule.

— Dominic, je peux vous dire un mot ?

Quand le silence fut revenu, l'animateur mit fin aux présentations, celle de Harper étant la dernière. Elle suivit les autres candidats derrière la scène pour attendre la décision finale. Dominic et le doyen descendirent de l'estrade pour s'entretenir en privé, et elle tenta de les suivre, mais fut assaillie par les gens qui voulaient la féliciter pour sa présentation.

Elle chercha des yeux les deux hommes, sans succès. Jusqu'à ce qu'elle repère le doyen parmi la foule. Seul.

Il est parti. J'ai perdu la seule chose au monde sans laquelle je ne peux pas vivre.

Elle joua des coudes pour quitter discrètement la scène par-derrière.

— Sans plus attendre, je voudrais annoncer le nom du vainqueur de la compétition de cette année, et du récipiendaire des trois années de financement... le Dr Harper Wilson, et le projet Well-Walk !

Tout le monde se tourna vers elle pour la congratuler et l'applaudir. Elle fut propulsée vers l'avant de la scène et se retrouva devant le pupitre.

Plus jovial que jamais, l'animateur lui remit une enveloppe, ainsi que le trophée en cristal qu'elle convoitait depuis des années. Son nom n'y était pas encore gravé, mais il le serait bientôt. *Son* nom. Dominic n'avait pas souhaité être mentionné. Elle l'avait si mal jugé...

— Un discours, un discours ! scandait la foule.

Elle s'éclaircit la voix.

— Merci, dit-elle, brandissant le trophée. Ce projet et cette victoire représentent tout pour moi. Ou plutôt *représentaient*...

Elle fixa l'enveloppe qu'elle tenait, contenant l'énorme chèque qu'elle avait gagné. Qu'*ils* avaient gagné.

— Merci encore, mais je ne veux plus perdre un instant. Je dois vous laisser.

Elle tira sur son col empesé. Elle étouffait et savait pourquoi. Elle descendit les marches de l'estrade, esquivant ses admirateurs aussi poliment que possible. Le trophée serré contre la poitrine, elle fonça vers la grande porte pendant que le doyen s'adressait au public. Apparemment, Dominic avait su se montrer convaincant.

— Oui, tous les fonds seront alloués au département Robotique. Je n'ai pas accordé assez d'importance à la collaboration, et à l'avenir, croyez-moi, le service de robotique de cette université sera sans égal sous la direction du Dr Wilson.

Elle avait gagné sur tous les fronts.

Émergeant dehors, elle cligna des yeux sous la lumière du

soleil. Elle descendit l'escalier de pierre quatre à quatre. Il fallait qu'elle trouve Dominic.

Elle s'arrêta, s'accroupit et, posant le trophée sur une marche, fouilla dans son sac à la recherche de son téléphone. Il fallait qu'elle appelle Dominic, qu'elle lui dise...

— Harper, vous avez gagné !

Elle leva la tête en entendant la voix de Matty. Ils étaient là, tous les deux. Au pied de l'escalier, sur le trottoir. Matty était dans son fauteuil roulant, et Dominic réglait un chauffeur de taxi, les yeux fixés sur elle.

— Qu'est-ce que tu fais par terre ? demanda-t-il en la rejoignant. Pourquoi n'es-tu pas à l'intérieur avec les autres ?

— Je te cherchais.

— C'est vrai ? murmura-t-il, le visage adouci. Tu devrais savourer ton triomphe.

— Je ne peux rien savourer sans toi. On peut se parler ?

La fixant d'un air rêveur, il glissa la main dans ses cheveux bouclés et repoussa une mèche folle avant de se tourner vers son frère qui toussota, gêné.

— Je vais boire un verre, annonça Matty avec un sourire malicieux. Je vous laisse en tête à tête. Content que tu sois arrivé à temps, frérot. À présent, ne fais plus de bêtise.

Il fit rouler son fauteuil dans l'allée et s'éloigna en direction de l'établissement où l'université avait organisé une réception pour la soirée.

— Suis-moi, dit Dominic, prenant la main de Harper.

Ils ramassèrent leurs affaires, et il l'entraîna à sa suite. Ils contournèrent l'immeuble en pierre et s'arrêtèrent sous le couvert des arbres qui les protégeait des regards indiscrets. Mais Harper se moquait bien qu'on pût les voir maintenant. Elle voulait le toucher, se convaincre qu'il se tenait bien là, devant elle.

— Je suis contente que tu sois venu aujourd'hui, dit-elle, les yeux dans les siens.

Il l'attira dans ses bras et la serra contre lui. Elle frémit au contact de sa chaleur rassurante. Il était comme un gros ours en peluche. Dire qu'à une époque elle l'avait pris pour une grosse brute insupportable.

— Pas autant que moi. Tu étais magnifique sur cette estrade. Je savais que tu gagnerais.

— Pas moi. Même quand on a prononcé mon nom, j'ai mis un moment à assimiler l'info.

Elle lui caressa la joue.

— Je regrette de ne pas avoir été avec toi à l'annonce des résultats, dit-il. J'ai été obligé de mettre les choses au clair avec le doyen Hodge. On ne devrait plus avoir de problèmes.

— Dommage, remarqua-t-elle avec malice. Semer le trouble avec toi a été un des meilleurs moments de ma vie.

Il eut un grand sourire.

— Pour moi aussi. Je suis venu pour te supplier de m'accorder une nouvelle chance, déclara-t-il nerveusement.

— Vraiment ? dit-elle, l'attirant à elle pour l'embrasser fougueusement.

D'abord surpris, il se laissa emporter par l'excitation du moment et, la soulevant dans ses bras, il lui rendit fiévreusement son baiser.

Il s'écarta à regret.

— Je pensais devoir te supplier davantage, chuchota-t-il.

Elle éclata de rire et passa la main dans ses cheveux bruns.

— Tu n'as pas besoin d'une nouvelle chance, répondit-elle en nouant les bras autour de son cou. Je t'ai mal jugé. Je suis tellement ancrée dans mon personnage fantasque et solitaire que je ne me suis pas rendu compte que je passais à côté de ma vie.

— Je connais ce sentiment. Avant toi, j'étais comme endormi.

— Maintenant, nous sommes bien réveillés, tous les deux, répliqua-t-elle, les yeux fixés sur ses lèvres pleines.

Elle avait envie qu'il la plaque contre le mur et l'embrasse à en perdre haleine. Elle remua contre lui, et il resserra les bras autour d'elle.

— Pose-moi. Je dois terminer ce que j'ai à dire.

Il grommela, mais la reposa sur le sol et lui prit les mains.

— Je croyais que nous appartenions à des mondes opposés, et c'est encore le cas, sur certains plans.

Il voulut protester, et elle leva leurs mains enlacées pour lui imposer silence.

— Laisse-moi parler, Dominic.

— J'adore quand tu prononces mon prénom comme ça, dit-il, la contemplant avec l'adoration d'un enfant devant un nouvel ours en peluche. Dis-le encore.

— Dominic, répéta-t-elle d'un ton sévère.

— Oh ! trésor ! souffla-t-il en lui baisant les doigts. Tu me fais un effet incroyable...

Son sourire s'effaça devant le regard noir de Harper. Il lâcha ses mains.

— Désolé. Continue. Finis ce que tu as à dire.

— Je voulais te demander pardon. Je t'ai pris pour quelqu'un de très différent de celui que tu es vraiment. Le hic, c'est que je suis toujours la même, celle qui n'accorde pas facilement sa confiance et se tue au travail. J'ai peur qu'on s'approche trop de moi. Et il m'a fallu un moment pour réaliser que tu me rendais meilleure.

Il la couvait d'un regard adorateur, et elle faillit craquer et se jeter dans ses bras. Mais elle tint bon.

— Nous nous améliorons au contact l'un de l'autre. Même quand on a envie d'étrangler l'autre. J'ai envisagé environ dix façons différentes de te zigouiller.

— Sexy, observa-t-il, moqueur. J'en ai trouvé encore plus. Je comptais faire équipe avec Johnny.

— Vraiment ? dit-elle en gloussant. Mon vieux partenaire de labo ne m'aurait jamais fait de mal ! Je crois que je suis tombée amoureuse de toi, Dominic Nash. Et je veux te taper sur les nerfs pour le reste de mes jours, si tu acceptes le défi.

— Comment refuser un tel challenge ? dit-il en la faisant

tournoyer autour de lui. Alors, on va vraiment travailler ensemble en étant nous-mêmes ?

— On l'a déjà fait, on y arrivera. Dans notre labo en sous-sol. Nous dirigerons le projet à notre manière, et je ne le ferai pas sans toi, Dominic.

— Je suis partant, Harper. Je t'aime.

Elle plongea dans ses yeux verts, et se promit de le refaire encore et encore chaque jour de leur vie future.

— Je t'aime aussi.

Elle se pressa contre lui et l'embrassa avec passion.

— Il faut fêter ça comme il se doit, murmura-t-elle, grisée par son parfum. Je vote pour retourner au labo et tester nos nouveaux fauteuils...

Il l'entoura de ses bras, et ils regagnèrent le laboratoire en courant. Ils rirent pendant tout le trajet jusqu'au sous-sol, ne s'arrêtant que le temps d'une étreinte passionnée devant le distributeur.

Et Dominic déclara qu'il ne verrait plus jamais une barre chocolatée comme avant.

Épilogue

— Il sera bientôt là ?

Harper regarda Dominic qui arpentait fébrilement le nouveau laboratoire, menaçant de ruiner le revêtement de sol qui avait coûté une fortune.

— Calme-toi, dit-elle en envoyant le mail qu'elle venait d'écrire au doyen.

Hodge avait repris ses flatteries depuis que leur dernière innovation avait fait un malheur. Ils avaient largement développé leur entreprise de prothèses au cours des années précédentes. La subvention du concours était dépensée depuis longtemps, mais l'argent affluait, et ils pouvaient s'offrir le luxe de repousser les offres de soutien et de financement.

— Il appellera en arrivant. Sois patient, mon cœur.

Dominic s'immobilisa et vint se percher sur le bureau de Harper. Heureusement ils avaient remplacé leurs vieux bureaux par des meubles robustes dont ils avaient testé la résistance le jour où ils avaient « inauguré » leur nouveau lieu de travail. Comme chacun des laboratoires où ils avaient travaillé ensemble.

— Qu'est-ce que tu fais ? demanda-t-il.

— Je remerciais le doyen de ses aimables commentaires sur notre dernière réalisation. Il ne nous laissera jamais partir, tu sais.

Il se pencha pour lui voler un baiser fougueux.

— Nous sommes une équipe de rêve, non ? Comment le lui reprocher ?

Il entendit du bruit devant la porte et dressa l'oreille.

— Tu crois que c'est lui ?

Harper le savait déjà. Matty lui avait envoyé un texto depuis le parking. Il lui avait fait jurer de garder le secret, et elle n'aurait jamais trahi son beau-frère. Dominic faisait mine d'être jaloux de leur complicité, et elle savait qu'il adorait ça. Elle aussi. Elle nageait dans le bonheur depuis des années. Elle avait sa famille à présent, et chérissait chaque instant passé auprès des siens.

On frappa à la porte, et elle sentit Dominic se raidir en la rejoignant. Il l'enlaça et prit sa main dans ses longs doigts. Une sensation de calme l'envahit, comme chaque fois qu'elle était en sécurité dans ses bras.

— Entrez ! cria-t-elle.

Matty entra en marchant.

— Quel beau laboratoire !

Traversant déjà la pièce pour venir à sa rencontre, Dominic faillit ruiner sa toute nouvelle prothèse en le faisant tomber, dans son enthousiasme à le serrer dans ses bras.

Matthew était leur plus belle réalisation à ce jour. La déontologie les empêchant de prendre en charge un parent, ils avaient dû le confier à d'autres membres de leur équipe. La rééducation et les opérations réalisées pendant les années précédentes avaient eu le résultat escompté. Dorénavant, Matty marchait sur deux jambes. Harper lui sourit, la gorge nouée.

— Bonjour, petite sœur, lâcha-t-il, étouffé par l'affectueuse étreinte de son frère. Dis-lui de me lâcher. Je n'ai pas encore le pied marin.

Elle écarta Dominic, et examina Matty, émerveillée.

— Waouh ! dit-elle, incapable de trouver les mots.

— Je sais, dit Matty, les larmes aux yeux.

Le bras de Dominic enlaça sa taille et la serra contre lui.

— Tu as l'air en pleine forme, frérot. Tu es prêt pour prendre la route ? J'ai fait une réservation au restaurant que tu adores.

Les joues de son aîné s'empourprèrent.

— Euh… oui, mais j'ai une invitée. Ruth ? Tu es là ?

L'infirmière engagée par Dominic après l'infection de Matty pénétra dans la pièce. Un peu intimidé, Matty alla à sa rencontre et l'attira à lui.

— Vous vous souvenez de Ruth ? Elle est passée me voir quand elle a appris que j'allais avoir une nouvelle jambe. On a beaucoup discuté, et je l'ai invitée à se joindre à nous.

Harper brisa le silence en prenant dans ses bras la nouvelle venue.

— C'est bon de vous revoir, Ruth. Je me réjouis que vous soyez là.

Elle se dressa sur la pointe des pieds pour murmurer à l'oreille de Dominic :

— Je pense que ton grand frère n'est plus un cœur à prendre.

Dominic la regarda, interloqué.

— Comment j'ai pu manquer ça ? grommela-t-il, les yeux fixés sur Matty et Ruth qui se parlaient à voix basse. Depuis quand tu crois que ça dure ?

Avec un sourire taquin, Harper prit son sac, prête à partir déjeuner en famille. Une famille qui s'agrandissait, apparemment.

— Oh ! docteur Nash, dit-elle, à voix haute cette fois, tu n'es pas très perspicace quand il s'agit du sexe opposé. C'est pour ça que je suis là.

— C'est une raison parmi bien d'autres, répliqua-t-il avec malice. Je t'en rappellerai peut-être quelques autres ce soir…

— On dirait que tu cherches la bagarre, dit-elle.

Comme elle l'embrassait, il la souleva dans ses bras pour prolonger leur baiser.

— Je suis partante, docteur Nash.

— Eh bien, que le match commence !

— Eh ! vous deux ! La réservation est dans vingt minutes ! cria Matty depuis le seuil, un bras autour de la taille de Ruth. Je ne peux pas encore courir, il faut partir maintenant.

Il s'effaça pour laisser sortir Ruth. Sa démarche était encore instable, mais il marchait. Ils attendaient ce jour depuis si longtemps. Même quand on avait cru qu'il ne marcherait plus jamais, Dominic n'avait jamais perdu espoir.

— Allons-y, madame Nash.

— C'est Dr Wilson au travail, docteur Nash.

— Comment l'oublier ? répliqua-t-il en l'entraînant vers la sortie. Je possède le meilleur des deux univers. J'ai le Dr Wilson comme partenaire de travail. Et puis..., chuchota-t-il à son oreille, je rentre à la maison avec ma brillante épouse, et je lui montre à quel point je l'adore... toute nue.

Elle pouffa et sortit ses clés pour fermer la porte de leur laboratoire dernier cri. Elle était pleinement consciente de sa chance. Sa mère la regardait sur le porte-clés que Dominic avait fait faire spécialement pour elle. Si elle avait vécu et pu voir tout ce qu'ils avaient réalisé, ensemble et séparément, elle aurait été heureuse, et les frères Nash lui auraient beaucoup plu.

— Ta femme a décidément une chance folle, observa-t-elle d'un air taquin.

Il se tourna vers elle et lui prit la main. Elle noya son regard dans ses yeux verts.

— C'est moi qui suis chanceux de pouvoir me mesurer chaque jour avec la femme la plus dingue, la plus combative, la plus courageuse du monde, murmura-t-il dans son cou.

Qu'y avait-il de plus beau que ça ?